寂寞空庭春欲晚

匪我思存 著

江苏凤凰文艺出版社
JIANGSU PHOENIX LITERATURE AND
ART PUBLISHING, LTD

目录
CONTENTS

纱窗日落渐黄昏，金屋无人见泪痕。

寂寞空庭春欲晚，梨花满地不开门。

第一章
天为谁春

一生一代一双人，争教两处销魂。相思相望不相亲，天为谁春？桨向蓝桥易乞，药成碧海难奔。若容相访饮牛津，相对忘贫。

——纳兰容若《画堂春》

∴∴

　　己未年的正月十六，天色晦暗，铅云低垂。到了未正时分，终于下起了雪珠子，打在琉璃瓦上沙沙轻响。那雪下得又密又急，不一会儿工夫，只见远处屋宇已经覆上薄薄一层轻白。近处院子里青砖地上，露出花白的青色，像是泼了面粉口袋，撒得满地不均。风刮着那雪霰子起来，打在脸上生疼生疼。玉箸连忙转身放下帘子，屋子中央一盆炭火哔剥有声，她走过去拿火钳拨火，不想火钳碰到炭灰堆里，却是沉沉的触不动，不由笑着说："这必又是谁打下的埋伏，成日只知道嘴馋。"

　　话犹未落，却听门外有人问："玉姑姑这又是在骂谁呢？"跟着帘子一挑，进来个人，穿一身青袍子，进了屋子先摘了帽子，一面掸着缨子上的雪珠，一面笑着说："大正月里，您老人家就甭教训她们了。"

玉箸见是四执库的小太监冯渭，便问："小猴儿崽子，这时辰你怎么有闲逛到我们这里来？"冯渭一转脸看到火盆里埋着的芋头，拿火钳挟起来，笑嘻嘻地问："这是哪位姐姐煁的好东西，我可先偏了啊。"说着便伸手去剥皮，炕上坐着拾掇袍服的画珠回头见了，恨声道："只有你们眼尖嘴馋，埋在炭灰里的也逃不过。"那芋头刚从炭火里夹出来，烫得冯渭直甩手叫哎哟。画珠不禁哧地一笑，说："活该！"

　　冯渭捧着那烫手山芋，咬了一口，烫得在舌尖上打个滚就胡乱吞下去，对玉箸说道："玉姑姑，画珠姐姐是出落得越发进宜了，赶明儿得了高枝，也好提携咱们过两天体面日子。"画珠便啐他一口："呸！狗嘴里吐不出象牙来！我没有那好命。"冯渭往手上呼呼吹着气："你别说，这宫里头的事，还真说不准。就拿那端主子来说，还没有画珠姐姐你模样生得好，谁想得到她有今天？"

　　玉箸便伸指在他额上一戳："又忘了教训不是？别拿主子来跟咱们奴才混比，没规矩，看我回头不告诉你谙达去。"冯渭吐了吐舌头，啃着那芋头说："差点忘了正经差事，谙达叫我来看，那件鸦青起花团福羽缎熨妥了没有？眼见下着雪，怕回头要用。"玉箸向里面一扬脸，说："琳琅在里屋熨着呢。"冯渭便掀起里屋的帘子，伸头往里面瞧。只见琳琅低着头执着熨斗，弯腰正熨着衣服。一抬头瞧见他，说："瞧你那手上漆黑，回头看弄脏了衣服。"

　　冯渭三口两口吞下去，拍了拍手说："别忙着和我计较这个，主子的衣裳要紧。"画珠正走进来，说："少拿主子压咱们，这满屋子挂的、熨的都是主子的衣裳。"冯渭见画珠搭腔，不敢再装腔拿架子，只扯别的说："琳琅，你这身新衣裳可真不错。"画珠说:"没上没下,琳琅也是你叫的,连声姐姐也不会称呼了?"冯渭只是笑嘻嘻的:"她和我是同年,咱们不分大小。"琳琅不愿和他胡扯,只问:"可是要那件鸦青羽缎?"

冯渭说:"原来你听见我在外头说的话了?"琳琅答:"我哪里听见了,不过外面下了雪,想必是要羽缎——皇上向来拣庄重颜色,我就猜是那件鸦青了。"冯渭笑起来:"你这话和谙达说的一样。琳琅,你可紧赶上御前侍候的人了。"

琳琅头也未抬,只是吹着那熨斗里的炭火:"少在这里贫嘴。"画珠取了青绫包袱来,将那件鸦青羽缎包上给冯渭,打发他出了门,抱怨说:"一天到晚只会乱嚼舌根。"又取了熨斗来熨一件袍服,叹气说,"今儿可正月十六了,年也过完了,这一年一年说是难混,一眨眼也就过去了。"

琳琅低着头久了,脖子不由发酸,于是伸手揉着,听画珠这样说,不由微笑:"再熬几年,就可以放出去了。"画珠哧地一笑:"小妮子又思春了,我知道你早也盼晚也盼,盼着放出宫去好嫁个小女婿。"琳琅走过去给熨斗添炭,嘴里道:"我知道你也是早也盼晚也盼,盼有扬眉吐气的一日。"画珠将脸孔一板:"少胡说。"琳琅笑道:"这会子拿出姐姐的款来了,得啦,算是我的不是好不好?"她软语娇声,画珠也绷不住脸,到底一笑罢了。

申未时分雪下得大了,一片片一团团,直如扯絮一般绵绵不绝。风倒是息了,只见那雪下得越发紧了,四处已是白茫茫一片。连绵起伏金碧辉煌的殿宇银装素裹,显得格外静谧。因天阴下雪,这时辰天已经擦黑了,玉箸进来叫人说:"画珠,雪下大了,你将那件紫貂端罩包了送去,只怕等他们临了手忙脚乱,打发人取时来不及。"画珠将辫子一甩,说道:"大雪黑天的送东

西，姑姑就会挑剔我这样的好差事。"琳琅说："你也太懒了，连姑姑都使不动你。罢了，还是我去，反正我在这屋里闷了一天，那炭火气熏得脑门子疼，况且今儿是十六，只当是去走百病。"

最后一句话说得玉箸笑起来："提那羊角灯去，仔细脚下别摔着。"

琳琅答应着，抱了衣服包袱，点了灯往四执库去。天已经黑透了。各处宫里正上灯，远远看见稀稀疏疏的灯光。那雪片子小了些，但仍旧细细密密，如筛盐，如飞絮，无声无息落着。隆福门的内庭宿卫正当换值，远远只听见那佩刀碰在腰带的银钉之上，丁当作响划破寂静。她深一脚浅一脚走着，踩着那雪浸湿了靴底，又冷又潮。

刚刚走过翊坤宫，远远只见迤逦而来一对羊角风灯，引着一乘肩舆从夹道过来，她连忙立于宫墙之下静候回避。只听靴声橐橐，踏在积雪上吱吱轻响。抬着肩舆的太监步伐齐整，如出一人。琳琅低着头屏息静气，只觉一对一对的灯笼照过面前的雪地，忽听一个清婉的声音，唤着自己名字："琳琅。"又叫太监，"停一停。"琳琅见是荣嫔，连忙请了一个双安："奴才给荣主子请安。"

荣嫔点点头，琳琅又请安谢恩，方才站起来。见荣嫔穿着一件大红羽缎斗篷，映着灯光滟滟生色，她在舆上侧了身跟琳琅说话，露出里面一线宝蓝妆花百福缎袍，袖口出着三四寸的白狐风毛，轻轻软软拂在珐琅的铜手炉上，只问她："这阵子可见到芸初？"

琳琅道："回荣主子话，昨儿我去交衣裳，还和她说了会子话。芸初姑娘很好，只是常常惦记主子，又碍着规矩，不好经常去给主子请安。"荣嫔轻轻点了点头,说:"过几日我打发人去瞧她。"她是前去慈宁宫太皇太后那里定省,只怕误了时辰,所以只说了几句话,便示意太监起轿。琳琅依规矩避在一旁,待舆轿去得远了,方才转身。

她顺着宫墙夹道走到西暖阁外,四执库当值的太监长庆见了她,不由眉开眼笑:"是玉姑打发你来的?"琳琅道:"玉姑姑看雪下大了,就怕这里的谙达们着急,所以叫我送了件端罩来。"长庆接过包袱去,说道:"这样冷的天,真是生受姑娘了。"琳琅微笑道:"公公太客气了,玉姑姑常念着谙达们的好处,说谙达们常常替咱们担待。况且这是咱们分内的差事。"长庆见她如此说,心里欢喜:"回去替我向玉姑道谢,难为她想得这样周全,特意打发姑娘送来。"琳琅正待要说话,忽见直房帘栊响动,有人打起帘子,晕黄的灯映着影影绰绰一个苗条身子,欣然问:"琳琅,是不是你?"琳琅只觉帘内暖气洋洋拂在人脸上,不由笑道:"芸初,是我。"芸初忙道:"快进来喝杯茶暖暖手。"

直房里笼了地炕火龙,又生着两个炭盆,用的银骨炭,烧得如红宝石一样,绝无哔剥之声。琳琅迎面叫炭火的暖气一扑,半晌才缓过劲来。芸初说:"外头真是冷,冻得脑子都要僵了似的。"将自己的手炉递给琳琅,叫小太监倒了热茶来,又说:"还没吃晚饭吧,这饽饽是上头赏下来的,你也尝尝。"琳琅于是说:"路上正巧遇上荣主子,说过几日打发人来瞧你呢。"芸初听了,果然高兴,问:"姐姐气色怎么样?"

琳琅说:"自然是好,而且穿着皇上新赏的衣裳,越发尊贵。"芸初问:"皇上新赏了姐姐衣裳么?她告诉你的?"琳琅微微一笑,说:"主子怎么会对我说这个,是我自个儿琢磨

的。"芸初奇道："你怎么琢磨出来？"

琳琅放下了手炉，在盘子里拣了饽饽来吃，说道："江宁织造府年前新贡的云锦，除了太皇太后、太后那里，并没有分赏给各宫主子。今天瞧见荣主子穿着，自是皇上新近赏的。"两句话倒说得芸初笑起来："琳琅，明儿改叫你女诸葛才是。"琳琅微笑着说："我不过是凭空猜测，哪里经得你这样说。"

芸初又问："画珠还好么？"琳琅说："还不是一样淘气。"芸初道："咱们三个人，当年一块儿进宫来，一块儿被留牌子，在内务府学规矩的时候，又住同一间屋子，好得和亲姊妹似的，到底算是有缘分的。可恨如今我孤零零一个人在这儿，离你们都远着，连说句贴心话的人也没有。"

琳琅道："何苦说这样的话，咱们隔得虽远，平日里到底还能见着。再说你当着上差，又总照应着我和画珠。"芸初道："你先坐着，我有样好东西给你。"进里屋不大一会儿，取了小小两贴东西给她，"这个是上回表姐打发人来看我给我的，说是朝鲜贡来的参膏，擦了不皴不冻呢。给你一贴，还有一贴给画珠。"琳琅说："荣主子给你的，你留着用就是了。"芸初说："我还有，况且你拿了，比我自己用了我还要高兴呢。"琳琅听她这样说，只得接了。因天色已晚，怕宫门下钥，琳琅与她又说了几句话，便告辞回去了。

那雪绵绵下了半夜，到下半夜却晴了。一轮斜月低低挂在西墙之上，照着雪光清冷，映得那窗纸透亮发白。琳琅睡得迷迷糊糊，睡眼惺忪地翻个身，还以为是天亮了，怕误了时辰，坐起来听，远远打过了四更，复又躺下。画珠也醒了，却慢慢牵过枕巾拭一拭眼角。琳琅问："又梦见你额娘了？"

画珠不作声，过了许久，方才轻轻"嗯"了一声。琳琅幽幽叹了口气，说："别想了，熬得两年放出去，总归还有个盼头。你好歹有额娘，有亲哥哥，比我不知强上多少倍。"画珠道："你都知道，我那哥哥实实是个酒混账，一喝醉了就打我，打我额娘。自打我进了宫，还不晓得我那额娘苦到哪一步。"琳琅心中酸楚，隔着被子轻轻拍了拍她："睡吧，再过一会儿，又要起来了。"

　　每日里辰正时分衣服就送到浣衣房里来了。玉箸分派了人工，琳琅、画珠所属一班十二个人，向例专事熨烫。琳琅向来做事细致，所以不用玉箸嘱咐，首先将那件玄色纳绣团章龙纹的袍子铺在板上，拿水喷了，一回身去取熨斗，不由问："谁又拿了我的熨斗去了？"画珠隔着衣裳架子向她伸一伸头，说："好妹妹，我赶工夫，先借我用一用。"琳琅犹未答话，玉箸已经说："画珠，你终归有一日要懒出毛病来。"画珠在花花绿绿的衣裳间向她扮个鬼脸，琳琅另外拿熨斗夹了炭烧着，一面俯下身子细看那衣裳："这样子马虎，连这滚边开线也不说一声，回头交上去，又有得饥荒。"

　　玉箸走过来细细看着，琳琅已经取了针线篮子来，将那駼色的线取出来比一比。玉箸说："这个要玄色的线才好——"一句未了，自己觉察失言，笑道，"真是老悖晦了，冲口忘了避讳。"画珠嗔道："姑姑成日总说自己老，其实瞧姑姑模样，也不过和我们差不多罢了，只是何曾像我们这样笨嘴拙舌的。"玉箸哧地一笑，说："你笨嘴拙舌，你是笨嘴拙舌里挑出来的。"因见着那件蜜色哆罗呢大氅，于是问，"熨好了不曾？还不快交过去，咸福宫的人交来的时候就说立等着呢，若是迟了，又有得饥荒。"画珠将大氅折起来，嘴中犹自道："一般都是主子，就见着那位要紧。"琳琅将手中线头咬断，回身取了包袱将大氅包

起来，笑道："我替你送去吧，你就别絮絮叨叨了。"

她从咸福宫交了衣裳出来，贪近从御花园侧的小路穿过去，顺着岔路走到夹道，正巧遇上冯渭抱着衣裳包袱，见她眉开眼笑："这真叫巧了，万岁爷换下来的，你正好带回去吧。"琳琅说："我可不敢接，又没个交割，回头若是短了什么，叫我怎么能说得清白？"冯渭说："里头就是一件灰色江绸箭袖。"琳琅道："又在信口开河，在宫里头，又不打猎行围，又不拉弓射箭，怎么换下箭袖来？"

冯渭打开包袱："你瞧，不是箭袖是什么？"他眉飞色舞地说道，"今儿万岁爷有兴致，和几位大人下了彩头，在花园里比试射鹄子，那个叫精彩啊。"琳琅问："你亲眼瞧见了？"冯渭不由吃瘪："我哪里有那好福气，可以到御前侍候去？我是听谙达说的——"将手一比画，"万岁爷自不用说了，箭箭中的，箭无虚发。难得是侍卫纳兰大人夺了头彩，竟射了个一箭双雕。"话音未毕，只听他身后"唧"的一声，琳琅抬头看时，却原来是一只灰色的雀儿，扑着翅飞过山石那头去了。她目光顺着那鸟，举头看了看天色，西斜日影里，碧空湛蓝，一丝云彩也没有，远远仰望，仿佛一汪深潭静水，像是叫人要溺毙其中一样。不过极快的工夫，她就低头说："瞧这时辰不早了，我可不能再听你闲磕牙了。"冯渭将包袱往她手中一塞："那这衣裳交给你了啊。"不待她说什么，一溜烟就跑了。

琳琅只得抱了衣裳回浣衣房去，从钟粹宫的角门旁过，只见四个人簇拥着一位贵妇出来，看那服饰，倒似是进宫来请安的朝廷命妇，连忙避在一旁。却不想四人中先有一人讶然道："这不是琳姑娘？"琳琅不由抬起头来，那贵妇也正转过脸来，见了琳琅，神色也是又惊又喜："真是琳姑娘。"琳琅已经跪下去，只叫了一声："四太太。"

那四人中先前叫出她名字的，正是侍候四太太的大丫头，见四太太示意，连忙双手搀起琳琅。四太太说："姑娘快别多礼了，咱们是一家人，再说这又是在宫里头。"牵了琳琅的手，欣然道，"这么些年不见，姑娘越发出挑了。老太太前儿还惦记，说不知什么时候才能见上姑娘一面呢。"琳琅听她这样说，眼圈不由一红，说："今儿能见着太太，就是琳琅天大的福气了。"一语未了，语中已带一丝呜咽之声，连忙极力克制，强笑道，"太太回去就说琳琅给老太太请安。"宫禁之地，哪里敢再多说，只又跪下来磕了个头。四太太也知不便多说，只说："好孩子，你自己保重。"琳琅静立宫墙之下，遥遥目送她远去，只见连绵起伏的宫殿尽头，天际幻起一缕一缕的晚霞，像是水面涟漪，细细碎碎浮漾开来。半空便似散开了的五色绸缎，光彩流离，四面却渐渐渗起黑，仿佛墨汁滴到水盂里，慢慢洇开了来。

四太太出了宫门，天已经擦黑了，待回到府中，已经是掌灯时分。小厮们上来挽了马，又取了凳子来，丫头先下了车，二门里三四个家人媳妇已经迎上来："太太回来了。"四太太下了车，先至上房去，大太太、三太太陪了老太太在上房摸骨牌，见四太太进来，老太太忙撂了牌问："见着姑奶奶了？"

四太太先请了安，方笑吟吟地说："回老太太的话，见着惠主子了。主子气色极好，和媳妇说了好半晌的话呢，又赏了东西叫媳妇带回来。"丫头忙奉与四太太递上前去，是一尊赤金菩萨，并沉香拐、西洋金表、贡缎等物。老太太看了，笑着连连点头，说："好，好。"回头叫丫头，"怎么不搀你们太太坐下歇歇？"

四太太谢了座，又说："今儿还有一桩奇遇。"大太太便笑道："什么奇遇，倒说来听听，难道你竟见着圣驾了不成？"四太太不由笑道："老太太面前，大太太还这样取笑，天底下哪里有命妇见圣驾的理——我是遇上琳姑娘了。"

老太太听了，果然忙问："竟是见着琳琅了？她好不好？定然又长高了。"四太太便道："老太太放心，琳姑娘很好，人长高了，容貌也越发出挑了，还叫我替她向您请安。"老太太叹息了一声，说："这孩子，不枉我疼她一场。只可惜她没造化……"顿了一顿，说，"回头冬郎回来，别在他面前提琳琅这话。"

四太太笑道："我理会的。"又说，"惠主子惦着您老人家的身子，问上回赏的参吃完了没有，我回说还没呢。惠主子还说，隔几日要打发大阿哥来瞧老太太。"老太太连声说："这可万万使不得，大阿哥是天潢贵胄，金枝玉叶，惠主子这样说，别折煞我这把老骨头了。"大太太、三太太自然凑趣，皆说："惠主子如今虽是主子，待老太太的一片孝心，那是没得比，不枉老太太素日里疼她。"老太太道："咱们家这些女孩儿里头，也算她是有造化的了，又争气，难得大阿哥也替她争脸。"

正说话间，丫头来说："大爷回来了。"老太太一听，眉开眼笑，只说："快快叫他进来。"丫头打起帘子，一位年轻公子已翩然而至。四太太抿嘴笑道："冬郎穿了这朝服，才叫英气好看。"容若已经叫了一声："老太太。"给祖母请了安，又给几位伯母叔母请安。老太太拉了他的手，命他在自己榻前坐下，问："今儿皇上叫了你去，公事都妥当吗？"容若答："老太太放心。"又说，"今儿还得了彩头呢。"他将一支短铳双手奉上与老太太看，"这是皇上赏的。"老太太接在手里掂了一掂，笑道："这是什么劳什子，乌沉沉的？"容若道："这是西洋火枪。今天在园子里比试射鹊子，皇上一高兴，就赏给我这个。"

四太太在一旁笑道："我还没出宫门就听说了，说是冬郎今天得了头彩，一箭双雕。不独那些侍卫们，连几位贝子、贝勒都被一股脑比了下去呢，皇上也很是高兴。"老太太笑得直点头，又说："去见你额娘，教她也欢喜欢喜。"容若便应了声"是"，起身去后堂见纳兰夫人。

纳兰夫人听他说了，果然亦有喜色，说道："你父亲成日地说嘴，他也不过是恨铁不成钢。其实皇上一直待你很好，你别辜负了圣望才是。"容若应了"是"，纳兰夫人倒似想起一事来："官媒拿了庚帖来，你回头看看。你媳妇没了快两年了，这事也该上心了。"见他低头不语，便道，"我知道你心里仍旧不好受，但夫妻伦常，情分上头你也尽心尽力了。"容若道："此事但凭母亲做主就是了。"

纳兰夫人半晌才道："续弦虽不比元配，到底也是终身大事，你心里有什么意思，也不妨直说。"容若说："母亲这样说，岂不是叫儿子无地自容？汉人的礼法，是父母之命，媒妁之言。咱们满人纳雁通媒，也是听父母亲大人的意思才是规矩。"

纳兰夫人道："既然你这么说，我也只去禀过老太太，再和你父亲商量吧。"

容若照例陪母亲侍候老太太吃毕晚饭，又去给父亲明珠定省请安，方出来回自己房里去。丫头提了灯在前头，他一路迤逦穿厅过院，不知不觉走到月洞门外，远远望见那回廊角落枝丫掩映，朦胧星辉之下，恍惚似是雪白一树玉蕊琼花，不由怔怔住了脚，脱口问："是梨花开了么？"

丫头笑道："大爷说笑了，这节气连玉兰都还没有开呢，何况梨花？"容若默然不语，过了半晌，却举足往回廊上走去，丫头连忙跟上去。夜沉如水，那盏灯笼暖暖一团晕黄的光，照着脚下的青石方砖。一块一块三尺见方的大青砖，拼贴无缝，光洁如镜。一砖一柱，一花一木，皆是昔日她的衣角窸窣拂过，夜风凛冽，吹着那窗扇微微动摇。

他仰起脸来，只见苍茫夜空中一天璀璨的星子，东一颗，西一簇，仿佛天公顺手撒下的一把银钉。伸手抚过廊下的朱色廊柱，想起当年与她赌词默韵，她一时文思偶滞，便只是抚着廊柱出神，或望芭蕉，或拂梨花。不过片刻，便喜盈盈转过身来，面上梨涡浅笑，宛若春风。

他心中不由默然无声地低吟："风也萧萧，雨也萧萧，瘦尽灯花又一宵。"如今晴天朗星，心里却只是苦雨凄风，万般愁绪不能言说。

醒也无聊，醉也无聊，梦也何曾到谢桥……

琳琅仰面凝望宫墙一角，衬着碧紫深黑的天。红墙四合，天像是一口深深的井，她便在那井底下，只能凝伫，如同永远没有重见天日的时刻。那春寒犹冽的晚风，刀子一样割在脸上也并不觉得。自从别后，她连在梦里也没有见过他……梦也何曾到谢桥……

画珠出来见着，方"哎哟"了一声，说道："你不要命了，这样的天气里，站在这风头上吹着？"琳琅这才觉得背心里寒飕飕的，手足早已冻得冰凉，只说道："我见一天的好星光，一时就看住了。"画珠说："星星有什么好看，再站一会儿，看不冻破你的皮。"

琳琅也觉着是冻着了，跟画珠回到屋里，坐在炭火旁暖了好一阵子，方觉得缓过来。画珠先自睡了，不一会儿琳琅便听她呼吸均匀，显是睡得熟了。火盆里的炭火燃着，一芒一芒的红星渐渐褪成灰烬。灯里的油不多了，火焰跳了一跳，琳琅拔下发间的簪子拨了拨灯芯，听窗外风声凄冷，那风是越刮越大了。她睡得不沉稳，半梦半醒之间，那风声犹如在耳畔，呜咽了一夜。

那春寒料峭的晚风，最是透寒刺骨。琳琅第二天起来，便有些气滞神恹，强打精神做了大半个时辰的差事。画珠就问："你别不是受了风寒吧？昨天下半宿只听见你在炕上翻来覆去。"琳琅说："哪里有那样娇贵，过会子喝碗姜汤，发散发散就好了。"不想到了下半晌，却发起热来。玉箸见她脸上红彤彤的，走过来握一握她的手，"哎哟"了一声，说："我瞧你那脸色就不对。怎么这样烫人？快去躺着歇一歇。"琳琅犹自强撑着说："不必。"画珠已经走过来，连推带揉将她搡到炕上去了，说："横竖差事还有我，你就歇一歇吧。"

琳琅只觉乏到了极处，不一会儿就昏昏沉沉睡着了。她人发着热，恍恍惚惚却像是听见在下雨，人渐渐醒来，才知道是外间嘈嘈切切的讲话声。那声音极低，她躺在炕上心里安静，隔了许久也才听见一句半句，像是玉箸在和谁说着话。她出了一身汗，人却觉得松快些了。睁眼看时，原来已经差不多是酉时光景了。

她坐起来穿了大衣裳，又拢了拢头发，只不知道是什么人在外头，踌躇了一下方挑起帘子。只见外面炕上上首坐着一位嬷嬷，年纪在四十上下，穿石青色缎织暗花梅竹灵芝袍，头上除了赤金镶珠扁方，只插戴通花。拿了支熟铜拨子正拨手炉里的炭火，那左手指上两支三寸来长的玳瑁嵌米珠团寿护甲，碰在手炉

上丁当作响，穿戴并不逊于主子。玉箸见琳琅掀帘出来，忙点手叫她："这是太后跟前的英嬷嬷。"

琳琅忙请安，英嬷嬷却十分客气，伸了手虚扶了一扶。待她抬起脸来，那英嬷嬷却怔了一怔，方牵着她手，细细打量一番，问："叫什么名字？"又问，"进宫几年了？"

琳琅一一答了，玉箸才问她："好些了么？怎么起来了？"琳琅道："难为姑姑惦记，不过是吹了风，受了些凉寒，这会子已经好多了。"玉箸就叫她："去吃饭吧，画珠她们都去了呢。"

待她走后，玉箸方笑着向英嬷嬷道："嬷嬷可是瞧上这孩子了么？"英嬷嬷笑了一声，说道："这孩子骨子清秀，竟是个十分的人才。只是可惜——你我也不是外人，说句僭越没有上下的话，我瞧她的样子，竟有三分像是老主子爷的端敬皇后那品格。"玉箸听了这一句，果然半晌作不得声，最后方道："我们名下这些女孩子里，数这孩子最温和周全，针线上也来得，做事又老道，只可惜她没福。"英嬷嬷说道："太后想挑个妥当人放在身边服侍也不是一日两日了，只不过后宫虽大，宫人众多，皆不知道禀性底细，不过叫我们慢慢谋着。"忽然想起一事来，问，"你刚才说到画珠，是个什么人，名字这样有趣？"

玉箸笑道："这孩子的名字，倒也有个来历。说是她额娘怀着她的时候，梦见仙人送来一轴画，打开那画看时，却是画得极大一颗东珠。因此上就给她改了小名儿叫画珠。"英嬷嬷"哎呀"了一声，说："这孩子只怕有些来历，你叫来我瞧瞧吧。"玉箸于是叫了小宫女，说："去叫画珠来。"

不一会儿画珠来了，玉箸叫她给英嬷嬷请了安。英嬷嬷方看时，只见粉扑扑一张脸，团团皎若明月，眉清目秀。英嬷嬷问：

"多大年纪啦？"画珠答："今年十六了。"一笑露出一口碎玉似的牙齿，娇憨动人，英嬷嬷心里已有了三分喜欢。又问："老姓儿是哪一家？"画珠道："富察氏。"英嬷嬷道："哎呀，弄了半天原来是一家子。"

玉箸便笑道："怨不得这孩子与嬷嬷投缘，人说富察氏出美人，果然不假。嬷嬷年轻时候就是美人，画珠这孩子也是十分齐整。"英嬷嬷放下手炉，牵了画珠的手向玉箸笑道："你不过取笑我这老货罢了，我算什么美人，正经的没人罢了。"画珠早禁不住笑了。英嬷嬷又问了画珠许多话，画珠本就是爱热闹的人，问一句倒要答上三句，逗得英嬷嬷十分高兴，说："老成持重固然好，可是宫里都是老成持重的人，成年累月的叫人生闷。这孩子爱说爱笑，只怕太后也会喜欢呢。"

玉箸忙对画珠道："英嬷嬷这样抬举你，你还不快给嬷嬷磕头。"画珠连忙磕下头去，英嬷嬷忙伸手扶起，说："事情还得禀过太后，请她老人家定夺呢，你慌着磕什么头？等明儿得了准信儿，再谢我也不迟。"

玉箸在一旁笑道："嬷嬷是太后跟前最得力的人，嬷嬷既能看得上，必也能投太后的缘。"

英嬷嬷果然十分欢喜，说："也不过是跟着主子久了，摸到主子一点脾气罢了，咱们做奴才的，哪里能替太后老主子当家。"起身说，"可迟了，要回去了，预备侍候太后安置呢。"玉箸忙起身相送，又叫画珠："天晚了，提灯送嬷嬷。"

画珠答应着点了灯来，英嬷嬷扶着她去了。琳琅吃过饭回屋子里，玉箸独个坐在那里检点衣裳，琳琅上前去帮忙。玉箸不由幽幽叹了一声，说："你既病着，就先去歇着吧。"琳琅道："躺了半日了，这会子做点事也好。"玉箸说："各人有各人

的缘法，那也是强求不来的。"琳琅微笑道："姑姑怎么这样说？"玉箸凝望她片刻，她既生着病，未免神色之间带着几分憔悴，乌亮的头发衬着那雪白的脸，一双眸子温润动人。玉箸缓缓点一点头，说："你啊，生得好，可惜生得好错了。"琳琅道："姑姑今天是怎么了，尽说些叫我摸不着头脑的话。"玉箸道："添上炭就去睡吧，天怪冷的，唉，立了春就好了。"

琳琅顺着她的话答应了一声，走过去添了炭，却拿了针线来就着灯绣了两支线，等画珠回来，方一同睡了。她是偶感风寒，强挣着没有调养，晚上却做了绣工，那又是极劳神的活计，到了下半夜四更时分，又发起热来。画珠等到天明起来，见她烧得脸上红红的，忙去告诉了玉箸，玉箸又去回了总管，每日去取药来吃。

她这一病来势既猛，缠绵半月，每日吃药，却并无多大起色，那发热时时不退，只是昏昏沉沉。迷迷糊糊睡着，恍惚是十来岁那年生病的时候，睁眼就瞧见窗上新糊的翠色窗纱。窗下是丫头用银吊子替她熬药，一阵阵的药香弥漫开来。窗外风吹过花影摇曳，梨花似雪，月色如水，映在窗纱之上，花枝横斜，欹然生姿。听那抄手游廊上脚步声渐近，熟悉而亲切。丫头笑盈盈地说："大爷来瞧姑娘了。"待要起来，他已伸出温凉的一只手来按在她额上。

她一惊就醒了。窗上糊着雪白的厚厚棉纸，一丝风也透不进来。药吊子搁在炉上，煮得嘟噜嘟噜直响。她倒出了一身的汗。小宫女进来了，连忙将药吊子端下来，喜滋滋地告诉她说："琳琅姐姐，你可醒了。画珠姐姐要去侍候太后了，大家都在给她道喜呢。"

琳琅神色恍惚，见她滗了药出来，满满一大碗端过来，接过来只见黑幽幽的药汁子，咽下去苦得透进五脏六腑。背里却有润润的汗意，额发汗湿了，腻在鬓畔，只心里是空落落的。

　　到了晚上，画珠进来陪她说话，琳琅问她："东西可都收拾好了？"画珠道："左右不过就是铺盖与几件衣裳，有什么好收拾的。"眼圈忽地一红，"琳琅，我只舍不得你。"琳琅微笑道："傻话，去侍候太后当上差，那是旁人想都想不来的造化。"顿了顿又说，"太后她老人家素来慈祥宽厚，你这性子说不定能投她老人家的眼缘。可有一样，在太后面前当差不比别的，你素来率性，贪玩爱笑不打紧，但行事要收敛，老人家都喜欢仁心厚道之人。"画珠低头半晌，方道："我理会的。"忽道，"将你的帕子给我。"琳琅这才明白她的意思，从枕下抽了一方帕子交给她。画珠于是将自己的帕子给了她，临别之际，终究依依不舍。

第二章
若只初见

知己一人谁是？已矣。赢得误他生。有情终古似无情，别语悔分明。莫道芳时易度，朝暮。珍重好花天。为伊指点再来缘，疏雨洗遗钿。

——纳兰容若《荷叶杯》

．．．
．．

　　开了春，琳琅才渐渐好起来。这几日宫中却忙着预备行围。
玉箸见琳琅日渐康复，已经可以如常应对差事，极是欢喜，说：
"皇上要去保定行围，咱们浣衣房也要预备随扈侍候，你好了我
就放心了。"因琳琅做事谨慎周到，所以玉箸便回了总管，将她
也指派在随扈的宫人名册中。

　　琳琅自入宫后，自是没有踏出过宫门半步，所以此次出京，
又喜又叹。喜的是偶然从车帷之间望去，街市城郭如旧。叹的是
天子出巡，九城戒严，坊市间由步兵统领衙门，会同前锋营、骁
骑营、护军营，由御前大臣负责统领跸警。御驾所经之处，街旁
皆张以黄幕，由三营亲兵把守，别说闲人，只怕连只耗子也被撵
到十里开外去了。黄土垫道之上远远只望见迤逦的仪仗銮驾，行
列连绵十数里。其时入关未久，军纪谨肃，只听见千军万马，蹄

声急沓，车轮辘辘，却连一声咳嗽之声都听不到。

至晚间扎营，营帐连绵亦是数里，松明火炬熊熊灼如白日，连天上一轮皓月都让火光映得黯然失色。那平野旷原之上，月高夜静，只听火堆里硬柴燃烧"噼啪"有声，当值兵丁在各营帐之间来回巡逻，甲铠上镶钉相碰发出丁当之声，那深黑影子映在帐幕之上，恍若巨人。

琳琅就着那灯理好一件蓝缎平金两则团龙行袍，忽听远远"呜咽"一声，有人吹起铁簧来，在这旷野之中，静月之下，格外清回动人。其声悠长回荡，起伏回旋不绝。玉箸"咦"了一声，说："谁吹的莫库尼？（莫库尼，满族传统的一种乐器）"琳琅侧耳细听，只听那簧声激荡低昂，隐约间有金戈之音，吹簧之人似胸伏雄兵百万，大有丘壑。琳琅不由道："这定是位统兵打仗的大将军在吹。"

待得一曲既终，铁簧之音极是激越，戛然而止，余音不绝如缕，仿佛如那月色一样，直映到人心上去。玉箸不由说："吹得真好，听得人意犹未尽。琳琅，你不是会吹箫，也吹来听听。"

琳琅笑道："我那个不成，滥竽充数倒罢了，哪里能够见人。"玉箸笑道："又不是在宫里，就咱们几个人，你还要藏着掖着不成？我知道你是箫不离身的，今儿非要你献一献不可。"此番浣衣房随扈十余人，皆是年轻宫人，且宿营在外，规矩稍懈，早就要生出事来，见玉箸开了口，心下巴不得，七嘴八舌围上来。琳琅被吵嚷不过，只得取出箫来，说："好吧，你们硬要听，我就吹一曲。不过话说在前头，若是听得三月吃不下肉去，我可不管。"

琳琅略一沉吟，便竖起长箫，吹了一套《小重山》。

春到长门春草青，江梅些子破，未开匀。碧云笼碾玉成尘，留晓梦，惊破一瓯春。花影压重门，疏帘铺淡月，好黄昏。二年三度负东君，归来也，著意过今春。

玉箸不通乐理，只觉箫调清冷哀婉，曲折动人。静夜里听来，如泣如诉，那箫声百折千回，萦绕不绝，如回风流月，清丽难言。一套箫曲吹完，帐中依旧鸦静无声。

玉箸半晌方笑道："我是说不上来好在哪里，不过到了这半晌，依旧觉着那声音好像还在耳边绕着似的。"琳琅微笑道："姑姑太夸奖了。"一语未了，忽听远处那铁簧之声又响起来，玉箸道："那铁簧又吹起来啦，倒似有意跟咱们唱和似的。"此番吹的却是一套《月出》。此乐常见于琴曲，琳琅从未曾听人以铁簧来吹奏。簧声本就激越，吹奏这样的古曲，却是剑走偏锋，令人耳目一新。

只是那簧乐中霸气犹存，并无辞曲中的凄楚悲叹之意，反倒有着三分从容。只听那铁簧将一套《月出》吹毕，久久不闻再奏，又从头吹遍。琳琅终忍不住竖箫相和，一箫一簧，遥相奏和，居然丝丝入扣。一曲方罢，簧声收音干脆清峻，箫声收音低回绵长。那些宫人虽不懂得，但听得好听，又要猜度是何人在吹簧，自是笑着嚷起来。正七嘴八舌不可开交的热闹时节，忽见毡帘掀起，数人簇拥着一人进来。

帐中人皆向来者望去，只见当先那人气宇轩昂，约摸二十六七岁，头上只是一顶黑缎绣万寿字红绒结顶暖帽，穿一身绛色贡缎团福缺襟行袍，外罩一件袖只到肘的额伦代。顾盼之间颇有英气，目光如电，向众人面上一扫。众人想不到闯入一个不速之客，见他这一身打扮，非官非卒，万万不知御驾随扈大营之中为何会有此等人物，都不由错愕在当地。唯琳琅只略一怔忡，便行礼如仪："奴才叩见裕王爷，王爷万福金安。"帐中诸人这

才如梦初醒，呼啦啦跪下去磕头请安。

福全却只举一举手，示意众人起来，问："适才吹箫的人是谁？"琳琅低声答："是奴才。"福全"哦"了一声，问："你从前认识我？"他虽常常出入宫闱，但因宫规，自是等闲不会见到后宫宫人，他身着便服，故而帐中众人皆被瞒过，不想这女子依旧道破自己身份。

琳琅道："奴才从前并没有福气识得王爷金面。"福全微有讶色："那你怎么知道？"琳琅轻声答："王爷身上这件马褂，定是御赐之物。"福全低首一看，只见袖口微露紫貂油亮绒滑的毛尖。向例御衣行袍才能用紫貂，即便显贵如亲王阁部大臣亦不能僭越。他不想是在这上头露了破绽，不由微笑道："不错，这是皇上赏赐的。"心中激赏这女子心思玲珑细密，见她不卑不亢垂手而立，目光微垂，眉目间并不让人觉得出奇美艳，但灯下映得面色莹白如玉，隐隐似有宝光流转。福全却轻轻咳了一声，说："你适才的箫吹得极好。"

琳琅道："奴才不过小时候学过几日，一时胆大贸然，有辱王爷清听，请王爷恕罪。"福全道："不用过谦，今晚这样的好月，正宜听箫，你再吹一套曲来。"琳琅只得想了一想，细细吹了一套《九罭》。这《九罭》原是赞颂周公之辞，周公乃文王之子，武王之弟，幼以孝仁卓异于群子，武王即位，则以忠诚辅翼武王。她以此曲来应王命，却是极为妥切，不仅颂德福全，且将先帝及当今皇帝比作文武二贤圣。福全听了，却禁不住面露微笑，待得听完，方问："你念过书么？"

琳琅答："只是识得几个字罢了。"福全点一点头，环顾左右，忽问："你们都是当什么差事的？"玉箸这才恭声答："回王爷的话，奴才们都是浣衣房的。"福全"哦"了一声。忽听帐帘响动，一个小太监进来，见着福全，喜出望外地请个安："王爷原来在这里，叫奴才好找。万岁爷那里正寻王爷呢。"

福全听了，忙带人去了。待他走后，帐中这才炸了锅似的。玉箸先拍拍胸口，吁了口气方道："真真唬了我一跳，没想到竟是裕王爷。琳琅，亏得你机灵。"琳琅道："姑姑什么没经历过，只不过咱们在内廷，从来不见外面的人，所以姑姑才一时没想到罢了。"玉箸到帐门畔往外瞧了瞧天色，说："这就打开铺盖吧，明儿还要早起当差呢。"众人答应着，七手八脚去铺了毡子，收拾了睡下。

琳琅的铺盖正在玉箸之侧，她辗转半响，难以入眠，只静静听着帐外的坼声，远远像是打过三更了。帐中安静下来，听得熟睡各人此起彼伏的微鼾之声。人人都睡得酣然沉香了，她便不由自主轻轻叹了口气。玉箸却低低问："还没睡着么？"琳琅忙轻声歉然："我有择席的毛病，定是吵着姑姑了。"玉箸说："我也是换了地头，睡不踏实。"顿了顿，依旧声如蝇语，"今儿瞧那情形，裕王爷倒像是有所触动，只怕你可望有所倚靠了。"虽在暗夜里，琳琅只觉得双颊滚烫，隔了良久方声如蚊蚋："姑姑，连你也来打趣我？"玉箸轻声道："你知道我不是打趣你。裕王爷是皇上的兄长，敕封的亲王。他若开口向皇上或太后说一声，你也算是出脱了。"琳琅只是不作声，久久方道，"姑姑，我没有那样天大的福气。"

玉箸也静默下来，隔了许久却轻轻叹了一声，道："老实说，假若裕王爷真开口问皇上讨了你去，我还替你委屈，你的造化应当还远不止这个才是。"她声音极低，琳琅骇异之下，终究只低低说："姑姑你竟这样讲，琳琅做梦都不敢想。"玉箸这些日子所思终于脱口而出，心中略慰，依旧只是耳语道："其实我

在宫里头这些年，独独遇上你，叫人觉着是个有造化的。姑姑倚老卖个老，假若真有那么一日，也算是姑姑没有看走眼。"琳琅从被下握了她的手："姑姑说得人怕起来，我哪会有那样的福分。姑姑别说这些折煞人的话了。"玉箸轻轻在她手上拍了一拍，只说："睡吧。"

　　第二日却是极晴朗的好天气。因行围在外，诸事从简，人手便显得吃紧。琳琅见衣裳没有洗出来，便自告奋勇去帮忙洗浣。春三月里，芳草如茵，夹杂野花纷乱，一路行去惊起彩蝶飞鸟。四五个宫人抬了大筐的衣物，在水声溅溅的河畔浣洗。

　　琳琅方洗了几槌，忽然"哎呀"了一声，她本不惯在河畔浣衣，不留神却叫那水濡湿了鞋，脚下凉丝丝全湿得透了。见几个同伴都赤着足踩在浅水之中，不由笑道："虽说是春上，踏在水里不凉么？"一位宫女便道："这会子也惯了，倒也有趣，你也下来试试。"琳琅见那河水碧绿，清澈见底，自己到底有几分怯意，笑道："我倒有些怕——水流得这样急呢。"旁边宫女便说笑："这样浅的水，哪里就能冲走你？"琳琅只是摇头笑道："不成，我不敢呢。"正在笑语晏晏间，忽见一个小宫女从林子那头寻来，老远便喘吁吁地喊："琳琅姐姐，快，快……玉姑姑叫你回去呢。"

　　琳琅不由一怔，手里的一件江绸衫子便顺水漂去了，连忙伸手去捞住。将衣筐、衣槌交给了同伴，跟着小宫女回营帐去。只见芸初正坐在那里，琳琅笑道："我原猜你应该也是随扈出来，只是怎么有工夫到我们这里来？"按规矩，御前当差的人是不得随意走动的。芸初略有忧色，给她瞧一件石青夹衣。琳琅见那织锦是妆花龙纹，知道是御衣，那衣肩上却撕了寸许来长的一道口子。芸初道："万岁爷今天上午行围时，这衣裳叫树枝挂了这么一道口子，偏生这回织补上的人都留在宫里。"玉箸在一旁道："琳琅，你素来针线上十分来得，瞧瞧能不能拾掇？"

琳琅道："姑姑吩咐，本该勉力试一试，可是这是御用之物，我怕弄不好，反倒连累了姑姑和芸初。"芸初道："这回想不到天气这样暖和，只带了三件夹衣出来。晚上万岁爷指不定就要换，回京里去取又来不及，四执库那些人急得热锅上的蚂蚁似的。我也是病急乱投医，拿到你们这边来。我知道你的手艺，你横竖只管试试。"

琳琅听她这样说，细细看了，取了绷子来绷上，先排纬识经，再细细看一回，方道："这会子上哪里去找这真金线来？"玉箸说："我瞧你那里有金色丝线。"琳琅说："只怕补上不十分像，这云锦妆花没有真金线，可充不过去。"芸初脸上略有焦灼之色，琳琅想了一想，说道："我先织补上了，再瞧瞧有没有旁的法子。"对芸初道，"这不是一会子半会子就能成的事情，你先回去，过会儿补好了，再打发人给你送去。"

芸初本也不敢久留，听她这样说，便先去了。那云锦本是一根丝也错不得的，琳琅劈了丝来慢慢生脚，而后通经续纬，足足补了两个多时辰，方将那道口子织了起来。但见细灰一线淡痕，无论如何掩不过去。玉箸叹了口气，说："也只得这样了。"

琳琅想了一想，却拈了线来，在那补痕上绣出一朵四合如意云纹。玉箸见她绣到一半，方才抚掌称妙，待得绣完，正好将那补痕掩盖住。琳琅微笑道："这边肩上也只得绣一朵，方才掩得过去。"

待得另一朵云纹绣完，将衣裳挂起来看，果然天衣无缝，宛若生成。玉箸自是喜不自禁。

玉箸打发了人送衣裳去，天色近晚，琳琅这几个时辰不过胡乱咽了几个饽饽，这会子做完了活，方才觉得饿了。玉箸说："这会子人也没有，点心也没有，我去叫他们给你做个锅子来吃。"琳琅忙说："不劳动姑姑了，反正我这会子腿脚发麻，想着出去走走，正好去厨房里瞧瞧有什么现成吃的。"因是围猎在外的御营行在，规矩稍懈，玉箸便说："也罢，你去吃口热的也好。"

谁知琳琅到了厨房，天气已晚，厨房也只剩了些饽饽。琳琅拿了些，出帐来抬头一望，只见半天晚霞，那天碧蓝发青，仿佛水晶冻子一样莹透，星子一颗颗正露出来，她贪看那晚霞，顺着路就往河边走去。暮色四起，河水溅溅，晚风里都是青草树叶的清香，不一会儿月亮升起来，低低地在树丫之间，月色淡白，照得四下里如笼轻纱。

她吃完了饽饽，下到河边去洗手，刚捧起水来，不防肋下扣子上系的帕子松了，一下子落在水里，帕子极轻，河水已经冲出去了。她不及多想，一脚已经踏在河里，好在河水清浅，忙将鞋子提在手中，蹚水去拾。那河虽浅，水流却湍急。琳琅追出百余步，小河拐了个弯，一枝枯木横于河面，那帕子叫枯木在水里的枝丫钩住了，方才不再随波逐浪。她去拾了帕子，辫子滑下来也没留神，叫那枝子挂住了，忙取下来。这时方才觉得脚下凉凉滑滑，虽冷，却有一种说不出的新奇有趣。那水不断从脚面流过，又痒又酥，忍不住一弯腰便在那枯木上坐下来，将那帕子拧干了晾在枝间。只见河岸畔皆是新发的苇叶，那月亮极低，却是极亮，照着那新苇叶子在风里哗哗轻响。她见辫子挂得毛了，便打开来重新编。那月色极好，如乳如雪，似纱似烟。她想起极小的时候，嬷嬷唱的悠车歌，手里拢着头发，嘴里就轻轻哼着：

"悠悠扎，巴布扎，狼来啦，虎来啦，马虎跳墙过来啦。

悠悠扎，巴布扎，小阿哥，快睡吧，阿玛出征伐马啦……"

只唱了这两句，忽听苇叶轻响，哗哗响着分明往这边来，唬得她攥着发辫站起来，脱口喝问："是谁？"却不敢转身，只怕是豺狼野兽。心里怦怦乱跳，目光偷瞥，只见月光下河面倒映影绰是个人影，只听对方问："你是谁？这里是行在大营，你是什么人？"却是年轻男子的声音。琳琅见他如斯责问，料得是巡夜的侍卫，这才微微松了口气，却不敢抬头，道："我是随扈的宫女。"心里害怕受责罚，久久听不到对方再开口说话，终于大着胆子用眼角一瞥，只见到一袭绛色袍角，却不是侍卫的制袍。一抬头见月下分明，那男子立在苇丛间，仿若临风一枝劲苇，眉宇间磊落分明，那目光却极是温和，只听他问："你站在水里不冷么？"

她脸上一红，低下头去。见自己赤足踏在碧水间，越发窘迫，忙想上岸来，不料泥滩上的卵石极滑，急切间一个趔趄，差点跌倒，幸得那人眼明手快，在她肘上托了一把，她方站稳妥了。她本已经窘迫到了极处，满俗女孩儿家的脚是极尊贵的，等闲不能让人瞧见，当着陌生男子的面这样失礼，琳琅连耳根子都红得像要烧起来，只得轻声道："劳驾你转过脸去，我好穿鞋。"

只见他怔了一下，转过身去。她穿好鞋子，默默向他背影请个安算是答谢，便悄然顺着河岸回去了。她步态轻盈，那男子立在那里，没听到她说话，不便转过身来。只听河水哗哗，风吹着四面树木枝叶簌然有声，伫立良久，终于忍不住回过头来，只见月色如水，苇叶摇曳，哪里还有人。

他微一踟蹰，双掌互击"啪啪"两声轻响。林木之后便转出两名侍卫，躬身向他行礼。他向枯木枝上那方绢白一指："那是什么？"

一名侍卫便道："奴才去瞧。"却行而退，至河岸方微侧着身子去取下，双手奉上前来给他："主子，是方帕子。"他接在手里，白绢帕子微湿，带着河水郁青的水汽，夹着一线幽香，淡缃色丝线绣出四合如意云纹，是极清雅的花样。

琳琅回到帐中，心里犹自怦怦直跳。只不知对方是何人，慌乱间他的衣冠也没瞧出端倪。心里揣摩大约是随扈行猎的王公大臣，自己定是胡乱闯到人家的行辕营地里去了，心下惴惴不安。玉箸派去送衣裳的人已经回来了，说道："芸初姑娘没口子地道谢，梁谙达见了极是欢喜，也说要改日亲自来拜谢姑姑呢。"玉箸笑道："谢我不必了，谢琳琅的巧手就是了。"一低头见了琳琅的鞋，"哎哟"了一声道，"怎么湿成这样？"琳琅这才想起来，随口说："我去河边洗手，打湿了呢。"忙去换下湿鞋。

第二日，琳琅在帐中熨衣，忽听芸初的声音在外面问："玉姑姑在吗？梁谙达瞧您来了。"玉箸忙迎出去，先请安笑道："谙达这可要折煞玉箸了。"梁九功只是笑笑："玉姑不用客气。"举目四望，"昨儿补衣裳的是哪一位姑娘？"玉箸忙叫了琳琅来见礼。琳琅正待蹲身请安，梁九功却连忙一把挽住："姑娘不要多礼，亏得你手巧，咱们上下也没受责罚。今儿万岁爷见了那衣裳，还问过是谁织补的呢。"芸初在一旁，只是笑盈盈的。玉箸忙叫人沏茶，芸初悄悄对琳琅道："梁谙达这回是真的欢喜，所以才特意过来瞧你呢。"到底人多，不便多说，轻轻在琳琅手腕上一捏，满脸只是笑容。梁九功又夸奖了数句，方才去了。

他回御营去，帐门外的小太监悄悄迎上来："谙达回来了？王爷和纳兰大人在里面陪皇上说话呢。"梁九功点一点头，蹑步走至大帐中。那御营大帐地下俱铺羊毡，踏上去悄无声息。只见皇帝居中而坐，神色闲适。裕亲王向纳兰性德笑道："容若，前儿晚上吹箫的人，果然是名女子。咱们打赌赌输了，你要什么彩头，直说吧。"纳兰只是微微一笑："容若不敢。"皇帝笑道："那日听那箫声，婉转柔美。你说此人定是女子，朕亦以为然。只有福全不肯信，巴巴儿地还要与你赌，眼下输得心服口服了。"福全道："皇上圣明。"又笑容可掬向容若道，"愿赌服输，送佛送到西。依我瞧你当晚似对此人大有意兴，不如我替你求了皇上，将这个宫女赐给你。一举两得，也算是替皇上分忧。"皇帝与兄长的情谊素来深厚，此时微笑："你卖容若人情倒也罢了，怎么还扯上为朕分忧的大帽子？"

福全道："皇上可不总也说'容若鹣鲽情深，可惜情深不寿，令人扼腕叹息'。那女子虽只是名宫人，但才貌皆堪配容若，我替皇上成全一段佳话，当然算是为君分忧。"

纳兰道："既是后宫宫人，臣不敢僭越。"

皇帝道："古人的'蓬山不远''红叶题诗'俱是佳话。你才可比宋子京，朕难道连赵祯的器量都没有？"

福全便笑道："皇上仁心淳厚，自然远胜宋仁宗。不过这些个典故的来龙去脉，我可不知道。"他弓马娴熟，于汉学上头所知却有限。皇帝素知这位兄长的底子，便对纳兰道："容若，裕亲王考较你呢，你讲来让王爷听听。"

纳兰便应了声"嗻"，说道："宋祁与兄宋庠皆有文名，时人以大宋、小宋称之。一日，子京过繁台街，适有宫车经过，其中有一宫人掀帘窥看子京，说道：'此乃小宋也。'子京归家后，遂作《鹧鸪天》，词曰：'画毂雕鞍狭路逢，一声肠断绣帘中。身无彩凤双飞翼，心有灵犀一点通。金作屋，玉为笼，车如

流水马如龙。刘郎已恨蓬山远，更隔蓬山几万重。'词作成后，京城传唱，并传至宫中。仁宗听到后，知此词来历，查问宫人：'何人呼小宋？'那宫人向仁宗自陈。仁宗又召子京问及此事，子京遂以实情相告。仁宗道：'蓬山不远。'即将此宫人赐予子京为妻。"

他声音清朗，抑扬顿挫，福全听得津津有味，道："这故事倒真是一段佳话。皇上前儿夜里吹箫，也正好引出一折佳话。"皇帝笑道："咱们这段佳话到底有一点美中不足，是夜当命容若来吹奏，方才是十成十的佳话。"

君臣正说笑间，虞卒报至中军，道合围已成，请旨移驾看城。皇帝闻奏便起身更衣。纳兰领着侍卫的差事，皇帝命他驰马先去看城。福全侍立一旁，见尚衣的太监替皇帝穿上披挂。皇帝回头见梁九功捧了帽子，问："找着了？"

梁九功答："回皇上话，找着那织补衣裳的人了，原是在浣衣房的宫女。皇上没有吩咐，奴才没敢惊动，只问了她是姓卫。"皇帝道："朕不过觉得她手巧，随便问一句罢了，回头叫她到针线上当差吧。"

梁九功"嗻"了一声。皇帝转脸问福全："那吹箫的宫女，我打算成全容若。你原说打听到了，是在哪里当差？"福全听到适才梁九功的一番话，不由想了一想，一抬头正瞧见宫女捧了皇帝的大氅进来，灵机一动，答道："那宫女是四执库的。"

皇帝道："这桩事情就交由你去办，别委屈容若。"福全只道："皇上放心。"皇帝点一点头，转脸示意，敬事房的太监便高声一呼："起驾！"

清晨前管围大臣率副管围及虞卒、八旗劲旅、虎枪营士卒与各旗射生手等出营，迂道绕出围场的后面二十里，然后再由远而近把兽赶往围场中心合围。围场的外面从放围的地方开始，伏以虎枪营士卒及诸部射生手。又重设一层，专射围内逃逸的兽，而围内的兽则例不许射。皇帝自御营乘骑，率诸扈从大臣侍卫及亲随射生手、虎枪手等拥护由中道直抵中军。只见千乘万骑拱卫明黄大纛缓缓前行，扈从近臣侍卫按例皆赏穿明黄缺襟行褂，映着日头明晃晃一片灿然金黄。

在中军前半里许，御驾停了下来，纳兰自看城出迎，此时一直随侍在御驾之侧，跟随周览围内形势。皇帝见合围的左右两翼红、白两纛齐到看城，围圈已不足二三里，便吩咐："散开西面。"专事传旨的御前侍卫便大声呼唤："有旨，散开西面！"只听一声迭一声飞骑传出："有旨，散开西面……"远远听去句句相接，如同回音。这是网开一面的天恩特敕，听任野兽从此面逃逸，围外的人也不准逐射。围内野兽狼奔豕突，乱逃乱窜。皇帝所执御弓，弓干施朱漆缠以金线，此时拈了羽箭在手里，"嗖"一声弦响，一箭射出，将一只蹿出的狍子生生钉死在当地。三军纵声高呼："万岁！"声响如雷，行围此时方始。只见飞矢如蝗，密如急雨，皇帝却驻马原地，看诸王公大臣射生手等驰逐野兽。这是变相的校射了，所以王公大臣以下，人人无不奋勇当先。

福全自七八岁时就随扈顺治帝出关行围，弓马娴熟，在围场中自是如鱼得水，纵着胯下大宛良马奔跑呼喝，不过片刻，他身后的哈哈珠子便驮了一堆猎物在鞍上。此时回头见了，只皱眉道："累赘！只留耳朵。"那哈哈珠子便"嗻"了一声，将兽耳割下，以备事毕清点猎物数量。

纳兰是御前侍卫，只勒马侍立御驾之后，身侧的黄龙大纛烈烈迎风作响。围场中人喧马嘶，摇旗呐喊，飞骑来去。他腕上垂着马鞭，近侍御前不能佩刀，腰际只用吩系佩箭囊，囊中插着数

十尾白翎箭。只听皇帝道："容若，你也去。"纳兰便于马上躬身行礼："奴才遵旨。"打马入围，从大队射生手骑队间穿过，拈箭搭弓，嗖嗖嗖连发三箭，箭箭皆中，无一虚发。皇帝遥相望见，也禁不住喝了一声彩。众侍卫自是喝彩声如雷动。纳兰兜马转来，下马行礼将猎物献于御前，依旧退至御驾之后侍立。

这一日散围之后，已是暮色四起。纳兰随扈驰还大营，福全纵马在他左近，只低声笑道："容若，此次皇上可当真了，吩咐我说要将那宫女赐给你呢。"

容若握着缰绳的手一软，竟是微微一抖。心乱如麻，竟似要把持不定，极力自持，面上方不露声色。幸得福全并无留意，只是笑道："皇上给了这样天大的面子，我自然要好生来做成这桩大媒。"容若道："圣恩浩荡，愧不敢受。王爷又如此替容若操劳，容若实不敢当。"福全道："我不过做个顺水人情，皇上吩咐不要委屈了你，我自然老实不客气。"有意顿一顿，方道，"我叫人去打听清楚了，吹箫的那宫人是颇尔盆之女，门楣倒是不低，提起他们家来，你不定知道，说来她还是荣嫔的表亲。我听闻此女品貌俱佳，且是皇上所赐，令尊大人想必亦当满意。"话犹未落，只见纳兰手中一条红绦结穗的蟒皮马鞭落在了地上，纳兰定一定神，策马兜转，弯腰一抄便将鞭子拾起。福全笑道："这么大的人了，一听婆亲还乱了方寸？"

纳兰只道："王爷取笑了。皇上隆恩，竟以后宫宫人以降，本朝素无成例，容若实不敢受，还望王爷在皇上面前代为推辞。"

福全听他起先虽有推却之辞，但到了此时语意坚决，竟是绝不肯受的表示了。心里奇怪，只是摸不着头脑。他与纳兰交好，倒是一心一意替他打算。因听到梁九功回话，知琳琅已不可求，这两日特意命人悄悄另去物色，打听到内大臣颇尔盆之女在四执库当差。那颇尔盆乃费英乐的嫡孙，承袭一等公爵，虽在朝中无甚权势，但爵位显赫。不料他一片经营，纳兰却推辞不受。

福全待要说话，只见纳兰凝望远山，那斜阳西下，其色如金，照在他的脸上，他本来相貌清秀，眉宇之间却总只是淡然。福全忍不住道："容若，我怎么老是见你不快活？"纳兰蓦然回过神来，只是微笑："王爷何出此言？"

福全道："唉，你想必又是忆起了尊夫人，你是长情的人，所以连皇上都替你惋叹。"话锋一转，"今晚找点乐子，我来撺掇皇上，咱们赌马如何？"容若果然解颐道："王爷难道输得还不服气么？"福全一手折着自己那只软藤马鞭，哈哈一笑："谁说上次是我输了？我只不过没赢罢了，这次咱们再比过。"

容若举手遮光，眺望远处辂伞簇拥着的明黄大纛，道："咱们落下这么远了。"福全道："这会子正好先试一场，咱们从这里开始，谁先追上御驾就算谁赢。"不待容若答话，双腿一夹，轻喝一声，胯下的大宛良驹便撒开四蹄飞驰，容若打马扬鞭，方追了上去。侍候福全的哈哈珠子与亲兵长随，纵声呼喝亦紧紧跟上，十余骑蹄声急促，只将小道上腾起滚滚一条灰龙。

第三章
心期天涯

风鬟雨鬓，偏是来无准。倦倚玉兰看月
晕，容易语低香近。软风吹过窗纱，心期便
隔天涯。从此伤春伤别，黄昏只对梨花。

——纳兰容若《清平乐》

皇帝回到御营，换了衣裳便留了福全陪着用膳。因行围在外，诸事从简，皇帝从来亦不贪口腹之欲，所以只是四品锅子，十六品大小菜肴。天家馔饮，自是罗列山珍海味。皇帝却只拣新鲜的一品烹掐菜下饭，福全笑道："虽然万岁爷这是给奴才天大的面子，可是老实说，每回受了这样的恩典，奴才回去还得找补点心。"皇帝素来喜欢听他这样直言不讳，忍不住也笑道："御膳房办差总是求稳妥为先，是没什么好吃的。这不比在宫里，不然朕传小厨房的菜，比这个好。"尝了一品鸭丁溜葛仙米，说，"这个倒还不错，赏给容若。"

　　自有太监领了旨意去，当下并不是撤下桌上的菜，所有菜品早就预备有一式两份，听闻皇帝说赏，太监立时便用捧盒装了另一份送去。福全道："皇上，福全有个不情之请，想求皇上成

全。"他突然这样郑重地说出来，皇帝不禁很是注意，"哦"了一声问："什么事？"

福全道："奴才今日比马又输了彩头，和容若约了再比过。所以想求万岁爷大驾，替福全压阵。"皇帝果然有兴致，说："你们倒会寻乐子。我不替你压阵，咱们三个比一比。"福全只是苦愁眉脸："奴才不敢，万一传到太皇太后耳中去，说奴才撺掇了皇上在黑夜荒野地里跑马，奴才是要吃排头的。"

皇帝将筷子一撩，道："你兜了这么个圈子，难道不就是想着撺掇朕？你赢不了容若，一早想搬朕出马，这会子还在欲擒故纵，欲盖弥彰。"福全笑嘻嘻地道："皇上明鉴，微臣不敢。"皇帝见他自己承认，便一笑罢了，对侍立身后的梁九功道："叫他们将北面道上清一清，预备松明炬火。"福全听他如斯吩咐，知道已经事成，心下大喜。

待得福全陪了皇帝缓缰驭马至御营之北广阔的草甸之上，御前侍卫已经四散开去。两列松明火把远远如蜿蜒长龙，只闻那炬火呼呼燃着，偶然噼啪有声，炸开火星四溅。纳兰容若见皇帝解下大氅，随手向后扔给梁九功，露出里面一身织锦蟒纹缺襟行袍，只问："几局定输赢？"

福全道："看皇上的兴致，臣等大胆奉陪。"

皇帝想一想，说："就三局吧，咱们三个一块儿。"用手中那条明黄结穗的马鞭向前一指，"到河岸前再转回来，一趟来回算一局。"

三人便勒了各自的坐骑，命侍卫放铳为号，齐齐纵马奔出。皇帝的坐骑是陕甘总督杨岳斌所贡，乃万里挑一的名驹，迅疾如风，旋即便将二人远远抛在后头。纳兰容若纵马驰骋，只觉风声呼呼从耳畔掠过，那侍卫所执的火炬直若流星灼火，在眼前一划而过，穷追不舍。皇帝驰至河边见两人仍落得远远的，不愿慢下那疾驰之势，便从侍卫炬火列内穿出，顺着河岸兜了个圈子以掉转马头。暗夜天黑，只觉突然马失前蹄，向前一栽，幸得那马调驯极佳，反应极快，便向上跃起。他骑术精良，当下将缰绳一缓，那马却不知为何长嘶一声，受惊乱跳。侍卫们吓得傻了，忙拥上前去帮忙拉马。那马本受了惊吓，松明火炬一近前来，反倒适得其反。皇帝见势不对，极力控马，大声道："都退开！"

福全与纳兰已经追上来，眼睁睁只见那马发狂般猛然跃起，重重将皇帝抛下马背来。福全吓得脸色煞白，纳兰已经滚下鞍鞯，抢上前去，众侍卫早将皇帝扶起。福全连连问："怎么样？怎么样？"

火炬下照得分明，皇帝脸色还是极镇定的，有些吃力地说："没有事，只像是摔到了右边手臂。"福全急得满头大汗，亲自上前替皇帝卷起衣袖，侍卫将火把举得高些。外面只瞧得些微擦伤，肘上已然慢慢淤青红肿。皇帝虽不言疼痛，但福全瞧那样子似乎伤得不轻，心里又急又怕，只道："奴才该死，奴才护驾不周，请皇上重责。"皇帝忍痛笑道："这会子倒害怕起来了？早先揎掇朕的劲头往哪里去了？"福全听他此时强自说笑，知道他是怕自己心里惶恐，心下反倒更是不好过。纳兰已将御马拉住，那马仍不住悲嘶。容若取了火把细看，方见马蹄之上鲜血直流，竟夹着猎人的捕兽夹，怪不得那马突然发起狂来。

福全对御前侍卫总管道："你们有几个脑袋可以担当？先叫你们清一清场子，怎么还有这样的夹子在这里？竟夹到了皇上的马，几乎惹出弥天大祸来。你们是怎么当差的？"那些御前侍卫皆是皇帝近侍，他虽是亲王身份，亦不便过分痛斥，况且侍卫总管见出了这样大的乱子，早吓得魂不附体。福全便也不多说，扶

了皇帝上了自己坐骑，亲自挽了缰绳，由侍卫们簇拥着返回御营大帐去。

待返回御营，先传蒙古大夫来瞧伤势。皇帝担心消息传回京城，道："不许小题大做，更不许惊动太皇太后、太后两位老人家知道。不然，朕唯你们是问。"福全恨得跌足道："我的万岁爷，这节骨眼上您还惦记要藏着掖着。"

幸得蒙古大夫细细瞧过，并没有伤及骨头，只是筋骨扭伤，数日不能使力。蒙医医治外伤颇为独到，所以太医院常备有治外伤的蒙药，随扈而来亦有预备王公大臣在行围时错手受伤，所以此时便开方进上成药。福全在灯下细细瞧了方子，又叫大夫按规矩先行试药。

皇帝那身明黄织锦的行袍，袖上已然蹭破一线，此刻换了衣裳，见福全诚惶诚恐侍立帐前，于是道："是朕自个不当心，你不必过于自责。你今天晚上也担惊受怕够了，你跟容若都跪安吧。"纳兰请个安便遵旨退出，福全却苦笑道："万岁爷这样说，越发叫福全无地自容，奴才请旨责罚。"皇帝素来爱惜这位兄长，知道越待他客气他反倒越惶恐，便有意皱眉道："罢了，我肘上疼得心里烦，你快去瞧瞧药好了没？"福全忙请了个安，垂手退出。

福全看着那蒙古大夫试好了药，便亲自捧了走回御帐去。正巧小太监领着一名宫女迎面过来，两人见了他忙避在一旁行礼。福全见那宫女仪态动人，身姿娉婷，正是琳琅，一转念便有了主意，问那小太监："你们这是去哪儿？"

那小太监道："回王爷的话，梁谙达嘱咐，这位姑娘打今儿起到针线上去当差，所以奴才领了她过来。"

福全点点头，对琳琅道："我这里有桩差事，交给你去办。"琳琅虽微觉意外,但既然是裕亲王吩咐下来,只恭声道:"是。"福全便道:"你跟我来吧。"

琳琅随着他一路走过,直至御帐之前。琳琅虽不曾近得过御前,但瞧见大帐前巡守密织,岗警森严,那些御前侍卫,皆是二三品的红顶子。待得再往前走,御前侍卫已然不戴佩刀,她隐隐猜到是何境地,不禁心里略略不安。待望见大帐的明黄帷幕,心下一惊,只不明白福全是何意思。正踟蹰间,忽听福全道:"万岁爷摔伤了手臂,你去侍候敷药。"

琳琅轻声道:"奴才不是御前的人,只怕当不好这样紧要的差事。"福全微微一笑,说:"你心思灵巧,必然能当好。"琳琅心下越发不安。太监已经打起帘子,她只得随着福全步入帐中。

御营行在自然是极为广阔,以数根巨木为柱,四面编以老藤,其上蒙以牛皮,皮上绘以金纹彩饰。帐中悉铺厚毡,踩上去绵软无声。琳琅垂首低眉随着福全转过屏风,只见皇帝坐在狼皮褥子之上,梁九功正替他换下靴子。福全只请了个安,琳琅行了大礼,并未敢抬头。皇帝见是名宫女,亦没有留意。福全将药交给琳琅,梁九功望了她一眼,便躬身替皇帝轻轻挽起袖子。

琳琅见匣中皆是浓黑的药膏,正犹豫间,只见梁九功向她使着眼色,她顺他眼色瞧去,方见着小案上放着玉拨子,忙用拨子挑了药膏。皇帝坐的软榻极矮,她就势只得跪下去,她手势极轻柔,将药膏薄薄敷在伤处。皇帝突然之间觉到幽幽一缕暗香,虽不甚浓,却非兰非麝,竟将那药气遮掩下去,不禁回过头来望了她一眼。只见秀面半低,侧影极落落动人,正是那夜在河畔唱歌之人。

福全低声道:"奴才告退。"见皇帝点一点头,又向梁九功

使个眼色，便退了出去。过了一会儿工夫，梁九功果然也退出来，见了他只微笑道："王爷，这么着可不合规矩。"福全笑了一声："我闯了大祸，总得向皇上赔个不是。万岁爷说心里烦，那些太监们笨手笨脚不会侍候，越发惹得万岁爷心里烦。叫这个人来，总不至叫万岁爷觉着讨厌。"

琳琅敷好了药，取了小案上的素绢来细细裹好了伤处，便起身请了个安，默然退至一旁。皇帝沉吟问："你叫什么名字？"

她轻声答："琳琅。"回过神来才觉察这样答话是不合规矩的，好在皇帝并没有在意，只问："是珠玉琳琅的琳琅？"她轻声答了个"是"。皇帝"哦"了一声，又问："你也是御前的人，朕以前怎么没见着你当差？"琳琅低声道："奴才原先不是御前的人。"终于略略抬起头来。帐中所用皆是通臂巨烛，亮如白昼，分明见着皇帝正是那晚河畔遇上的年轻男子，心下大惊，只觉得一颗心如急鼓一般乱跳。皇帝却转过脸去，叫："梁九功。"

梁九功连忙进来，皇帝道："伤了手，今儿的折子也看不成了。朕也乏了，叫他们都下去吧。"梁九功"嗻"了一声，轻轻一击掌，帐中诸人皆退出去，琳琅亦准备随众退下。忽听皇帝道："你等一等。"她连忙垂手侍立，心里怦怦直跳。皇帝却问："朕的那件衣裳，是你织补的？"

她只答了个"是"，皇帝便又说："今儿一件衣裳又蹭坏了，一样儿交你吧。"她恭声道："奴才遵旨。"见皇帝并无其他吩咐，便慢慢退出去。

梁九功派人将衣裳送至，她只得赶了夜工织补起来，待得天明才算是完工。梁九功见她交了衣裳来，却叫小太监："叫芳景来。"又对她说，"御前侍候的规矩多，学问大，你从今儿起好生跟芳景学着。"

琳琅听闻他如是说，心绪纷乱，但他是乾清宫首领太监，只得应了声："是。"不一会儿小太监便引了位年长的宫女来，倒是眉清目秀，极为和气。琳琅知是芳景，便叫了声："姑姑。"

芳景便将御前的一些规矩细细讲与琳琅听，琳琅性子聪敏，芳景见她一点即透，亦是欢喜。方说了片刻，可巧芸初听见信了，特意过来瞧她，一见了她，喜不自禁："咱们可算是在一块儿了。"琳琅也很是欢喜，道："没想到还有这样的机缘。"芳景刚又嘱咐了琳琅两句，只听小太监在帐外叫道："芳姑姑，刘谙达叫您呢。"芳景便对芸初道："你来给她解说些日常行事规矩，我去瞧瞧。"待她一走，芸初禁不住笑道："我早就说过，你样样是个拔尖的，总有这一日吧。"琳琅只是微笑罢了，芸初极是高兴，拉着她的手："听说画珠也很讨太后喜欢。咱们三个人，终于都当了上差。"琳琅道："上差不上差，左不过不犯错，不出岔子，太太平平就好。"芸初道："你这样伶俐一个人，还怕当不好差事。"悄声笑道，"旁人想都想不来呢，谁不想在御前当上差。"顿了顿又说，"你忘了那年在内务府学规矩，咱们三个人睡在一个炕上，说过什么话吗？"琳琅微笑道："那是你和画珠说的，我可没有说。"芸初笑道："你最是个刁钻古怪的，自然和我们不一样的心思。"琳琅面上微微一红，还欲说话，梁九功却差人来叫她去给皇帝换药，她只得撇下芸初先去。

时辰尚早，皇帝用了早膳，已经开始看折子。琳琅依旧将药敷上，细细包扎妥当，轻轻将衣袖一层层放下来。只见皇帝左手执笔，甚为吃力，只写得数字，便对梁九功道："传容若来。"

她的手微微一颤，不想那箭袖袖端绣花繁复，极是挺括，

触到皇帝伤处，不禁身子一紧。她吓了一跳，忙道："奴才失手。"皇帝道："不妨事。"挥手示意她退下。她依礼请安之后却行而退，刚退至帐前，突然觉得呼吸一窒，纳兰已步入帐中，只不过相距三尺，却只能目不斜视陌然错过。他至御前行礼如仪："皇上万福金安。"

她慢慢退出去，眼里他的背影一分一分地远去，一尺一尺地远去。原来所谓的咫尺天涯，咫尺，便真是不可逾越的天涯。帘子放下来，视线里便只剩了那明黄上用垂锦福僖帘。朝阳照在那帘上，混淆着帐上所绘碧金纹饰，华彩如七宝琉璃，璀璨夺目，直刺入心。

容若见了驾，只听皇帝道："你来替朕写一道给尚之信的上谕。"容若应了"是"，见案上皆是御笔朱砂，不敢僭越，只请梁九功另取了笔墨来。皇帝起身在帐中踱了几步，沉吟道："准尔前日所奏，命王国栋赴宜章。今广西战事吃紧，尚藩应以地利，精选藩下兵万人驰援桂中。另着尔筹军饷白银二十万两，解朝廷燃眉之急。"

容若依皇帝的意思，改用上谕书语一一写了，又呈给皇帝过目。皇帝看了，觉得他稿中措辞甚妥，点一点头，又道："再替朕拟一道给太皇太后的请安折子，只别提朕的手臂。"容若便略一沉吟，细细写了来。皇帝虽行围在外，但朝中诸项事务，每日等闲也是数十件。他手臂受伤，命容若代笔，直忙了两个多时辰。

福全来给皇帝请安，听闻皇帝叫了纳兰来代笔国事，不敢打扰，待纳兰退出来，方进去给皇帝请了安。皇帝见了他，倒想起一事来："我叫你替容若留意，你办妥了没有？"福全想了想，道："皇上是指哪一桩事？"皇帝笑道："瞧你这记性，蓬山不远啊，难不成你竟忘了？"福全见含糊不过去，只得道："容若脸皮薄，又说本朝素无成例，叫奴才来替他向万岁爷呈情力辞呢。"皇帝没有多想，忆起当晚听那箫声，纳兰神色间情不自禁，仿佛颇为向往。他倒是一意想成全一段佳话，便道："容若才华过人，朕破个例又如何？你将那宫女姓名报与内务府，择日着其父兄领出，叫容若风风光光地娶了过门，才是好事。"

福全见他如是说，便"嗻"了一声，又请个安："福全替容若谢皇上恩典。"皇帝只微笑道："你就叫容若好好谢你这个大媒吧。"福全站起来只是笑："浑话说'新人进了房，媒人丢过墙'，这做媒从来是吃力不讨好。不过这回臣口衔天诏，奉了圣旨，这个媒人委实做得风光八面，也算是叨了万岁爷的光。"

他出了御营，便去纳兰帐中。只见纳兰负手立在帐帷深处，凝视帐幕，倒似若有所思。书案上搁着一纸素笺，福全一时好奇取了来看，见题的是一阕《画堂春》："一生一代一双人，争教两处销魂。相思相望不相亲，天为谁春。浆向蓝桥易乞，药成碧海难奔。若容相访饮牛津，相对忘贫。"福全不由轻叹一声，道："容若，你就是满纸涕泪，叫旁人也替你好生难过。"

纳兰倒似微微吓了一跳，回头见是他，上前不卑不亢行了礼。福全微笑道："皇上惦着你的事，已经给了旨意，叫我传旨给内务府，将颇尔盆的女儿指婚于你。"纳兰只觉得脑中嗡一声轻响，似乎天都暗下来一般。适才御营中虽目不斜视，只是眼角余光惊鸿一瞥，只见了她远远的侧影，前尘往事已是心有千千结，百折不能解。谁知竟然永绝了生期，心下一片死寂，一颗心真如死灰一般了，只默默无语。

福全哪里知道他的心事，兴致勃勃地替他筹划，说："等大

驾回銮，我叫人挑个好日子，就去对内务府总管传旨。"纳兰静默半晌，方问："皇上打算什么时候回京？"福全道："总得再过几日，皇上的手臂将养得差不多了，方才会回宫吧。皇上担心太皇太后与太后知道了担心，所以还瞒着京里呢。"

己酉日大驾才返回禁城，琳琅初进乾清宫，先收拾了下处，芸初央了掌事，将她安排和自己同住一间屋子。好在宫中执事，只卷了铺盖过来便铺陈妥当。御前行走的宫人，旁人都存了三分客气。芳景本和芸初同住，她在御前多年，办事老到，为人又厚道，看琳琅理好了铺盖，便说："你初来乍到，先将就挤一下。梁谙达说过几日再安排屋子。"琳琅道："只是多了我，叫姑姑们都添了不便。"芳景笑道："有什么不便的，你和芸初又好，我们都巴不得多个伴呢。"又说，"梁谙达问了，要看你学着侍候茶水呢，你再练一遍我瞧瞧。"

琳琅应了一声，道："请姑姑指点。"便将茶盘捧了茶盏，先退到屋外去，再缓缓走进来。芳景见她步态轻盈，目不斜视，盘中的茶稳稳当当，先自点了点头。琳琅便将茶放在小桌之上，而后退至一旁，再却行退后。

芳景道："这样子很好，茶放在御案上时，离侧案边一尺四寸许，离案边二尺许，万岁爷一举手就拿得到。放得远了不成，近了更不成，近了碍着万岁爷看折子写字。"又道，"要懂得看万岁爷的眼色，这个就要花心思揣摩了，万岁爷一抬眼，便能知道是不是想吃茶。御茶房预备的茶和奶子，都是滚烫的。像这天气，估摸着该叫茶了，便先端了来，万不能临时抓不着，叫皇上久等着。也不能搁凉了，那茶香逸过了，就不好喝了。晚上看折子，一般是预备奶子，奶子是用牛奶、奶油、盐、茶熬制的奶茶，更不能凉。"

她说着琳琅便认真听着，芳景一笑：“你也别怕，日子一久，万岁爷的眼神你就能看明白了。皇上日理万机，咱们做奴才的，事事妥当了叫他省些心，也算是本分了。”又起身示范了一回叫琳琅瞧着学过。

　　待得下午，梁九功亲自瞧过了，见琳琅动作利落，举止得体，方颔首道：“倒是学得很快。”对芳景笑道，“到底是名师出高徒。”芳景道：“谙达还拿我来取笑。这孩子悟性好，我不过提点一二，她就全知道了。”梁九功道：“早些历练出来倒好，你明年就要放出去了，茶水上没个得力的人哪里成。我瞧这孩子也很妥当，今晚上就先当一回差事吧。”

　　琳琅应个“是”。梁九功诸事冗杂，便起身去忙旁的事了。芳景安慰琳琅道：“不要怕，前几日你替皇上换药，也是日日见着万岁爷，当差也是一样的。”

　　因湖南的战事正到了要紧处，甘陕云贵各处亦正用兵，战报奏折直如雪片般飞来。皇帝对战事素来谨慎，事无巨细，事必躬亲。殿中静悄悄的，只听那西洋自鸣钟喳喳地走动，小太监蹑手蹑脚剪掉烛花，剔亮地下的纱灯。琳琅瞧着那茶凉透了，悄步上前正想撤下来另换过，正巧皇帝看得出神，眼睛还盯着折子上，却伸出手去端茶。琳琅缩避不及，手上一暖，皇帝缂金织锦的袍袖已拂过她的手腕。皇帝只觉得触手生温，柔滑腻人，一抬起头来瞧见正按在琳琅手上。琳琅面红耳赤，低声道：“万岁爷，茶凉了，奴才去换一盏。”

　　皇帝“唔”了一声，又低头看折子，琳琅便抽身出去。堆积如山的奏折已经去得大半，西洋自鸣钟已打过二十一下。梁九功见皇帝有些倦意，忙亲自绞了热手巾送上来。琳琅将茶捧进来。皇帝放下手巾，便接了茶来，只尝了一口，目光仍瞧着折子，忽

然将茶碗撂下。琳琅只怕初次当差出了岔子，心里不免忐忑。皇帝从头将那折子又看了一遍，站起身来，负手缓缓踱了两步，忽又停步，取了那道奏折，交待梁九功道："你明儿打发个人，将这个送给明珠。"停了一停，说道，"不必叫外间人知晓。"

折子是明发或是留中，都是有一定的定规的，这样的殊例甚是罕异。梁九功连忙应是，在心里暗暗纳闷罢了。待皇帝批完折子，已经是亥时三刻。皇帝安寝之后，琳琅方交卸了差事下值。

琳琅那屋里住着四个人，晚上都交卸了差事，自然松闲下来。芳景见锦秋半睡在炕上，手里拿了小菱花镜，笑道："只有你发疯，这会子还不睡，只顾拿着镜子左照右照。"锦秋道："我瞧这额头上长了个疹子。"芳景笑道："一个疹子毁不了你的花容月貌。"锦秋啐道："你少在这里和我犟嘴，你以为你定然是要放出去了的？小心明儿公公来，将你背走。"

芳景便起身道："我非撕了你的嘴不可，看你还敢胡说？"按住锦秋便胳肢。锦秋笑得连气也喘不过来，只得讨饶。芸初在一旁，也只是掩着嘴笑。芳景回头瞧见琳琅，笑着道："再听到这样的话，可别轻饶了她。"琳琅微笑道："姑姑们说的什么，我倒是不懂。"

锦秋嘴快，将眼睛一眯，说："可是句好话呢。"芸初忙道："别欺侮琳琅不知道。"琳琅这才猜到一二分，不由略略脸红。果然锦秋道："算了，告诉了你，也免得下回旁人讨你便宜。"只是掩着嘴笑，"背宫你知不知道？"琳琅轻轻摇了摇头。芳景道："狗嘴里吐不出象牙来，没事拿这个来胡说。"

锦秋道："这是太宗皇帝传下来的规矩，讲一讲有什么打紧？"芳景说："你倒搬出太宗皇帝来了。"锦秋"嘿"了一声，道："我倒是听前辈姑姑们讲，这规矩倒是孝端皇后立下来的。说是宸妃宠逾后宫，孝端皇后心中不忿，立了规矩：凡是召幸妃嫔，散发赤身，裹以斗篷，由公公背入背出，不许留宿御寝。"

芳景亦只是晕红了脸笑骂道："可见你成日惦着什么。"锦秋便要跳下炕来和她理论。芳景忙道："时辰可不早了，还不快睡，一会子叫掌事听到，可有得饥荒。"锦秋哪里肯依，芳景便"哧"一声吹灭了灯，屋子里暗下来，锦秋方窸窸窣窣睡下了。

天气晴朗，碧蓝的天上一丝云彩都没有。白晃晃的日头隔着帘子，四下里安静无声。皇帝歇了午觉，不当值的人退下去回自己屋子里。因芸初去了四执库，琳琅也坐下来绣一方帕子。芳景让梁九功叫了去，不一会儿回屋里来，见琳琅坐在那里绣花，便走近来瞧，见那湖水色的帕子上，用莲青色的丝线绣了疏疏几枝垂柳，于是说："好是好，就是太素净了些。"

琳琅微笑道："姑姑别笑话，我自己绣了玩呢。"芳景咳了一声，对她道："我早起身上就不太好，挣扎了这半日，实在图不得了，已经回了梁谙达。梁谙达说你这几日当差很妥当，这会子万岁爷歇午觉，你先去当值，听着叫茶水。"

琳琅听她如是说，忙放了针线上殿中去。皇帝在西暖阁里歇着，深沉沉的大殿中寂静无声，只地下两只鎏金大鼎里焚着安息香，那淡白的烟丝丝缕缕，似乎连空气都是安静的。当值的首领太监正是梁九功，见了她来，向她使个眼色。她便蹑步走进暖阁，梁九功轻手轻脚地走过来，压低了声音对她道："万岁爷有差事交我，我去去就回，你好生听着。"

琳琅听说要她独个儿留在这里，心里不免忐忑。梁九功道："他们全在暖阁外头，万岁爷醒了，你知道怎么叫人？"

她知道暗号，于是轻轻点点头。梁九功也不敢多说，只怕惊醒了皇帝，蹑手蹑脚便退了出去。琳琅只觉得殿中静到了极点，仿佛连自己的心跳声也能听见。她只是屏息静气，留意着那明黄罗帐之后的动静。虽隔得远，但暖阁之中太安静，依稀连皇帝呼吸声亦能听见，极是均匀平缓。殿外的阳光经了雕花长窗上糊着的绡纱，投射进来只是淡白的灰影，那窗格的影子，一格一格映在平滑如镜的金砖上。

她想起幼时在家里的时候，这也正是歇午觉的时辰。三明一暗的屋子，向南的窗下大株芭蕉与梨花。阳光明媚的午后，院中飞过柳絮，无声无息，轻淡得连影子也不会有。雪白弹墨帐里莲青枕衾，老太太也有回说："太素净了，小姑娘家，偏她不爱那些花儿粉儿。"

那日自己方睡下了，丫头却在外面轻声道："大爷来了，姑娘刚睡了呢。"

那熟悉的声音便道："那我先回去，回头再来。"

隐隐约约便听见门帘似是轻轻一响，忍不住掣开软绫帐子，叫一声："冬郎。"

忽听窸窸窣窣被衾有声，心下一惊，猛然回过神来，却是帐内的皇帝翻了个身，四下里依旧是沉沉的寂静。春日的午后，人本就易生倦意，她立得久了，这样的安静，仿佛要天长地久永远这样下去一样。她只恍惚地想，梁谙达怎么还不回来？

窗外像是起了微风，吹在那窗纱上，极薄半透的窗纱微微地鼓起，像是小孩子用嘴在那里呵着气。她看那日影渐渐移近帐前，再过一会儿工夫，就要映在帐上了，便轻轻走至窗前，将那窗子要放下来。

忽听身后一个醇厚的声音道："不要放下来。"她一惊回过头来，原来皇帝不知什么时候已经醒了，一手撩了帐子，便欲下床来。她忙上前跪下去替他穿上鞋，慌乱里却忘记去招呼外面的人进来。皇帝犹有一分睡意，神色不似平日那样警锐敏捷，倒是很难得像寻常人一样有三分慵懒："什么时辰了？"

她便欲去瞧铜漏，他却向案上一指，那案上放着一块核桃大的镀金珐琅西洋怀表。她忙打开瞧了，方答："回万岁爷，未时三刻了。"

皇帝问："你瞧得懂这个？"

她事起仓促，未及多想，此时皇帝一问，又不知道该怎么答，只好道："以前有人教过奴才，所以奴才才会瞧。"

皇帝"嗯"了一声，道："你瞧着这西洋钟点就说出了咱们的时辰，心思换算得很快。"她不知该怎么答话，可是姑姑再三告诫过的规矩，与皇帝说话，是不能不作声的，只得轻轻应了声："是。"

殿中又静下来，过了片刻，皇帝才道："叫人进来吧。"她悚然一惊，这才想起来自己犯了大错，忙道："奴才这就去。"走至暖阁门侧，向外递了暗号。司衾尚衣的太监鱼贯而入，替皇帝更衣梳洗。她正待退出，皇帝却叫住了她，问："梁九功呢？"

她恭声道："梁谙达去办万岁爷吩咐的差事了。"

皇帝微有讶异之色："朕吩咐的什么差事？"正在此时，梁九功却进来了，向皇帝请了安。皇帝待内官一向规矩森严，身边近侍之人，更是不假以辞色，问："你当值却擅离职守，往哪里去了？"

梁九功又请了个安，道："万岁爷息怒，主子刚歇下，太后那里就打发人来，叫个服侍万岁爷的人去一趟。我想着不知太后

有什么吩咐，怕旁人抓不着首尾，所以奴才自己往太后那里去了一趟。没跟万岁爷告假，请皇上责罚。"

皇帝听闻是太后叫了去，便不再追究，只问："太后有什么吩咐？"

梁九功道："太后问了这几日皇上的起居饮食，说时气不好，吩咐奴才们小心侍候。"稍稍一顿，又道，"太后说昨日做的一个梦不好，今早起来只是心惊肉跳，所以再三地嘱咐奴才要小心侍候着万岁爷。"

皇帝不禁微微一笑，道："皇额娘总是惦记着我，所以才会日有所思，夜有所梦。老人家总肯信着些梦兆罢了。"

梁九功道："奴才也是这样回的太后，奴才原说，万岁爷万乘之尊，自有万神呵护，那些妖魔邪障，都是不相干的。只是太后总有些不放心的样子，再三地叮嘱着奴才，叫万岁爷近日千万不能出宫去。"

皇帝却突然微微变了神色："朕打算往天坛去祈雨的事，是谁多嘴，已经告诉了太后？"

梁九功深知瞒不过皇帝，所以连忙跪下磕了个头："奴才实实不知道是谁回了太后，万岁爷明鉴。"皇帝轻轻地咬一咬牙："朕就不明白，为什么朕的一举一动，总叫人窥着。连在乾清宫里说句话，不过一天工夫，就能传到太后那里去。"梁九功只是连连磕头："万岁爷明鉴，奴才是万万不敢的，连奴才手下这些个人，奴才也敢打包票。"

皇帝的嘴角不易觉察地微微扬起，但那丝冷笑立刻又消于无形，只淡淡道："你替他们打包票，好得很啊。"梁九功听他语气严峻，不敢答话，只是磕头。皇帝却说："朕瞧你糊涂透顶，几时掉了脑袋都未必知道。"

直吓得梁九功连声音都瑟瑟发抖，只叫了声："万岁爷……"

皇帝道："日后若是再出这种事，朕第一个要你这乾清宫总管太监的脑袋。瞧着你这无用的东西就叫朕生气，滚吧。"

梁九功汗得背心里的衣裳都湿透了，听到皇帝如是说，知道已经饶过这一遭，忙谢了恩退出去。

殿中安静无声，所有的人大气也不敢出，只服侍皇帝盥洗。平日都是梁九功亲自替皇帝梳头，今天皇帝叫他"滚"了，盥洗的太监方将大毛巾围在皇帝襟前，皇帝便略皱一皱眉。殿中的大太监刘进忠是个极乖觉的人，见皇帝神色不豫，便道："叫梁谙达先进来侍候万岁爷吧。"皇帝的怒气却并没有平息，口气淡然："少了那奴才，朕还披散着头发不成？"举头瞧见只有一名宫女侍立在侧，便道，"你来。"

琳琅只得应声近前，接了那犀角八宝梳子在手里，先轻轻解开了那辫端的明黄色长穗，再细细梳了辫子，方结好了穗子。司盥洗的太监捧了镜子来，皇帝也并没有往镜中瞧一眼，只道："起驾，朕去给太后请安。"

刘进忠便至殿门前，唱道："万岁爷起驾啦——"

第四章
萧瑟兰成

萧瑟兰成看老去。为怕多情，不作怜花
句。阁泪倚花愁不语，暗香飘尽知何处。重
到旧时明月路。袖口香寒，心比秋莲苦。休
说生生花里住，惜花人去花无主。

——纳兰容若《蝶恋花》

∴∵∴

　　皇帝日常在宫中只乘肩舆，宫女太监捧了提炉、唾壶、犀拂诸色器物跟在后头，一列人迤逦往太后那里去。皇帝素来敬重太后，过了垂花门便下了肩舆，刘进忠待要通报御驾，也让他止住了，只带了随身两名太监进了宫门。

　　方转过影壁，只听院中言笑晏晏，却是侍候太后的宫女们在殿前踢毽子作耍。暮春时节，院中花木都郁郁葱葱，廊前所摆的大盆芍药，那花一朵朵开得有银盘大，姹紫嫣红在绿叶掩映下格外娇艳。原来这日太后颇有兴致，命人搬了软榻坐在廊前赏花，许了宫女们可以热闹玩耍。她们都是韶华年纪，哪个不贪玩？况且在太后面前，一个个争先恐后，踢出偌多的花样。

　　皇帝走了进去，众人都没有留意。只见背对着影壁的一个宫女身手最为灵活，由着单、拐、跷、倒势、巴、盖、顺、连、扳

托、偷、跳、笃、环、岔、簸、掼、撕挤、蹴……踢出里外帘、
耸膝、拖枪、突肚、剪刀抛、佛顶珠等各色名目来。惹得众人都
拍手叫好，她亦越踢越利落，连廊下的太后亦微笑点头。侍立太
后身畔的英嬷嬷一抬头见了皇帝，脱口叫了声："万岁爷！"

众人这才呼啦啦都跪下去接驾。那踢毽子的宫女一惊，脚上
的力道失了准头，毽子却直直向皇帝飞去。她失声惊呼，皇帝举
手一掠，眼疾手快地接在了手中。那宫女诚惶诚恐地跪下去，因
着时气暖和，又踢了这半日的毽子，一张脸上红彤彤的，额际汗
珠晶莹，极是娇憨动人。

太后笑道："画珠，瞧你这毛手毛脚的，差点冲撞了御
驾。"那画珠只道："奴才该死。"忍不住偷偷一瞥皇帝，不想
正对上皇帝的视线，忙低下头去，不觉那乌黑明亮的眼珠子一
转，如宝石一样熠熠生辉。

皇帝对太后身边的人向来很客气，便说："都起来吧。"随
手将毽子交给身后的赵昌，自己先给太后请了安。太后忙叫英嬷
嬷："还不拿椅子来，让万岁爷坐。"

早有人送过椅子来。太后道："今儿日头好，花开得也好，
咱们娘俩儿就在这儿说话吧。"皇帝应了一声，便伴太后坐下
来。英嬷嬷早就命那些宫女都散了去，只留了数人侍候。太后因
见皇帝只穿着藏青色缂丝团龙夹袍，便道："现在时气虽暖和，
早晚却还很有些凉，怎么这早早地就换上来的了？"

皇帝道："因歇了午觉起来，便换了夹衣。儿子这一回去，
自会再加衣裳。"太后点一点头，道："四执库的那些人，都是
着三不着四的，梁九功虽然尽心，也是有限。说到这上头，还是
女孩子心细。乾清宫的宫女，有三四个到年纪该放出去了吧？"
回头便瞧了英嬷嬷一眼，英嬷嬷忙道："回太后的话，上回贵主

子来回过您，说起各宫里宫女放出去的事，乾清宫是有四个人到年纪了。"太后便点一点头："那要早早地叫那些小女孩子们好生学着，免得老人放了出去，新的还当不了差事。"忽想起一事来，问，"如今替皇帝管着衣裳的那宫女叫什么？"英嬷嬷道："叫芸初。"太后问："是不是上回打梅花络子那个孩子，容长脸儿，模样长得很秀气？"英嬷嬷道："回太后的话，正是她。"太后道："那孩子手倒巧，叫她再来替我打几根络子。"皇帝笑道："太后既然瞧得上，那是她的福分，从今后叫她来侍候太后便是了。"梁九功忙命芸初上来给太后磕头。

太后笑道："我也不能白要你的人。"便向侍立身旁的画珠一指，"这个丫头虽然淘气，针线上倒是不错，做事也还妥当，打今儿起就叫她过去乾清宫，学着侍候衣裳上的事吧。"

皇帝答："太后总是替儿子想着。儿子不能常常承欢膝下，这是太后身边得力的人，替儿子侍候着太后，儿子心里反倒安心些。"

太后微笑道："正因瞧着这孩子不错，才叫她去乾清宫。你身边老成些的人都要放出去了，这一个年纪还小，叫她好生学着，还能多服侍你几年。"皇帝听她如是说，只得应了个"是"。

太后因见那天上碧蓝一泓，万里无云，说："这天晴得真通透。"皇帝道："从正月里后，总是晴着，二月初还下过一场小雪，三月里京畿直隶滴雨未下，赤地千里，春旱已成。只怕这几日再晴着，这春上的农事便耽搁过去了。"

太后道："国家大事，我一个妇道人家原不该多嘴，只是这祈雨，前朝皆有命王公大臣代祈之例，再不然，就算你亲自往天坛去，只要事先虔诚斋戒，也就罢了。"

皇帝道："儿子打算步行前往天坛，只是想以虔心邀上苍垂怜，以甘霖下降，解黎民旱魃之苦。太皇太后曾经教导过儿子，天下万民养着儿子，儿子只能以诚待天下万民。步行数里往天坛祈雨，便是儿子的诚意了。"

太后笑道："我总是说不过你，你的话有理，我不拦着你就是了。不过大日头底下，不骑马不坐轿走那样远的路……"

皇帝微微一笑道："太后放心，儿子自会小心。"

芸初回到乾清宫，只得收拾行李，预备挪到慈宁宫去。诸人给她道了喜，皆出去了，只余琳琅在屋子里给她帮忙。芸初打叠好了铺盖，忽然怔怔地落下泪来，忙抽了肋下的手巾出来拭。琳琅见她如此，亦不免心中伤感，道："快别这么着，这是犯大忌讳的。"芸初道："我一早也想过这一日，总归是我福薄罢了。"又道，"御前的差事便是这样，你不挤对人，旁人也要挤对你。自打我到这里来，多少明的暗的，连累表姐都听了无数的冷言冷语。到底挪出我去了，他们才得意。"琳琅过了半晌方道："其实去侍候太后也好，过两年指不定求个恩典能放出去。"芸初叹了口气，道："如今也只得这样想了。"对琳琅道，"好妹妹，如今我要去了，你自己个儿要保重。这最是个是非之地，大家脸上笑嘻嘻，心里可又是另一样。梁谙达倒罢了，他若能照应你，那就是最好了，魏谙达与赵谙达……"说到这里，停了一停，说，"琳琅，你聪明伶俐，还有什么不明白的。只可惜咱们姐妹一场，聚了不过这几日，我又要走了。唉，咱们做奴才的，好比那春天里的杨花，风吹到哪里是哪里，如何能有一点自己个儿的主张？我这一去，不晓得几时还能见着。"

琳琅听她这样说，心下悲凉，只勉强道："好端端的如何这样说，况且咱们离得又不远，我得了空便去瞧你就是了。"芸初将她的手握一握，低声道："我知道你的心思向来不重那些事，可是在这乾清宫里，若想要站得稳脚跟儿，除非有根有基。我好歹是表姐照应，如今也不过这样下场。你孤零零一个人，以后万事更要小心。如今太后打发画珠过来……"一句话犹未完，忽听外面芳景的声音唤："琳琅，琳琅！"琳琅只得答应着，推门出来看时，芳景悄声对她道："惠主子打发人瞧你来了。"

原是惠嫔名下掌事的宫女承香。琳琅蹲身便欲一福，承香连忙扯住，道："姑娘快别这样多礼。"拉着她的手，笑吟吟道，"我们主子说，老早就想来瞧瞧姑娘，可恨宫里的规矩，总是不便。前儿主子对我提起姑娘来，还又欢喜又难过。欢喜的是如今姑娘出息得这样，竟是十分的人才，又在御前当上差，真真替家里争脸。难过的是虽说一家人，宫禁森严，日常竟不得常常相见。"琳琅道："难为惠主子惦记。"承香笑道："主子说了，她原是姑娘嫡亲的表姐，在这宫里，她若不惦记、帮衬着姑娘，还有谁惦记、帮衬着姑娘呢？姑娘放心，主子叫我告诉姑娘，老太太这一程子身子骨十分硬朗，听说姑娘如今在宫里出息了，十分欢喜。"琳琅听见说老太太，眼圈一红，忙忙地强自露出个笑颜："姐姐回去，替我向惠主子磕头，就说琳琅向惠主子请安。"承香劝慰了数句，又悄悄地将一包东西交给她："这是我们主子送给姑娘的，都是些胭脂水粉，姑娘用着，比内务府的份子强。"琳琅推辞不过，只得收下。承香又与她说了几句亲密情厚的话，方才去了。

承香回到翊坤宫，惠嫔正与宫女开解交绳，见她回来，将脸一扬，屏退了众人。承香便将适才的情形细细地讲了一遍，惠嫔点头道："这丫头素来知道好歹，往后的事，咱们相机再作打

算。"又吩咐承香，"明儿就是二太太生日，咱们的礼，打发人送去了没有？"承香道："我才刚进来，已经打发姚安送去了。"

这一日虽只是暖寿，明珠府里也请了几班小戏，女眷往来，极是热闹。姚安原是常来常往的人，门上通传进去，明珠府管家安尚仁亲自迎到抱厦厅里坐了，又亲自斟了碗茶来，姚安忙道了生受。安尚仁笑道："原本该请公公到上房里坐，可巧儿今儿康王福晋过来了，太太实在不得闲，再三命我一定要留公公吃两杯酒。"姚安笑道："太太的赏，原本不敢不受，可安总管也知晓宫里的规矩，咱家不敢误了回宫的时辰，实实对不住太太的一片盛情了。"安尚仁笑道："我知道主子跟前，一刻也离不了公公呢。"姚安笑道："安总管过誉，不过是主子肯抬举咱家罢了。"说笑了片刻，姚安就起身告辞。

安尚仁亲自送走了姚安，返身进来，进了仪门，门内一条大甬路，直接出大门的。上面五间大正房，两边厢房鹿顶耳房钻山，轩昂壮丽，乃是明珠府正经的上房。安尚仁只顺着那抄手游廊一转，东廊下三间屋子，方是纳兰夫人日常起居之地。此时六七个丫头都屏息静气，齐齐垂手侍立在廊下。

安尚仁方踏上台阶，已听到屋内似是明珠的声音，极是恼怒："你一味回护着他，我倒要看看，你要将他回护到什么地步去？"安尚仁不敢进去，微一踌躇，只见太太屋里的大丫头霓官向他直使眼色。他于是退下来，悄声问霓官："老爷怎么又在生气？"

霓官道："今儿老爷下了朝回来，脸色就不甚好，一进门就打发人去叫大爷。"安尚仁听见说，一抬头只瞧哈哈珠子已经带了容若来。容若闻说父亲传唤，心中亦自忐忑，见院中鸦雀无声，丫头们都静默垂首，心中越发知道不好。霓官见了他，连连地向他使眼色，一面就打起帘子来。

容若只得硬着头皮进去，只见父亲坐在炕首，连朝服都没有脱换，手里一串佛珠，数得啪啪连声，又快又急，而母亲坐在下首一把椅子上，见着了他却是欲语又止。他打了个千，道："儿子给父亲大人请安。"明珠却将手中佛珠往炕几上一撂，腾一声就站了起来，几步走到他面前："你还知道我是你父亲？我如何生了你这样一个逆子！"纳兰夫人怕他动手，连忙拦在中间，道："教训他是小，外头还有客人在，老爷多少替他留些颜面。且老爷自己更要保重，别气坏了自个儿的身子。"明珠怒道："他半分颜面都不替我争，我何必给他留颜面？我也不必保重什么，哪日若叫这逆子生生气死了我，大家清净！"从袖中取出一样东西往他身上一摔，"这是什么？你竟敢瞒着我做出这样的事情来。"

容若拾起来看，原来是一道白折子，正是自己的笔迹，心里一跳，默不作声只跪在当地。明珠恨声道："今儿梁公公悄悄打发人将这个给我，我打开一瞧，只唬得魂飞魄散。皇上赐婚，那是天大的恩典，圣恩浩荡，旁人做梦都想不来的喜事，你这个无法无天的东西，竟然敢私自上折请辞。皇上这是瞧在我的老脸上，不和你这不识抬举的东西计较，皇上若是将折子明发，我瞧你如何收场！"

纳兰夫人见他怒不可遏，怕儿子吃亏，劝道："老爷先消消气，有话慢慢说。冬郎脸皮薄，皇上赐婚，他辞一辞也不算什么。"明珠冷笑一声："真真是妇孺之见！你以为圣命是儿戏么？皇上漫说只是赐婚，就算今天是赐死，咱们也只能向上磕头谢恩。"指着容若问，"你这些年的圣贤书，都读到哪里去了？

君要臣死，臣不得不死，连三岁小儿皆知的道理，你倒敢违抗圣命！只怕此事叫旁人知晓，参你一本，说你目无君父，问你一个大不敬，连为父也跟着你吃挂落，有教子无方之罪！"

容若道："皇上若是怪罪下来，儿子一人承担，决不敢连累父亲大人。"

明珠气得浑身发抖，指着他，只是嘴唇哆嗦着，半晌说不出话来。转头四顾并无趁手之物，随手操起高几上一只钧窑花瓶，狠狠向他头上掼去。纳兰夫人见他下这样的狠手，怕伤到儿子，从中拦阻，亦被推了个趔趄。容若虽不敢躲闪，但到底那花瓶砸得偏了，"哐啷"粉碎，瓷片四溅进起，有一片碎瓷斜斜削过容若的额际，顿时鲜血长流。明珠犹未平气，见壁上悬着宝剑，扯下来便要拔剑。纳兰夫人吓得面无人色，死死抱住明珠的手臂，只道："老爷，老爷，旁的不想，冬郎明儿还要去当值，万一皇上问起来，可叫他怎么回奏。"

外头的丫头见老爷大发雷霆，早就黑压压跪了一地。明珠听见夫人如是说，喟然长叹一声，手里的剑就慢慢低了下去。纳兰夫人见儿子鲜血满面，连眼睛都糊住了，急痛交加，慌忙拿手绢去拭，那血只管往外涌，如何拭得干净。纳兰夫人不由慌了神，拿绢子按在儿子伤口上，那血顺着绢子直往下淌，纳兰夫人禁不住热泪滚滚，只说："这可怎么是好。"明珠见容若血流不止，那情形甚是骇人，心下早自悔了，一则心疼儿子，二则明知皇帝素来待容若亲厚，见他颜面受伤，八成是要问的，不由顿足喝问："人都死到哪里去了？"外头丫头婆子这才一拥进来，见了这情景，也都吓得慌了手脚。还是纳兰夫人的陪房瑞嬷嬷经事老成，三步并作两步走至案前，将那宣德炉里的香灰抓了一大把，死死地按在容若的头上，方才将血止住。

容若衣襟之上淋淋漓漓全是鲜血，又是香灰，又是药粉，一片狼藉，那样子更是骇人。明珠便有一腔怒火也再难发作，终究嘻了一声，只是道："瞧着你这不成材的东西就叫我生气。今儿不许吃晚饭，到祠堂里跪着去！"纳兰夫人亦不敢再劝，只是坐在那里垂泪，两个丫头换了纳兰出去，带他去祠堂里罚跪。

　　那样硬的青砖地，不过片刻，膝头处便隐隐生痛。祠堂里光线晦暗，绿色湖绉的帐帷总像是蒙着一层金色的细灰，香烟袅袅里只见列祖列宗的画像，那样的眉，那样的眼，微微低垂着，仿佛于世间万事都无动于衷。雕花长窗漏进来的日光，淡而薄地烙在青砖地上，依稀看得出富贵万年花样。芙蓉、桂花、万年青，一枝一叶镂刻分明，便是富贵万年了。这样好的口彩，一万年……那该有多久……久得自己定然早已化成了灰，被风吹散在四野里……跪得久了，双膝已经发麻，额上的伤口却一阵赶似一阵火烧火燎般灼痛。可是任凭伤处再如何痛，都抵不住心口那微微的疼，仿佛有极细的丝线牵扯在那里，每一次心跳都涉起更痛的触感。这样多年，他已经死了心，断了念，总以为可以不恸不怒，可是为何还叫他能瞥见一线生机。便如窒息的人突然喘过气来，不过片刻，却又重新被硬生生残忍地扼住喉头。

　　琳琅……琳琅……

　　这名字便如在胸中唤了千遍万遍，如何可以忘却，如何可以再次眼睁睁地错失……哪怕明知无望，他总还是希冀着万一，他与她，如果注定今世无缘，那么他总可以希冀不再累及旁人，总可以希冀日后的寂寞与宁静……

　　外面有细微的脚步声，大丫头荷葆悄悄道："太太来了。"他一动不动跪在那里，纳兰夫人见着，心中一酸，含泪道："我的儿，你但凡往日听我一句劝，何至于有今日。"一面说，一面

只是拭泪。纳兰夫人身后跟着丫头霓官，手里托着一只翠钿小匣，便交与荷葆。纳兰夫人道："这原是皇上赏给你父亲的西洋伤药，说是止血化瘀最是见效，用后不留疤痕的。才刚你父亲打发人从外头拿进来。"含泪道，"你父亲嘴里虽不说，其实疼你的心，和老太太、和我，都是一般的。"

容若纹丝不动跪在那里，沉默片刻，方道："儿子明白。"

纳兰夫人拭着泪，轻轻叹了口气，说："你父亲时常拘着你，你要体谅他的心，他有他的难处。如今咱们家圣眷优渥，尊荣富贵，皇上待你又亲厚，赐婚这样的喜事，旁人想都想不来，你莫要犯了糊涂。"

容若并不作声，纳兰夫人不由红了眼圈，道："我知道你的心思，你心里还记着你妹妹。这么些年来，你的苦，额娘都知道。可是，你不得不死了这份心啊。琳琅那孩子纵有千般好，万般好，她也只是一个籍没入官的罪臣孤女。便如老太太当日那样疼她，末了还不是眼睁睁只得送她进宫去。"

容若心如刀割，只紧紧抓着袍襟，手背上泛起青筋，那手亦在微微发抖。跪得久了，四肢百骸连同五脏六腑似都麻木了，可是这几句话便如重新剖开他心里的伤，哪里敢听，哪里忍听？可纳兰夫人的字字句句便如敲在他心上一样："我知道你心里怨恨，可你终究要为这阖家上下想想。你父亲对你寄予厚望，老太太更是疼你。卫家牵涉鳌拜大案，依你父亲的说法，这辈子都是罪无可恕，只怕连下辈子，也只得祈望天恩。康熙八年的那场滔天大祸，我可是记得真真儿的。那卫家是什么样的人家？亦是从龙入关，世代功勋，钟鸣鼎食的人家，说是获罪，立时就抄了家，那才真叫家破人亡。卫家老太爷上了年纪，犯了痰症，只拖了两天就去了，反倒是个有福的。长房里的男人都发往宁古塔与披甲人为奴，女眷籍没入官。一门子老的老，小的小，顿时都和没脚蟹似的，凭谁都能去糟践，你没见过那情形，瞧着真真叫人心酸。"

他如何不晓得……正是冬日，刚刚下了一点小雪，自己笑吟吟地进上房，先请下安去："老太太。"却听祖母道："去见过你妹妹。"袅袅婷婷的小女儿，浑身犹戴着素孝，屈膝叫了声"大哥哥"，他连忙搀起来，清盈盈的眼波里，带着隐隐的哀愁，叫人心疼得发软……那一双瞳仁直如两丸黑宝石浸在水银里，清澈得如能让他看见自己……有好一阵子，他总无意撞见她默默垂泪。那是想家，却不敢对人说，连忙地拭去，重又笑颜对人。可那笑意里隐约的哀愁，越发叫人心疼……

家常总是不得闲，一从书房里下来，往她院子里去，窗前那架鹦鹉，教会了它念他的新词："休近小阑干，夕阳无限山……"可怜无数山……隐隐的翠黛蛾眉，痴痴的小儿女心事……轰然竟是天翻地覆……任他如何，任她如何……心中唯存了万一的指望，可如何能够逆天而还？这天意，这圣谕，这父命……一件件，一层层，一重重，如万钧山石压上来，压得他粉身碎骨。粉身碎骨并不足惜，可他哪怕化作齑粉，如何能够挽回万一？

母亲拿绢子拭着眼泪："琳琅到我们家来这么些年，咱们也没亏待过她，吃的、用的，都和咱们家的姑娘一样。老太太最是疼她，我更没藏过半分私心，举凡是份例的东西，都是挑顶尖儿的给她，那孩子确实可人疼啊。可是又有什么法子，哪怕有一万个舍不得，哪里能违逆了内务府的规矩法度。到了如今，你就算不看在额娘生你养你一场，你忍心叫老太太再为你着急伤心？就算你连老太太和我都丝毫不放在心上，你也要替琳琅想想。万一

叫旁人知道你的糊涂心思，你们自己确是清清白白，可旁人哪里会这样想。她到时便浑身是嘴也说不清，在宫里还能有活命么？听额娘一句劝，这都是命，我的儿，凭你再怎么，如何争得过天命去？"

　　容若本来是孤注一掷，禁不住母亲一路哭，一路说，想起昔日种种，皆如隔世。那些年的光阴，一路走来，竟都成了枉然，而今生竟然再已无缘。无法可避宫门似海，圣命如天，心中焦痛如寸寸肠断。念及母亲适才为了自己痛哭流涕，拳拳慈爱之心，哪忍再去伤她半分，更何况琳琅……琳琅……一念及这个名字，似乎连呼吸都痛彻心扉，自己如何能够累及她？这么多年……她哪怕仍和自己是一样的心思，可自己哪里能够再累及她……怎么能够再累及她……心中辗转起伏，尽是无穷无尽的悲凉。只觉这祠堂之中，黯黯如茫茫大海，将自己溺毙其中，一颗心灰到极处，再也无半分力气挣扎。

第五章
六龙天上

桃花羞作无情死，感激东风。吹落娇红，
飞入窗间伴懊侬。谁怜辛苦东阳瘦，也为春
慵。不及芙蓉，一片幽情冷处浓。

——纳兰容若《采桑子》

因为折子并没有明发，所以明珠以密折谢罪。皇帝明知纳兰对那吹箫之人甚是向往，恐是顾忌明珠对婚事不悦，故而有此推搪作态，所以有意将折子交给明珠。明珠果然诚惶诚恐，上专折谢罪。如今看来此事已谐，他握笔沉吟，那笔尖朱砂本舔得极饱，这么一迟疑的工夫，"嗒"一轻响，一滴朱砂落在折子上，极是触目。皇帝微觉不吉，不由轻轻将折子一推，搁下了笔。

琳琅正捧了茶进来，见皇帝搁笔，忙将那小小的填漆茶盘奉上，皇帝伸手去接，因规矩不能与皇帝对视，目光微垂，不想瞥见案头折子上极熟悉的笔迹："奴才伏乞小儿性德婚事……"顿时胸口一紧，手中不知不觉已经一松，只听"哐啷"一声，一只竹丝白纹的粉定茶盏已经跌得粉碎，整杯滚烫的热茶全都泼在御案上。皇帝不由"呀"了一声，她骤然回过神来，脸色煞白："奴才该死！"见御案上茶水碎杯狼藉，皇帝已经站了起来，她直吓得面无人色，"万岁爷烫着没有？"

皇帝见她怯怯的一双明眸望着自己，又惊又惧，那模样说不出的可怜。正待要说话，梁九功早就三步并作两步上前来，一面替皇帝收拾衣襟上的水痕，转头就呵斥琳琅："你这是怎么当差的？今儿烫着万岁爷了，就算拿你这条命也不够抵换。"她本就脸色惨白，犯了这样的大错，连唇上最后一抹血色都消失不见，盈盈含泪，几欲要哭出来了，强自镇定，拿绢子替皇帝拭着衣襟上的水痕。

因两人距得极近，皇帝只觉幽幽一脉暗香袭来，萦绕中人欲醉，她手中那素白的绢子，淡缃色丝线绣的四合如意云纹，让人心里忽地一动。梁九功一迭声嚷："快快去取烫伤药。"早有小太监飞奔着去了，皇帝道："朕没烫着。"低头见她手腕上已经起了一串水泡，不觉道，"可烫着了不曾？"

幸得小太监已经取了烫伤药来，梁九功见皇帝并未受伤，才算松了口气，对着琳琅亦和颜悦色起来："先下去上药，烫伤了可不是玩的，这几日可不必当差了。"

她回到房中之后，虽上了药，但手腕上一阵一阵燎痛，起坐不定，躺在炕上闭目许久，才蒙眬假寐。过不一会儿，画珠下值回来，已经听说她伤了手，便替她留了稀饭，又问她："今日又是小四儿该班，你可有什么要捎带的？"本来禁宫之中，是不让私传消息的，但太监们有奉差出宫的机会，宫女们私下里与他们交好，可往外夹带家信或是一二什物，不过瞒上不瞒下罢了。她们在御前行走，那些太监苏拉们更是巴结，自然隔不了几日便来奉承。

琳琅心中难过，只摇一摇头。画珠见她神色有异，以为是适才受了梁九功的斥责，便安慰她说："当差哪有不挨骂的，骂过就忘，可别想着了。好容易小四儿出去一遭，你不想往家里捎带什么东西？"琳琅腕上隐隐灼痛，心中更是痛如刀绞，只低声道："我哪里还有家。"轻轻叹了口气，望着窗外，但见庭中花木扶疏，一架荼蘼正开得满院白香，微风吹过，春阴似水，花深如海，寂寂并无人声。

开到荼蘼花事了，这迟迟春日，终究又要过去了。

虽说太医院秘制的伤药极是灵验，但琳琅烫伤后亦休养了数日，这一日重新当值，恰值皇帝前去天坛祈雨。天子祈雨，典章大事，礼注仪式自然是一大套繁文缛节，最要紧的是，要挑个好日子。钦天监所选良辰吉日，却有一多半是要看天行事。原来大旱之下天子往天坛祭天祈雨，已经是最后的"撒手锏"，迫不得已断不会行。最要紧的是，皇帝祭天之后，一定要有雨下，上上大吉是祈雨当日便有一场甘霖，不然老天爷不给皇帝半分面子，实实会大大有损九五至尊受命于天的尊严。所以钦天监特意等到天色晦暗阴云密布，看来近日一场大雨在即，方报上了所挑的日子。

己卯日皇帝亲出午门，步行前往天坛祈雨。待御驾率着大小臣工缓步行至天坛，已然是狂风大作，只见半天乌云低沉，黑压压的似要摧城。待得御驾返回禁城，已经是申初时刻，皇帝还没有用晚膳。皇帝素例只用两膳，早膳时叫起见臣子，午时进晚膳，晚上则进晚酒点心。这还是太祖于马背上征战时立下的规矩。皇帝已经斋戒三天，这日又步行数里，但方当盛年，到底精神十足，反倒胃口大开，就在乾清宫传膳，用了两碗米饭，吃得十分香甜。

琳琅方捧了茶进殿，忽听那风吹得窗子"啪"一声就开了。太监忙去关窗，皇帝却吩咐："不用。"起身便至窗前看天色，只见天上乌云翻卷，一阵风至，挟着万线银丝飘过。只见那雨打在瓦上噼啪有声，不一会儿工夫，雨势便如盆倾瓢泼，殿前四下里便腾起蒙蒙的水汽来。皇帝不觉精神一振，说了一声："好雨！"琳琅便端着茶盘屈膝道："奴才给主子道喜。"

皇帝回头见是她，便问："朕有何喜？"

琳琅道："大雨已至，是天下黎民久旱盼得甘霖之喜，自然更是万岁爷之喜。"皇帝心中欢喜，微微一笑，伸手接了茶，方打开盖碗，已觉有异："这是什么？"

琳琅忙道："万岁爷今日步行甚远，途中必定焦渴，晚膳又进得香，所以奴才大胆，叫御茶房预备了杏仁酪。"

皇帝问："这是回子的东西吧？"琳琅轻声应个"是"。皇帝浅尝了一口。那杏仁酪以京师甜杏仁用热水泡，加炉灰一撮，入水，候冷，即捏去皮，用清水漂净，再量入清水，兑入上用江米，如磨豆腐法带水磨碎成极细的粉。用绢袋榨汁去渣，以汁入调、煮熟，兑了奶子，最后加上西洋雪花洋糖，一盏津甜软糯。皇帝只觉齿颊生香，极是甘美，道："这个甚好，杏仁又润肺，你想得很周到。"问，"还预备有没有？"

琳琅答："还有。"皇帝便说："送些去给太皇太后。"琳琅便领旨出来，取了提盒来装了一大碗酪，命小太监打了伞，自己提了提盒，去慈宁宫太皇太后处。

太皇太后听闻皇帝打发人送酪来，便叫琳琅进去。但见端坐炕上的太皇太后，穿着家常的绛色纱纳绣玉兰团寿夹衣，头上亦只插戴两三样素净珠翠，端庄慈和，隐隐却极有威严之气。琳琅进殿恭敬行了礼，便侍立当地。太皇太后满面笑容，极是欢喜：

"难为皇帝事事想着我，一碗酪还打发人冒雨送来。"见琳琅衣裳半湿，微生怜意，问，"你叫什么名字？"

琳琅答："回太皇太后的话，奴才叫琳琅。"

太皇太后笑道："这名字好，好个清爽的孩子。以前没见过你，在乾清宫当差多久了？"

琳琅道："奴才方在御前当差一个月。"太皇太后点一点头，问："皇帝今日回来，精神还好吗？"琳琅答："万岁爷精神极好，走了那样远的路，依旧神采奕奕。"太皇太后又问："晚膳进的什么？香不香？"

琳琅一一答了，太皇太后道："回去好好当差，告诉你主子，他自个儿珍重身子，也就是孝顺我了。"

琳琅应"是"，见太皇太后并无旁的话吩咐，便磕了头退出来，依旧回乾清宫去。

那雨比来时下得更大，四下里只听见一片"哗哗"的水声。那殿基之下四面的驭水龙首，疾雨飞泄，蔚为壮观。那雨势急促，隔了十数步远便只见一团团水汽，红墙琉瓦的宫殿尽掩在迷蒙的大雨中。风挟着雨势更盛，直往人身上扑来。琳琅虽打着伞，那雨仍不时卷入伞下，待回到乾清宫，衣裳已经湿了大半，只得理一理半湿的鬓发，入殿去见驾。

皇帝平素下午本应有日讲，因为祈雨这一日便没有进讲。所以皇帝换了衣裳，很闲适地检点了折子，又叫太监取了《职方外纪》来。方瞧了两三页，忽然极淡的幽香袭人渐近，不禁抬起头来。

琳琅盈盈请了个安，道："回万岁爷的话，太皇太后见了酪，很是欢喜，问了皇上的起居，对奴才说，万岁爷您自个珍重身子，也就是孝顺太皇太后了。"

皇帝听她转述太皇太后话时，便站起来静静听着。待她说完，方觉得那幽香萦绕，不绝如缕，直如欲透入人的骨髓一般。禁不住注目，只见乌黑的鬓发腻在白玉也似的面庞之侧，发梢犹带晶莹剔透的水珠，落落分明。却有一滴雨水缓缓滑落，顺着那莲青色的衣领，落下去转瞬不见，因着衣衫尽湿，勾勒显出那盈盈体态，却是楚楚动人。那雨汽湿衣极寒，琳琅只觉鼻端轻痒难耐，只来得及抽出帕子来掩着，忍不住打了个喷嚏，这是御前失仪，慌忙退后两步，道："奴才失礼。"慌乱里手中帕子又滑落下去，轻盈盈无声落地。

拾也不是，不拾更不是，心下一急，颊上微微的晕红便透出来，叫皇帝想起那映在和田白玉梨花盏里的芙蓉清露，未入口便如能醉人。他却不知不觉拾起那帕子，伸手给她。她接也不是，不接更不是，颊上飞红，如同醉霞。偏偏这当口梁九功带着画珠捧了坎肩进来，梁九功最是机警，一见不由缩住脚步。皇帝却已经听见了脚步声，回手却将手帕往自己袖中一掖。

皇帝是背对着梁九功，梁九功与画珠都没瞧见什么。琳琅涨红了脸，梁九功却道："瞧这雨下的，琳琅，去换了衣裳再来，这样子多失礼。"虽是大总管一贯责备的话语，说出来却并无责备的语气。琳琅不知他瞧见了什么，只得恭敬道："是。"

她心里不安，到了晚间，皇帝去慈宁宫请安回来，梁九功下去督促太监们下钥，其余的宫女太监都在暖阁外忙着剪烛上灯，单只剩她一个人在御前。殿中极静，静得听得到皇帝的衣袖拂在紫檀大案上窸窣之声。眼睁睁瞧着盘中一盏茶渐渐凉了，便欲退出去换一盏，皇帝却突然抬头叫住她："等一等。"她心里不知为何微微有些发慌起来。皇帝很从容地从袖间将那方帕子取出

来，说："宫里规矩多，像下午那样犯错，叫人见到是要受责罚的。"那口气十分的平和。琳琅接过帕子，便低声道："谢万岁爷。"

皇帝轻轻颔首，忽见门外人影一晃，问："谁在那里鬼鬼祟祟？"

却是敬事房的首领太监魏长安，磕了一个头道："请万岁爷示下。"方捧了银盘进来。琳琅退出去换茶，正巧在廊下遇见画珠抱了衣裳，两个人一路走着。画珠远远见魏长安领旨出来，便向琳琅扮个鬼脸，凑在她耳边轻声问："你猜今天万岁爷翻谁的牌子？"

琳琅只觉耳上滚烫火热，那一路滚烫的绯红直烧到脖子下去，只道："你真是不老成，这又关着你什么事了？"画珠吐一吐舌头："我不过听说端主子失宠了，所以想看看哪位主子圣眷正隆。"

琳琅道："哪位主子得宠不都一样。说你懒，你倒爱操心不相干的事。"忽然怅然道，"不知芸初现在怎么样了。"御前宫女，向来不告假不能胡乱走动，芸初自也不能来乾清宫看她。画珠道："好容易我来了，芸初偏又去了，咱们三个人是一块儿进的宫，好得和亲姊妹似的，可恨总不能在一块儿……"只叹了口气。琳琅忽然哧地一笑："你原来还会叹气，我以为你从来不知道发愁呢。"画珠道："人生在世，哪里有不会发愁的。"

琳琅与画珠如今住同一间屋子，琳琅睡觉本就轻浅，这日失了觉，总是睡不着，却听见那边炕上窸窸窣窣，却原来画珠也没睡着，不由轻声叫了声："画珠。"画珠问："你还醒着呢？"琳琅道："新换了这屋子，我已经三四天没有黑沉地睡上一觉了。"又问，"你今天是怎么啦？从前你头一挨枕头便睡着了，芸初老笑话你是瞌睡虫投胎。"画珠道："今天万岁爷跟我说了一句话。"

琳琅不由笑道："万岁爷跟你说什么话了，叫你半夜都睡不着？"

画珠道："万岁爷问我——"忽然顿住了不往下说。琳琅问："皇上问你什么了？"画珠只不说话，过了片刻突然笑出声来："也没什么，快睡吧。"琳琅恨声道："你这坏东西，这样子说一半藏一半算什么？"画珠闭上眼不作声，只是装睡，琳琅也拿她没有法子。过得片刻，却听得呼吸均匀，原来真的睡着了。琳琅辗转片刻，也蒙眬睡去了。

第二日卯时皇帝就往乾清门御门听政去了，乾清宫里便一下子静下来。做杂役的太监打扫屋子，拂尘拭灰。琳琅往御茶房里去了回来，画珠却叫住她至一旁，悄声道："适才太后那里有人来，我问过了，如今芸初一切还好。"琳琅道："等几时有了机会告假，好去瞧她。"

要告假并不容易，一直等到四月末，皇帝御驾出阜成门观禾，乾清宫里除了梁九功带了御前近侍的太监们随扈侍候，琳琅、画珠等宫女都留在宫里。琳琅与画珠先一日便向梁九功告了假，这日便去瞧芸初。

谁知芸初却被太后打发去给端嫔送东西，两个人扑了个空，又不便多等，只得折返乾清宫去。方进宫门，便有小太监慌慌张张迎上来："两位姐姐往哪里去了？魏谙达叫大伙儿全到直房里去呢。"

琳琅问："可是出了什么事？"那小太监道："可不是出了事——听说是丢了东西。"

画珠心里一紧，忙与琳琅一同往直房里去了。直房里已经是黑压压一屋子宫女太监，全是乾清宫当差的人。魏长安站在那里，板着脸道："万岁爷那只儿绿的翡翠扳指，今儿早起就没瞧见了。原没有声张，如今看来，不声张是不成了。"便叫过专管皇帝佩饰的太监姜二喜，"你自己来说，是怎么回事？"

姜二喜哭丧着脸道："就那么一眨眼工夫……昨儿晚上还瞧着万岁爷随手摘下来撂那炕几上了。我原说收起来来着，一时忙着检点版带、佛珠那些，就混忘了。等我想起来时，侍寝的敬主子又到了。只说不碍事，谁知今儿早上就没瞧见了。这会子万岁爷还不知道，早上问时，我只说是收起来了。待会儿万岁爷回宫，我可活不成了。"

魏长安道："查不出来，大伙儿全都活不成。或者是谁拿了逗二喜玩，这会子快交出来。"屋子里静得连根针掉地下也听得见，魏长安见所有人都屏息静气，便冷笑一声说，"既然要敬酒不吃吃罚酒，那我也不客气了。所有能近御前的人，特别是昨天进过西暖阁的人，都给我到前边来。"

御前行走的宫女太监只得皆出来，琳琅与画珠也出来了。魏长安道："这会子东西定然还没出乾清宫，既然闹出家贼来，咱们只好撕破了这张脸，说不得，一间间屋子搜过去。"琳琅回头见画珠脸色苍白，便轻轻握了她的手，谁知画珠将手一挣，朗声道："魏谙达，这不合规矩。丢了东西，大家虽然都有嫌疑，但你叫人搜咱们的屋子，这算什么？"

魏长安本来趾高气扬，但这画珠是太后指过来的人，本来还存了三分顾忌，但她这样劈头盖脸地当堂叫板，如何忍得住，只将眼睛一翻："你这意思，你那屋子不敢叫咱们搜了？"画珠冷笑道："我又不曾做贼，有什么不敢的？"魏长安便微微一笑："那就好啊，咱们就先去瞧瞧。"画珠还要说话，琳琅直急得用力在她腕上捏了一把。画珠吃痛，好歹忍住了没再作声。

当下魏长安带了人，一间屋子一间屋子地看过去，将箱笼柜子之属都打开来。及至琳琅与画珠屋中，却是搜得格外仔细，连床褥之下都翻到了。画珠看着一帮太监翻箱倒柜，只是连连冷笑。忽听人叫了一声，道："找着了。"

却是从箱底垫着的包袱下翻出来的，果然是一只通体浓翠的翡翠扳指，迎着那太阳光，那所谓子儿绿的翠色水汪汪的，直欲滴下来一般。魏长安忙接了过去，交与姜二喜，姜二喜只瞧了一眼便道："就是这个，内壁里有万岁爷的名讳。"魏长安对着光瞧，里面果然镌着"玄烨"二字，唇边不由浮起冷笑："这箱子是谁的？"

琳琅早就脸色煞白，只觉得身子轻飘飘的，倒似立都立不稳了，连声音都遥远得不似自己："是我的。"

魏长安瞧了她一眼，轻轻叹了口气，又摇了摇头，似大有惋惜之意。画珠却急急道："琳琅绝不会偷东西，她绝不会偷东西。"魏长安道："人赃并获，还有什么说的？"画珠脱口道："这是有人栽赃嫁祸。"魏长安笑道："你说得轻巧，谁栽赃嫁祸了？这屋子谁进得来，谁就能栽赃嫁祸？"画珠气得说不出话来，琳琅脸色苍白，手足只是一片冰凉，却并不急于争辩。魏长安对琳琅道："东西既然找着了，就麻烦你跟我往贵主子那里回话去。"

琳琅这才道："我不知道这扳指为什么在我箱子里，到贵妃面前，我也只是这一句话。"魏长安笑道："到佟主子面前，你

就算想说一千句一万句也没用。"便一努嘴，两名小太监上来，琳琅道："我自己走。"魏长安又笑了一声，带了她出去，往东六宫去向佟贵妃交差。

佟贵妃抱恙多日，去时御医正巧来请脉，只叫魏长安交去给安嫔处置，魏长安便又带了琳琅去永和宫见安嫔。安嫔正用膳，并没有传见，只叫宫女出来告诉魏长安："既然是人赃并获拿住了，先带到北五所去关起来，审问明白供认了，再打她四十板子，撵到辛者库去做杂役。"

魏长安"嗻"了一声，转脸对琳琅道："走吧。"

北五所有一排堆放杂物的黑屋子，魏长安命人开了一间屋子，带了琳琅进去。小太监端了把椅子来，魏长安便在门口坐下，琳琅此时心里倒安静下来，伫立在那里不声不响。

魏长安咳嗽一声，道："何必呢，你痛快地招认，我也给你个痛快。你这样死咬着不开口，不过是多受些皮肉之苦罢了。"

琳琅道："安主子的谕，只说我供认了，方才可以打我四十板子。况且这事情不是我做下的，我自不会屈打成招。"

魏长安不由回过头去，对身后侍立的小太监啧啧一笑："你听听这张利嘴……"转过脸来，脸上的笑容慢慢收敛了，"这么说，你是要敬酒不吃吃罚酒了？"

琳琅缓缓道："魏谙达，今儿的这事，我不知道您是真糊涂，还是装糊涂。您这样一个聪明人，必然早就知道我是叫人栽赃陷害的。我只不知道我得罪了谁，叫人家下这样的狠手来对付我。只是魏谙达已经是敬事房的总管，不知道以您的身份，何苦还来蹚这浑水。"

魏长安倒不防她说出这样一篇话来，怔了一怔，方笑道："你这话里有话啊，真是一张利嘴，可惜却做了贼。今儿这事是我亲眼目睹人赃并获，你死咬着不认也没用。安主子已经发了话，我今天就算四十板子打死了你，也是你命薄，经受不起那四十板子。"

琳琅并不言语，魏长安只觉得她竟无惧色。正在此时，一名小太监忽然匆匆进来："魏谙达，荣主子有事传您过去。"

魏长安连忙站起来，吩咐人："将她锁在这里，等我回来再问。"

那间屋子没有窗子，一关上门，便只门缝里透进一线光。琳琅过了许久，才渐渐能看清东西。摸索着走到墙边，在那胡乱堆着的脚踏上坐下来。那魏长安去了久久却没有回来，却也没有旁人来。

她想起极小的时候，是春天里吧，桃花开得那样好，一枝枝红艳斜敲在墙外。丫头拿瓶插了折枝花儿进来，却悄声告诉她："老爷生了气，罚冬郎跪在佛堂里呢。"大家子规矩严，出来进去都是丫头嬷嬷跟着。往老太太屋里去，走过佛堂前禁不住放慢了步子，只见排门紧锁，侍候容若的小厮都垂头丧气地侍立在外头。到底是老太太一句话，才叫放出来吃晚饭。

第二日方来瞧她，只说："那屋子里黑咕隆咚，若是你，定会吓得哭了。"自己只微微一笑："我又不会带了小厮偷偷出城，怎么会被罚跪佛堂？"十余岁少年的眼睛明亮如天上最美的星光："琳妹妹，只要有我在，这一世便要你周全，断不会让人关你在黑屋子里。"

屋中闷不透气，渐渐地热起来，她抽出帕子来拭汗，却不想帕上隐隐沾染了一缕异香。上好的龙涎香，只消一星，那香气便可萦绕殿中，数日不绝。乾清宫暖阁里总是焚着龙涎香，于是御衣里总是带着这幽幽的香气。四面皆是漆黑的，越发显得那香气

突兀，她将帕子又掖回袖中。

她独个在这黑屋子里，也不知过了多久，只觉得像是一月一年都过完了似的。眼见着门隙间的阳光渐渐暗淡下去，大约天色已晚，魏长安却并没有回来。

门上有人在"嗒嗒"轻轻叩着门板，她忙站起来，竟是芸初的声音："琳琅。"低低地问，"你在不在里面？"琳琅忙走到门边："我在。"芸初道："怎么回事？我一听见说，就告了假来瞧你，好容易求了那两位公公，放了我过来和你说话。"

琳琅道："你快走，这里不是说话的地方，没得连累了你。"

芸初道："好端端的，这是怎么了？我回去听见说你和画珠来瞧我，偏没有遇上。过了晌午，姐姐过来给太后请安，正巧说起乾清宫的事，才知道竟然是你出了事。我央姐姐替你求情，可你是御前的人，姐姐也说不上话。"

琳琅心中感念，道："芸初你快走吧，叫人看见可真要连累你了。"芸初问："你这是得罪了谁？"琳琅道："我不知道。"芸初说："你真是糊涂，你在御前，必然有得罪人的地方，再不然，就是万岁爷待你特别好？"

琳琅不知为何，猛然忆起那日皇帝递过帕子来，灯外的纱罩上绣着浅金色龙纹，灯光晕黄映着皇帝的一双手，晰白净利，隐着力道。那帕子轻飘飘地执在他手上，却忽然有了千钧重似的。她心乱如麻，轻轻叹了口气："万岁爷怎么会待我特别好。"

芸初道："此处不宜多说，只一桩事——我听人说，那魏长安是安主子的远房亲戚，你莫不是得罪了安主子？"

琳琅道："我小小的一名宫女，在御前不过月余工夫，怎么会见罪于安主子？"她怕人瞧见，只连声催促芸初离去，说，"你冒险来瞧我，这情分我已经唯有铭记了，你快走，没得连累你。"芸初情知无计，只再三不肯。忽听那廊下太监咳嗽两声，正是递给芸初的暗号，示意有人来了。琳琅吃了一惊，芸初忙走开了。

琳琅听那脚步声杂沓近来，显然不止一人，不知是否是魏长安回来了，心中思忖。只听哐啷啷一阵响，锁已经打开，门被推开，琳琅这才见着外面天色灰白，暮色四起，远远廊下太监们已经在上灯。小太监簇拥着魏长安，夜色初起，他一张脸也是晦暗不明。那魏长安亦不坐了，只站在门口道："有这半晌的工夫，你也尽够想好了。还是痛快认了吧，那四十板子硬硬头皮也就挺过去了。"

琳琅只道："不是我偷的，我决不能认。"

魏长安听她如是说，便向小太监使个眼色。两名小太监上前来，琳琅心下强自镇定，任他们推搡了往后院去，司刑的太监持了朱红漆杖来。魏长安慢悠悠地道："老规矩，从背至腿，只别打脸。"一名太监便取了牛筋来，将琳琅双手缚住。他们绑人都是早绑出门道来的，四扭四花的牛筋，五大三粗的壮汉也捆得动弹不得。直将那牛筋往琳琅腕上一绕，用力一抽，那纤细凝白的手腕上便缓缓浮起淤紫。

皇帝在戌初时分回宫，画珠上来侍候更衣，侍候冠履的太监替皇帝摘了朝服冠带。皇帝换下明黄九龙十二章的朝服，穿了家常绛色两则团龙暗花缎的袍子，神色间微微有了倦意。等传了点心，芳景上来奉茶，皇帝忽然想起来，随口道："叫琳琅去御茶房，传杏仁酪来。"

芳景道："回万岁爷的话，琳琅犯了规矩，交慎刑司关起来了。"

皇帝问："犯规矩？犯了什么规矩？"芳景道："奴才并不知道。"皇帝便叫："梁九功！"

梁九功连忙进来，皇帝问他："琳琅犯了什么规矩？"梁九功这日随扈出宫，刚回来还未知道此事，摸不着头脑。画珠在一旁忍不住道："万岁爷只问魏谙达就行了。"皇帝没有问她话，她这样贸贸然搭腔，是极不合规矩的，急得梁九功直向她使眼色。好在皇帝并没有计较，只道："那就叫魏长安来。"

却是敬事房的当值太监冯四京来回话："万岁爷，魏谙达办差去了。"梁九功忙道："糊涂东西，凭他办什么差事去了，还不快找了来？"冯四京连忙磕了个头，便要退出去，皇帝却叫住他："等一等，问你也一样。"

梁九功见皇帝负手而立，神色平和，瞧不出什么端倪。梁九功便问冯四京道："侍候茶水的琳琅，说是犯了规矩，叫你们敬事房锁起来了，是怎么一回事？"

冯四京道："琳琅偷了东西，奉了安主子的吩咐，锁到北五所去了。"梁九功问："偷东西，偷什么东西了？"冯四京答："就是万岁爷那只子儿绿的翡翠扳指。魏谙达带了人从琳琅箱子里搜出来，人赃并获。"

皇帝"哦"了一声，神色自若地说："那扳指不是她偷的，是朕赏给她的。"

殿中忽然人人都尴尬起来，空气里似渗了胶，渐渐叫人缓不过气来。冯四京唬得磕了个头，声调已经颇为勉强："万岁爷，这个赏赐没有记档。"凡例皇帝若有赏赐，敬事房是要记录在册，某年某月某日因某事赏某人某物。冯四京万万想不到皇帝竟会如此说，大惊之下额上全是涔涔的冷汗，心中惶然恐惧。

皇帝瞧了梁九功一眼，梁九功连忙跪下去，说："奴才该死，是奴才一时疏忽，忘了将这事告诉敬事房记档。"

殿中诸人都十分尴尬。那只翡翠扳指既然是御用之物，自然价值连城。况且皇帝自少年初习骑射时便戴得惯了，素来为皇帝心爱之物，随身不离，等闲却赏给了一个宫女。人人心里猜忖着这里面的文章，只是都不敢露出什么异色来。冯四京却连想都已经不敢往下想。

最后还是梁九功轻声对冯四京道："既然琳琅没偷东西，还不叫人去放了出来。"

冯四京早就汗得连衣裳都湿透了，只觉得那两肋下飕飕生寒，连那牙关似乎都要"咯咯"作响，"嗻"了一声却行而退，至殿外传唤小太监："快，快，跟我去北五所。"

乾清宫里因着殿宇广阔，除了御案之侧两盏十六支的烛台点了通臂巨烛，另有极大的纱灯置在当地，照得暖阁中明如白昼。冯四京去了北五所，敬事房的另一名当值太监方用大银盘送了牌子进来，皇帝只挥一挥手，说了一声："去。"这便是所谓"叫去"，意即今夜不召幸任何妃嫔。敬事房的当值太监便磕了个头，无声无息地捧着银盘退下去。

梁九功早就猜到今晚必是"叫去"，便从小太监手里接了烛剪，亲自将御案两侧的烛花剪了，侍候皇帝看书。待得大半个时辰后，梁九功瞧见冯四京在外面递眼色，便走出来。冯四京便将身子一侧，那廊下本点着极大的纱灯，夜风里微微摇曳，灯光便如水波轻漾，映着琳琅雪白的一张脸。梁九功见她发鬓微松，被小宫女搀扶勉强站着，神色倒还镇定，便道："姑娘受委屈了。"

琳琅只轻轻叫了声："谙达。"冯四京在一旁道："真是委屈姑娘了，我紧赶慢赶地赶到，到底还是叫姑娘受了两杖，好在并没伤着筋骨。"梁九功不理冯四京，只对琳琅道："姑娘在这里稍等，我去向万岁爷回话。"便走进殿中去。皇帝仍全神贯注在书本上，梁九功轻轻咳嗽了一声，低声道："万岁爷，琳琅回来了，是不是叫她进来谢恩？"

皇帝慢慢将书翻过一页，却没有答话。梁九功道："琳琅倒真是冤枉，到底还是挨了两杖。奴才瞧她那样子十分委屈，只是忍着不敢哭罢了。"

皇帝将书往案上一掷，口气淡然："梁九功，你什么时候也学得这么多嘴？"梁九功忙道："奴才该死。"皇帝微微一笑，将书重新拿起，道："叫她下去好好歇着，这两日先不必当差了。"

梁九功一时没料到皇帝会如此说，只得"嗻"了一声，慢慢退出。皇帝却叫住他，从大拇指上将下那只翡翠扳指来，说："朕说过这扳指是赏她的，把这个给她。"梁九功忙双手接了，来至廊下，见了琳琅，笑容满面道："万岁爷吩咐，不必进去谢恩了。"又悄声道，"给姑娘道喜。"琳琅只觉手中一硬，已经多了一样物件。梁九功已经叫人："扶下去歇着吧。"便有两名宫女上来，搀了她回自己屋里去。

琳琅虽只受了两杖，但持杖之人竟使了十分力，那外伤却是不轻。她强自挣扎到此时，只觉腿上剧痛难耐。回了屋中，画珠连忙上来帮忙，扶她卧到床上。梁九功却遣了名小宫女，送了外伤药膏来。那小宫女极是机灵，悄悄地道："梁谙达说了，只怕姑娘受了外伤血淤气滞，这会子若传医问药，没得惊动旁人。这药原是西北大营里贡上来的，还是去年秋天里万岁爷赏的，说是化血散淤极佳的，姑娘先用着。"

画珠忙替琳琅道了谢，琳琅疼得满头大汗，犹向柜中指了一指。画珠明白她的意思，开了柜子取了匣子，将那黄澄澄的康熙通宝抓了一把，塞到那小宫女手中，说："烦了妹妹跑一趟，回去谢谢梁谙达。"

那小宫女道："谙达吩咐，不许姑娘破费呢。"不待画珠说话，将辫子一甩就跑了。

画珠只得掩上房门，替琳琅敷了药，再替她掖好了被子，自出去打水了。琳琅独自在屋里，只觉得痛得昏昏沉沉，摊开了一直紧紧攥着的手掌，却不想竟是那只子儿绿的翡翠扳指，幽幽的似一泓碧水，就着那忽明忽暗的灯光，内壁镌着铁钩银划的两个字"玄烨"。她出了一身的汗，只觉得身子轻飘飘使不上力。那只扳指似发起烫来，烫得叫人拿捏不住。

第六章
心字成灰

　　烛花摇影，冷透疏衾刚欲醒。待不思量，不许孤眠不断肠。茫茫碧落，天上人间情一诺。银汉难通，稳耐风波愿始从。

　　　　　　　　——纳兰容若《减字木兰花》

半夜里下起雨来，淅淅沥沥了一夜，至天明时犹自簌簌有声，只听那檐头铁马，丁当乱响了一夜，和着雨声滴答，格外愁人似的。端嫔醒得早，自然睡得不好，便有起床气。宫女栖霞上来替她梳了头，正用早膳，去打听消息的太监已经回来了，磕了一个头方道："回端主子话，据敬事房的小孟说，昨儿万岁爷是'叫去'。"端嫔这才觉得心里痛快了些，漱了口，浣了手，又向大玻璃镜子里打量自己那一身胭红妆花绣蝴蝶兰花的袍子，对栖霞道："咱们去瞧瞧惠主子。"

栖霞忙命人打了伞，端嫔扶了她至惠嫔那里去。雨天百无聊赖，惠嫔立在滴水檐下瞧着宫女替廊下的那架鹦鹉添食水，见端嫔来了，忙远远笑道："今儿下雨，难为妹妹竟还过来了，快屋里坐。"只听那鹦鹉扑着翅膀，它那足上金铃便霍啦啦一阵乱

响，那翅膀也扇得腾腾扑起。端嫔便道："姐姐养的这只小虎儿，可有段时日了，只可惜还没学会说话。"

惠嫔并不着急答话，携了她的手进了屋中，方道："那小虎儿不学会说话也好。"轻轻叹了口气，说道，"妹妹没听见过说么？含情欲说宫中事，鹦鹉前头不敢言。前人的诗，也写得尽了。"

端嫔道："这话我来说倒也罢了，姐姐圣眷正隆，何出此言。"惠嫔道："妹妹如何不知道，皇上待我，也不过念着旧日情分，说到圣眷，唉……"她这一声叹息，幽幽不绝。端嫔正是有心事的人，直触得心里发酸，几欲要掉眼泪，勉强笑道："咱们不说这个了，昨儿乾清宫的事，还有下文呢，不知姐姐听说了没有？"

惠嫔道："能不听见说吗？今儿一大早，只怕东西六宫里全都知道了。"端嫔唇边便浮起一个微笑来，往东一指，道："这回那一位，只怕大大地失了算计。常在河边走，哪能不湿鞋。照我说，她也太性急了，万岁爷不过多看那个宫女两眼，她就想着方儿算计。"

惠嫔道："倒不是她性急，她是瞅着气候未成，大约以为不打紧，所以想未雨绸缪。谁知万岁爷竟是不动声色，这回倒闹她个灰头土脸。"端嫔道："依我看，万岁爷也未必是真瞧上了那个宫女，不然这会子早该有恩旨下来了。要叫我说，万岁爷是恼了那一位，竟然算计到御前的人身上去了，所以才敲山震虎，来这么一下子。"

惠嫔笑道："妹妹说的极是。"端嫔忽然起了顽意："不知那一位，这会子是不是躲在屋子里哭。佟贵妃连日身上不好，将六宫里的事都委了她，想必今儿她终于能闲下来了，咱们就去永和宫里坐坐吧。"

惠嫔便叫贴身宫女承香："拿我的大氅来。"那承香却道："主子忘了，方太医千叮万嘱，说主子正吃的那药忌吹风呢。"惠嫔便骂道："偏你记得这些不要紧的话，我不过和端主子去永和宫一趟，能受什么风？"端嫔忙道："又何苦骂她，她也是一片孝心才记在心上。姐姐既吹不得风，这雨天确实风凉，我独个儿去瞧热闹也就是了。"

她起身告辞，惠嫔亲送到滴水檐下方回屋里。承香上来替惠嫔奉茶，惠嫔微微一笑，道："你倒是机灵。"承香抿嘴一笑，道："跟着主子这么久，难道这点子事还用主子再提点？"

惠嫔慢慢用碗盖撇着那茶叶，道："她想瞧热闹，就叫她瞧去。谁不知道安嫔背后是佟贵妃？那佟贵妃总有做皇后的一天，这宫里行事说话，都不能不留退步。"略一凝神，道，"你去将我那里屋的箱子打开，将前儿得的珍珠膏和两样尺头拿了，去瞧瞧琳琅，只别惊动了旁人。"

承香欲语又止，惠嫔道："我知你想劝我，咱们犯不着这样上赶着去献殷勤，没得叫人觉得点眼。不过出了这档子事，怎么说我与她都是中表之亲，这时候去雪中送炭，她担保会感激不尽，这样合情合理的功夫，咱们不能不做。琳琅这妮子……将来只怕是咱们的心腹大患。"

承香道："奴才可不明白了，早上不听人说，昨儿晚上放了她回去，皇上说不必谢恩，连见都没见她。"

惠嫔放下茶碗，道："咱们这位万岁爷的性子，越是心里看重，面上越是淡着。他若是让进去谢恩，那才如端嫔所说，是生气永和宫的那一位算计了御前的人，所以才敲山震虎。他这么不

叫进去，淡淡的连问都不问一声，你就还非得替我去瞧瞧琳琅不可了。"

承香这才抿嘴一笑："奴才明白了。"

惠嫔却叹了口气："千算万算，没有算到这一着。原以为她在辛者库是一辈子出不了头，没想到她竟然有本事到了御前，只怕咱们到头来聪明反被聪明误。"承香道："主子放心，凭她如何，也越不过主子您的位分去。"惠嫔端起茶碗来，却怔怔地出了神，说："如今只得走一步，算一步。那御前是个风高浪急的地方，咱们且静静看着，指不定会有人替咱们动手，咱们省心省力。"

过了五月节，宫里都换了单衣裳。这天皇帝歇了午觉起来，正巧芜湖钞关的新贡墨进上来了。安徽本来有例贡贡墨，但芜湖钞关的刘源制墨精良，特贡后甚为皇帝所喜。此时皇帝见了今年的新墨，光泽细密，色泽墨润，四面夔纹，中间描金四字，正是御笔赐书"松风水月"。抬头见琳琅在面前，便说："取水来试一试墨。"

侍候笔墨本是小太监的差事，琳琅答应着，从水盂里用铜匙量了水，施在砚堂中，轻轻地旋转墨锭，待墨浸泡稍软后，才逐渐地加力。因新墨初用，有胶性并棱角，不可重磨，恐伤砚面。皇帝不由微微一笑，那烟墨之香，淡淡萦开，只听那墨摩挲在砚上，轻轻的沙沙声。

皇帝只写了两个字，那墨确是落纸如漆，光润不胶。他素喜临董其昌，字本就亢气浑涵，多雍容之态，这两个字却写得极为清峻雅逸。琳琅接过御笔，搁回笔搁上。皇帝见她连耳根都红透了，于是问："你认识字？"宫中祖制，是不许宫女识文断字的。她于是低声答："奴才只认得几个字。"那脸越发红得火烫，声音细若蚊蝇，"奴才的名字，奴才认得。"

皇帝不由有些意外，太监宫女都在暖阁外，他轻轻咳嗽了一声，便将那张素笺折起，随手夹到一本书中，只若无其事，翻了算学的书来演算。他本长于算学，又聘西洋传教士教授西洋算法。闲暇之时，便常以演算为练习。琳琅见他聚精会神，便轻轻后退了一步。皇帝却突兀问："你的生庚是多少？"

她怔了一怔，但皇帝问话，自是不能不答："甲辰甲子戊辰……"皇帝寥寥数笔，便略一凝神，问："康熙二年五月初七？"她面上又是微微一红，只应个"是"。皇帝又低头演算，殿中复又安静下来，静得能听见皇帝手中的笔尖拖过软纸细微有声。

交了夏，天黑得迟，乾清宫里至戌初时分才上灯。梁九功见是"叫去"，便欲去督促宫门下钥。皇帝却踱至殿前，只见一钩清月，银灿生辉，低低映在宫墙之上，于是吩咐："朕要出去散散。"

梁九功答应了一声，忙传令预备侍候鸾仪。皇帝只微微皱眉道："好好的步月闲散，一大帮子人跟着，真真无趣。"梁九功只得笑道："求主子示下，是往哪宫里去？奴才狗胆包天，求万岁爷一句，好歹总得有人跟着。"

皇帝想了一想："哪宫里都不去，清清静静地走一走。"

因皇帝吩咐仪从从简，便只十数人跟着，一溜八盏宫灯簇拥了肩舆，迤逦出了隆福门，一路向北。梁九功不知皇帝要往哪里去，只是心中奇怪。一直从花园中穿过，顺贞门本已下钥，皇帝命开了顺贞门，这便是出了内宫了。神武门当值统领飞奔过来接驾，跪在肩舆之前行了大礼。皇帝只道："朕不过是来瞧瞧，别大惊小怪的。"

统领恭恭敬敬"嗻"了一声，垂手退后，随着肩舆至神武门下，率了当值侍卫，簇拥着皇帝登上城楼。夜凉如水，只见禁城之外，东西九城万家灯火如天上群星落地，璀璨芒芒点点。神武门上本悬有巨制纱灯，径圆逾丈，在风中摇曳不定。

皇帝道："月下点灯，最煞风景。"便顺着城墙往西走去。梁九功正欲领着人跟着，皇帝却说："你们就在这里，朕要一个人静一静。"

梁九功吓得请了个安，道："万岁爷，这可不是闹着玩的。太皇太后若是知道了，非要奴才的脑袋不可。这城墙上虽还平坦，虽说有月亮，但这黑天乌夜的……"

皇帝素来不喜他啰唆，只道："那就依你，着一个人提灯跟着吧。"

梁九功这才回过味来，心中暗暗好笑。转过身来向琳琅招一招手，接过小太监手中的八宝琉璃灯交到她手中，低声对琳琅道："你去替万岁爷照着亮。"

琳琅答应了一声，提灯伴着皇帝往前走。那城墙上风大，吹得人衣袂飘飘。越往前走，四下里只是寂静无声。唯见那深蓝如墨的天上一钩清月，低得像是触手可得。皇帝负手信步踱着，步子只是不疾不缓，风声里隐约听得见他腰际平金荷包上坠子摇动的微声。那风吹得琳琅鬓边的几茎短发痒痒地拂在脸上，像是小孩子伸着小手指头，在那里挠着一样。她伸手掠了一掠那发丝，皇帝忽然站住了脚，琳琅忙也停下来，顺着皇帝的目光回望，遥遥只见神武门的城楼之上灯火点点，却原来不知不觉走得这样远了。

皇帝回过头来，望了她一眼，温和地问："你冷么？"

琳琅不防他这样开口相询，只道："奴才不冷。"皇帝却伸手握住她的手，她吓得一时怔住。好在他已经放开，只说："手这样冰凉，还说不冷？"伸手便解开颈中系着的如意双绦，解下了明黄平金绣金龙的大氅，披在她肩头。她吓得脸色雪白，只道："奴才不敢。"皇帝却亲自替她系好了那如意双绦，只淡淡地道："此时不许再自称奴才。"

此即是皇命，遵与不遵都是失了规矩。她心乱如麻，便如一千只茧子在心里缫了丝一般，千头万绪，却不知从何思忖起。皇帝伸出了手，她心中更是一片茫然的凌乱，只得将手交到他手中。皇帝的手很温暖，携了她又缓缓往前走，她心绪飘忽，神色恍惚，只听他问："你进宫几年了？"

她低声答："两年了。"皇帝"嗯"了一声，道："必然十分想家吧？"她声音更低了："奴才不敢。"皇帝微微一笑："你若是再不改口，我可就要罚你了。"

她悚然一惊，皇帝却携她的手走近雉堞之前，道："宫里的规矩，也不好让你家去，你就在这里瞧瞧，也算是望一望家里了。"

她一时怔住了，心中百折千回，不知是悲是喜，是惊是异。却听他道："今儿是你生辰，我许你一件事，你想好了就告诉我。是要什么，或是要我答应什么，都可以告诉我。"

那风愈起愈大，吹得她身上的明黄大氅飘飘欲飞，那氅衣尚有他身上的余温似的，隐约浮动熟悉却陌生的龙涎香香气。她心底只有莫名的惊痛，像是极钝的刀子慢慢在那里锉着，那眼底的热几乎要夺眶而出，只轻轻地道："琳琅不敢向万岁爷要什么。"

他只凝望着她，她慢慢转过脸去。站在这里眺望，九城之中的万家灯火，哪一盏是她的家？他慢慢抬起手来，掌中握着她的

手，那腕上一痕新伤，却是前不久当差时打翻了茶碗烫的。当时她煞白了脸，却只问："万岁爷烫着没有？"

犯了这样的大错，自然是吓着了。当时却只觉得可怜，那乌黑的眼睛，如受惊的小鹿一样，直叫人怦然心动。

她的手却在微微颤抖，倒叫他有几分不忍，但只轻轻加力握了一握，仍旧携着她向前走去。她手中那盏八宝琉璃灯，灯内点着的烛只晕黄的一团光照在两人脚下，夜色里那城墙像是漫漫长道，永远也走不尽似的。

梁九功见那月已斜斜挂在城楼檐角，心里正暗暗着急，远远瞧见一星微光渐行渐近，忙带了人迎上去。只见皇帝神色淡定，琳琅随在侧边，一手持灯，一手上却搭着皇帝那件明黄平金大氅。梁九功忙接过去，道："这夜里风凉，万岁爷怎么反倒将这大氅解了？"又替皇帝披好系上绦子。神武门的宿卫已经换了值班，此时当值宿卫统领便上前一步，磕头见驾："当值宿卫纳兰性德，恭请皇上圣安。"

皇帝见是他，便微笑道："朕难得出来走一趟，偏又遇上你。今儿的事可不许告诉旁人，传到那群言官耳中去，朕又要受聒噪。"

纳兰应了"是"，又磕头道："夜深风寒，请皇上起驾回宫。"

皇帝道："你不催朕，朕也是要走了。"忽然"咦"了一声，问，"你这额头上是怎么了？"纳兰道："回皇上，奴才前儿围猎，不小心为同伴误伤。"皇帝微微一笑，说道："你的骑射功夫上佳，谁能误伤得了你，朕倒想知道。"纳兰见皇帝心情甚好，明知此问乃是调侃自己，难以回答，只得又磕了个头。皇帝哈哈一笑，说道："你父亲的谢罪折子朕已经看了，朕样样都替你打算了，你可要好生谢朕。"

纳兰只觉得喉似哽了个硬物，毕生以来，从未曾如今日般痛楚万分，那一句话哽在那里，无论如何说不出来。忽一阵风过，那城楼地方狭窄，纳兰跪着离皇帝极近，便闻到皇帝衣袖之间幽香暗暗，那香气虽淡薄，但这一缕熟悉的芳香却早已是魂牵梦萦，心中惊疑万分，只是一片茫然的惶恐。本能般以眼角余光斜瞥，只见皇帝身边近侍太监们青色的袍角，隔得更远方是宫女们淡青色的衣角。那袅袅幽香，直如茫茫梦境一般，神色恍惚，竟不知此身何身，此夕何夕，心中凄苦万状。皇帝笑道："起来吧，朕这就回去了。"

纳兰重重叩了一个头，额上伤口磕在青砖地上，顿时迸裂，痛入心腑，连声音都不似自己的："谢皇上隆恩。"

他至城楼下送皇帝上肩舆，终于假作无意，眼光往宫女中一扫，只见似是琳琅亦在人群里，可恨隔着众人，只看不真切，他不敢多看，立时便垂下头去。梁九功轻轻拍一拍手掌，抬肩舆的太监稳稳调转了方向，敬事房的太监便唱道："万岁爷起驾啦——"声音清脆圆润，夜色寂寥中惊起远处宫殿屋脊上栖着的宿鸟，扑扑地飞过城墙，往禁城外的高天上飞去了。

纳兰至卯正时分才交卸差事，下值回家去。一进胡同口便瞧见大门外歇着几台绿呢大轿，他打马自往西侧门那里去了，西侧门上的小厮满脸欢喜迎上来抱住了腿："大爷回来了？老太太正打发人出来问呢，说每日这时辰都回来了，今儿怎么还没到家。"

纳兰翻身下马，随将手中的马鞭扔给小厮，自有人拉了

马去。纳兰回头瞧了一眼那几台轿子，问："老爷今儿没上朝？"

小厮道："不是来拜见老爷的，是那边三老爷的客人。"纳兰进了二门，去上房给祖母请安，复又去见母亲。纳兰夫人正与妯娌坐着闲话，见儿子进来，欢喜不尽："今儿怎么回来迟了？"纳兰先请了安，方说："路上遇着有衡，大家说了几句话，所以耽搁了。"

纳兰夫人见他神色倦怠，道："熬了一夜，好容易下值回来，先去歇着吧。"

纳兰这才回房去，顺着抄手游廊走到月洞门外，忽听得一阵鼓噪之声，却原来是三房里几位同宗兄弟在园子里射鹄子。见着他带着小厮进来，一位堂兄便回头笑着问："冬郎，昨儿在王府里，听见说皇上有旨意为你赐婚。啧啧，这种风光事，朝中也是难得一见啊。冬郎，你可算是好福气。"

纳兰不发一语，随手接了他手中的弓箭，引圆了弓弦，"嗖嗖嗖"连发三箭，支支都正中鹄子的红心。几位同宗兄弟不约而同叫了一声"好"，纳兰淡淡地道："诸位哥哥慢慢玩，我先去了。"

那位堂兄见他径往月洞门中去了，方才甩过辫梢，一手引着弓纳闷地说："冬郎这是怎么了？倒像是人家欠他一万两银子似的，一脸的不如意。"另一人便笑道："他还不如意？凭这世上有的，他什么没有？老爷自不必说了，他如今也圣眷正隆，过两年一外放，迟早是封疆大吏。就算做京官，依着皇上素日待他的样子，只怕不过几年，就要换顶子了。若说不如意，大约只一样——大少奶奶没得太早，叫他伤心了这几年。"

纳兰信步却往小书房里去了。时方初夏，中庭的一树安石榴开得正盛。一阵风过，吹得那一树繁花烈烈如焚。因窗子开着，几瓣殷红如血的花瓣零乱地落在书案上。他拂去花瓣，信手翻开那本《小山词》，却不想翻到那一页书眉上，极娟秀的簪花小楷，只写了两个字"锦瑟"。他心中大恸，举目向庭中望去，只见烁烁闪闪，满目皆是那殷红繁花，如落霞织锦，灼痛人的视线。

石榴花开得极好，衬着那碧油油的叶子，越发显得殷红如血。廊下一溜儿皆是千叶重瓣的安石榴花，远远瞧去，大太阳底下红得似要燃起来。做粗活的苏拉，拿了布巾擦拭着那栽石榴花的景泰蓝大盆。画珠见琳琅站在那廊前，眼睛瞧着那苏拉擦花盆，神色犹带了一丝恍惚，便上前去轻轻一拍："你在这里发什么呆？"

琳琅被吓了一跳，只轻轻拍着胸口："画珠，你真是吓了我一跳。"画珠笑嘻嘻地道："瞧你这样子，倒似在发愁，什么心事能不能告诉我？"

琳琅道："我能有什么心事，不过是惦着差事罢了。"

画珠望了望日头："嗯，这时辰万岁爷该下朝回来啦。"琳琅涨红了脸，道："你取笑我倒罢了，怎么能没上没下地拿主子来取笑？"画珠扮个鬼脸："好啦，算我口没遮拦成不成？"琳琅道："你这张嘴，总有一日闯出祸来，若是叫谙达听见……"画珠却笑起来："梁谙达对你客气着呢，我好赖也沾光。"琳琅道："梁谙达对大家都客气，也不独独是对我。"

画珠却忍不住哧地一笑，说："瞧你急的，脸都红得要赶上这石榴花了。"琳琅道："你今天必是着了什么魔，一句正经话也不说。"画珠道："哪里是我着了魔，依我看，是你着了魔才

对。昨晚一夜只听你在炕上翻来覆去，这会子又站在这里待了这半晌了。我倒不明白，这花是什么国色天香，值得你牢牢盯了半日工夫。"

琳琅正要说话，忽闻轻轻两下掌声传来，正是皇帝回宫，垂花门外的太监传进来的暗号。琳琅忙转身往御茶房那边去，画珠道："你急什么，等御驾回来，总还有一炷香的工夫。"琳琅道："我不和你说了，我可不像你胆子大，每回事到临头了才抓忙。"

皇帝回宫果然已经是一炷香的工夫后，先换了衣裳。画珠见梁九功不在跟前，四执库的太监捧了衣裳退下，独她一个人跪着替皇帝理好袍角，便轻轻叫了声："万岁爷。"说，"万岁爷上回问奴才的那方帕子，奴才叫四执库的人找着了。"从袖中抽出帕子呈上，皇帝接过去，正是那方白绢帕子，淡缃色丝线绣四合如意云纹，不禁微微一笑："就是这个，原来是四执库收起来了。"

画珠道："四执库的小冯子说，这帕子原是夹在万岁爷一件袍袖里的，因并不是御用的东西，却也没敢摺开，所以单独拣在一旁。"

皇帝只点了点头，外面小太监打起帘子，却是琳琅捧了茶盘进来。画珠脸上一红退开一步去，琳琅也并未在意。

天气一天天热起来，赵昌从慈宁宫回来，先站在檐下摘了帽子拭了拭额上的汗，方戴好了帽子，整了衣冠进殿中去。梁九功正巧从东暖阁退出来，一见了他便使个眼色。赵昌只得随他出来，方悄声问："万岁爷这么早就歇午觉了？"

梁九功微微一笑："万岁爷还没歇午觉呢，这会子在看折子。"这倒将赵昌弄糊涂了，说："那我进去跟万岁爷回话去。"梁九功将嘴一努，说："你怎么这样没眼色？这会子就只琳琅在跟前呢。"

赵昌将自己脑门轻轻一拍，悄声说："瞧我这猪脑子——老哥，多谢你提点，不然我懵懵然撞进去，必然讨万岁爷的厌。"他一面说着话，一面往殿外了望，碧蓝湛湛的天，通透如一方上好的玻璃翠。只听隐隐的蝉声响起来，午后的阳光里，已经颇有几分暑意。

东暖阁里垂着湘竹帘子，一条一条打磨得极细滑的竹梗子，细细密密地用金线丝络系一个如意同心结，那一帘子的如意同心结，千丝万络，阳光斜斜地透进来，金砖上烙着帘影，静淡无声。

御案上本来放着一盏甜瓜冰碗，那冰渐渐融了，缠枝莲青花碗上，便沁出细密的一层水珠。琳琅鼻尖之上，亦沁出细密的一层汗珠，只是屏息静气。只觉得皇帝的呼吸暖暖地拂在鬓角，吹得碎发微微伏起，那一种痒痒直酥到人心里去。皇帝的声音低低的，可是因为近在耳畔，反倒觉得令人一震："手别发抖，写字第一要腕力沉稳，你的手一抖，这字的笔画就乱了。"那笔尖慢慢地拖出一捺，他腕上明黄翻袖上绣着金色夔纹，那袖子拂在她腕上。她到底笔下无力，滟滟的朱砂便如断霞斜敧，她的脸亦红得几乎艳如朱砂，只任由他握着她的手，在砚里又舔饱了笔，这次却是先一点，一横，一折再折……她忽而轻轻咬一咬嘴唇，轻声道："奴才欺君罔上……"

皇帝却笑起来："你实实是欺君罔上——才刚我说了，这会子不许自称奴才。"琳琅脸上又是一红，道："这两个字，琳琅会写。"皇帝"哦"了一声，果然松了手。琳琅便稳稳补上那一折，然后又写了另一个字——虽然为着避讳，按例每字各缺了末

笔，但那字迹清秀，一望便知极有功底。皇帝出于意外，不觉无声微笑："果然真是欺君罔上，看我怎么罚你——罚你立时好生写篇字来。"

琳琅只得应了一声"是"，却放下手中的笔。皇帝说："只咱们两个，别理会那些规矩。"琳琅面上又是一红，到底另拣了一支笔舔了墨，但御案之上只有御笔，虽不再是用朱砂，仍低声道："琳琅僭越。"方微一凝神，从容落笔。过得片刻一挥而就，双手呈与皇帝。

竟是极其清丽的一手簪花小楷："昼漏稀闻紫陌长，霏霏细雨过南庄。云飞御苑秋花湿，风到红门野草香。玉辇遥临平甸阔，羽旗近傍远林扬。初晴少顷布围猎，好趁清凉跃骕骦。"正是他幸南苑行围时的御制诗。字字骨骼清奇，看来总有十来年功力，想必定然临过闺阁名家，卫夫人的《古名姬贴》，赵夫人的《梅花赋》……笔画之间妩媚风流，叫人心里一动。他接过笔去，便在后面写了一行蝇头小楷："昨夜星辰昨夜风，画楼西畔桂堂东。"这一句话，也就尽够了，她那脸上红得似要燃起来，眼中神气游离不定，像是月光下的花影，随风瞬移。那耳廓红得透了，像是案头那方冻石的印章，隐隐如半透明。看得清一丝丝细小的血脉，嫣红纤明。颈中微汗，却烘得那幽幽的香，从衣裳间透出来。他忍不住便向那嫣红的耳下吻去，她身子一软，却叫他揽住了不能动弹。他只觉得她身子微微发抖，眼底尽是惶恐与害怕，十分叫人怜爱，只低声唤了一声："琳琅。"

琳琅只觉得心跳得又急又快，皇帝的手握着她的手，却是滚烫发热的。那碗甜瓜冰碗之外水汽凝结，一滴水珠缓缓顺着碗壁滑落下去。她只觉得四下里静下来，皇帝衣上幽幽的龙涎香，那气息却叫她有些透不出气来。她轻轻转过脸去，便欲起身，低声道："万岁爷，冰要化了，奴才去换一碗。"

皇帝并没有放手，只道："你这几天为什么躲着我？"

琳琅涨红了脸："奴才不敢，奴才并没有躲着万岁爷。"

"你这话不尽不实。"皇帝低声道，"今儿要不是梁九功，你也不会独个儿留下来。他向你递眼色，别以为我没瞧见。"

琳琅只不肯转过脸来，有些怔忡地瞧着那缠枝莲青花碗中的冰块，已经渐渐融至细薄的冰片，欲沉欲浮。甜瓜是碧绿发黄的颜色，削得极薄，隐隐透出蜜一样的甜香，浸在冰碗中，一丝一丝的寒凉。她轻轻道："奴才出身卑贱，不配蒙受圣眷。"

殿中本来静极了，遥遥却听见远处隐约的蝉声响起来，一径的声嘶力竭似的。暖阁的窗纱正是前几日新换的，江宁织造例贡上用蝉翼纱，轻薄如烟。她想起旧时自己屋子里，糊着雨过天青色薄纱窗屉，竹影透过窗纱映在书案上，案上的博山炉里焚着香，那烟也似碧透了，风吹过竹声簌簌，像是下着雨。北窗下凉风暂至，书案上临的字被吹起，哗哗一点微声的轻响。

风吹过御案上的折子，上用贡宣软白细密，声音也是极微。皇帝的手却渐渐冷了，一分一分地松开，慢慢地松开，那指尖却失了热力似的，像是端过冰碗的手，冷的，凉的，无声就滑落她的手腕。

她站起来往后退了一步，皇帝的声音还是如常的淡然："你去换碗冰碗子来。"

她"嗻"了一声，待换了冰碗回来，皇帝却已经歇了午觉了。梁九功正巧从暖阁里出来，向她努一努嘴，她端着冰碗退下

去。只听梁九功嘱咐赵昌："你好生听着万岁爷叫人，我去趟上虞备用处，万岁爷嫌这蝉声叫得讨厌。"

赵昌不由笑道："这知了叫你也有法子不成？"梁九功低声道："别浑说。"将双指一曲，正是常用的暗号。赵昌知道皇帝心情不好，立时噤若寒蝉。

琳琅从御茶房交了家什转来，烈日下只见上虞备用处的一众侍卫，手持了粘竿往来巡逻，将乾清宫四周密密实实巡查了数遍，将那些蝉都粘去了十之六七，剩下的也尽赶得远了。四处渐渐静下来，太阳白花花地照着殿前的金砖地，那金砖本来乌黑锃亮，光可鉴人，犹如墨玉，烈日下晒得泛起一层刺眼的白光。

第七章
药成碧海

海天谁放冰轮满，惆怅离情。莫说离情，
但值良宵总泪零。只应碧落重相见，那是今
生。可奈今生，刚作愁时又忆卿。

——纳兰容若《采桑子》

一连晴了数日，天气热得像是要生出火来。黄昏时分苏拉在院中泼了净水，那热烘烘的蒸气正上来。半天里皆是幻紫流金的彩霞，映在明黄琉璃瓦上，辉煌得如织锦。乾清宫殿宇深广，窗门皆垂着竹帘，反倒显得幽凉。画珠从御前下来，见琳琅坐在窗下绣花，便说："这时辰你别贪黑伤了眼睛。"

　　琳琅道："这支线绣完，就该上灯了。"因天热，怕手上出汗，起身去铜盆中洗了手，又方坐下接着绣。画珠道："这两日事多，你倒闲下来了，竟坐在这里绣花，针线上又不是没有人。"

　　琳琅手中并未停，道："左右是无事，绣着消磨时日也好。"

　　画珠道："今儿梁谙达说了一桩事呢。说是宜主子年底要添生，万岁爷打算拨一个妥当的人过去侍候宜主子。"

琳琅"嗯"了一声，问："你想去？"

画珠道："听梁谙达那口气，不像是想从御前的人里挑，大约是从东西六宫里拣吧。"琳琅听她这样说，停了针线静静地道："许久不见，芸初也不知怎么样了。"画珠道："依我说，侍候宜主子也不算是顶好的差事，宜主子虽然得宠，为人却厉害。"琳琅只道："画珠，你怎么又忘了，又议论起主子，看叫旁人听见。"画珠伸一伸舌头："反正我只在你面前说，也不妨事。"又道，"我瞧宜主子虽然圣眷正浓，但眼前也及不上成主子。这一连几天，万岁爷不都是翻她的牌子？今儿听说又是。万岁爷的心思真叫人难以琢磨。"

琳琅说："该上灯了吧，我去取火来。"

画珠随手拿起扇子，望一眼窗外幽黑天幕上灿烂如银的碎星，道："这天气真是热。"

第二日依然是晌晴的天气。因着庚申日京东地震震动京畿，京城倒塌城垣、衙署、民房，死伤人甚重。震之所及东至龙兴之地盛京，西至甘肃岷县，南至安徽桐城，凡数千里，而三河、平谷最惨。远近荡然一空，了无障隔，山崩地陷，裂地涌水，土砾成丘，尸骸枕藉，官民死伤不计其数，甚有全家覆没者。朝中忙着诏发内帑十万赈恤，官修被震庐舍民房，又在九城中开了粥棚赈济灾民。各处赈灾的折子雪片一般飞来，而川中抚远大将军图海所率大军与吴三桂部将激战犹烈。皇帝于赈灾极为重视，而前线战事素来事必躬亲，所以连日里自乾清门听政之余，仍在南书房召见大臣，这日御驾返回乾清宫，又是晚膳时分。

琳琅捧了茶进去，皇帝正换了衣裳用膳，因着天气暑热，那

大大小小十余品菜肴羹汤，也不过略略动了几样便搁下筷子。随手接了茶，见是滚烫的白贡菊茶，随手便又撂在桌子上，只说："换凉的来。"

琳琅犹未答话，梁九功已经道："万岁爷刚进了晚膳，只怕凉的伤胃。"又道，"李太医在外头候旨，请万岁爷示下。"

皇帝问："无端端的传太医来做什么？"

梁九功请了个安，道："是奴才擅做主张传太医进来的。今儿早上李太医听说万岁爷这几日歇得不好，夜中常口渴，想请旨来替万岁爷请平安脉，奴才就叫他进来候着了。"

皇帝道："叫他回去，朕躬安，不用他们来烦朕。"

梁九功赔笑道："万岁爷，您这嘴角都起了水泡。明儿往慈宁宫请安，太皇太后见着了，也必然要叫传太医来瞧。"

皇帝事祖母至孝，听梁九功如是说，想祖母见着，果然势必又惹得她心疼烦恼，于是道："那叫他进来瞧吧。"

那李太医当差多年，进来先行了一跪三叩的大礼。皇帝是坐在炕上，小太监早取了拜垫来，李太医便跪在拜垫上，细细地诊了脉，道："微臣大胆，请窥万岁爷圣颜。"瞧了皇帝唇角的水泡，方磕头道，"皇上万安。"退出去开方子。

梁九功便陪着出去，小太监侍候笔墨。李太医写了方子，对梁九功道："万岁爷只是固热伤阴，虚火内生，所以嘴边生了热疮起水泡，照方子吃两剂就成了。"

赵昌陪了李太医去御药房里煎药，梁九功回到暖阁里，见琳琅捧着茶盘侍立当地，皇帝却望也不望她一眼，只挥手道："都下去。"御前的宫女太监便皆退下去了。梁九功纳闷了这几日，此时想了想，轻声道："万岁爷，要不叫琳琅去御茶房里，取他们熬的药茶来。"

宫中暑时依太医院的方子，常备有消暑的药制茶饮。皇帝只是低头看折子，说："既吃药，就不必吃药茶了。"

梁九功退下来后，又想了一想，往直房里去寻琳琅。直房里宫女太监们皆在闲坐，琳琅见他递个眼色，只得出来。梁九功引她走到廊下，方问："万岁爷怎么了？"

琳琅涨红了脸，扭过头去瞧那毒辣辣的日头，映着那金砖地上白晃晃的，勉强道："谙达，万岁爷怎么了，我们做奴才的哪里知道？"

梁九功道："你聪明伶俐，平日里难道还不明白？"

琳琅只道："谙达说得我都糊涂了。"

梁九功道："我可才是糊涂了——前几日不还好好的？"

琳琅听他说得直白，不再接口，直望着那琉璃瓦上浮起的金光。梁九功道："我素来觉得你是有福气的人，如今怎么反倒和这福气过不去了？"

琳琅道："谙达的话，我越发不懂了。"她本穿了一身淡青纱衣，乌黑的辫子却只用青色绒线系了，此时说着话，手里却将那辫梢上青色的绒线捻着，脸上微微有些窘态的洇红。梁九功听她如是说，倒不好再一径追问，只得罢了。

正在这时，正巧画珠打廊下过，琳琅乘机向梁九功道："谙达若没有别的吩咐，我就回去了。"见梁九功点一点头，琳琅迎上画珠，两个人并肩回直房里去。画珠本来话就多，一路上说着："今儿可让我瞧见成主子了，我从景和门出去，可巧遇上了，我给她请安，她还特别客气，跟我说了几句话呢。成主子人真是生得美，依我看，倒比宜主子多些娴静之态。"见琳琅微微皱眉，便抢先学着琳琅的口气，道，"怎么又背地里议论主子？"说完向琳琅吐一吐舌头。

琳琅让她逗得不由微微一笑，说："你明知道规矩，却偏偏爱信口开河，旁人听见了多不好。"画珠道："你又不是旁人。"琳琅说："你说得惯了，有人没人也顺嘴说出来，岂不惹祸？"画珠笑道："你呀，诸葛武侯一生唯谨慎。"

琳琅"咦"了一声，说："这句文绉绉的话，你从哪里学来的？"画珠道："你忘了么？不是昨儿万岁爷说的。"琳琅不由自主望向正殿，殿门垂着沉沉的竹帘，上用黄绫帘楣，隐约只瞧见御前当值的太监偶人似的一动不动伫立在殿内。

因着地震灾情甚重，宫中的八月节也过得草草。皇帝循例赐宴南书房的师傅、一众文学近侍，乾清宫里只剩下些宫女太监，显得冷冷清清。厨房里倒有节例，除了晚上的点心瓜果，特别还有月饼。画珠贪玩，吃过了点心便拉着琳琅去庭中赏月，只说："你平日里不是喜欢什么月呀雪呀，今儿这么好的月亮，怎么反倒不看了？"

琳琅举头望去，只见天上一轮圆月，衬着薄薄几缕淡云，那月色光寒，照在地上如水轻泻。只见月光下乾清宫的殿宇琉璃华瓦，粼粼如淌水银。廊前皆是新贡的桂花树，植在巨缸之中，丹桂初蕊，香远袭人，月色下树影婆娑，勾勒如画。那晚风薄寒，却吹得人微微一凛。此情此景依稀仿佛梦里见过。窗下的竹影摇曳，丹桂暗香透入窗扉。自己移了笔墨，回头望向阶下的人影浅笑……中秋夜，十四寒韵联句……当时明月在，曾照彩云归。

正恍惚间，忽听中庭外又急又快的脚步声，回头一看，却是小宫女一口气跑了进来。画珠道："翠隽，瞧你这慌慌张张的样子，后头有鬼赶你不成？"翠隽满脸是笑，喘吁吁地道："两位姐姐，大喜事咧！"画珠笑道："莫不是前头放了赏？瞧你眼皮子浅的，什么金的银的没见识过，还一惊一乍。"翠隽道："放赏倒罢了，太后宫里的华子姐姐说，有旨意将芸初姑娘指婚给明珠大人的长公子了。芸初姑娘可真真儿是天大的造化，得了这一门好亲事，竟指了位二等虾。两位姐姐都和芸初姑娘好，往后两位姐姐更得要照应咱们了……"

琳琅手里本折了一枝桂花，不知不觉间松了手，那花就落在了青砖地上。画珠道："她到底是老子娘有头脸，虽没放过实任，到底有爵位在那里，荣主子又帮衬着。万岁爷赐婚，那可真是天大的面子，明珠大人虽然是朝中大臣，但她嫁过去，只怕也不敢等闲轻慢了她这位指婚而娶的儿媳。琳琅，这回你可和芸初真成了一家人。"

她一句接一句地说着，琳琅只觉得那声音离自己很远，飘荡浮动着，倏忽又很近，近得直像是在耳下吵嚷。天却越发高了，只觉得那月光冰寒，像是剪刀的尖口，刺啦啦就将人剪开来。全然听不见画珠在说什么，只见她嘴唇翕动，自顾自说得高兴。四面都是风，冷冷地扑在身上，直吹得衣角扬起，身子却在风里微微地发着抖。画珠嘈嘈切切说了许久，方觉得她脸色有异，一握了她的手，失声道："你这是怎么了，手这样冰凉？"说了两遍，琳琅方才回过神来似的，嘴角微微哆嗦，只道："这风好冷。"

画珠道："你要添件衣裳才好，这夜里风寒，咱们快回去。"回屋里琳琅添了件绛色长比甲，方收拾停当，隐约听到外面遥遥的击掌声，正是御驾返回乾清宫的暗号。两个人都当着差事，皆出来上殿中去。

随侍的太监簇拥着皇帝进来，除了近侍，其余的人皆在殿外便退了下去。梁九功回头瞧见琳琅，便对她说："万岁爷今儿吃了酒，去沏醲茶来。"琳琅答应了一声，去了半晌回来。

皇帝正换了衣裳，见那茶碗不是日常御用，却是一只竹丝白纹的粉定茶盏，盛着枫露茶。那枫露茶乃枫露点茶，枫露制法，取香枫之嫩叶，入甑蒸之，滴取其露。将枫露点入茶汤中，即成枫露茶。皇帝看了她一眼，问："这会子怎么翻出这样东西来了？"琳琅神色仓皇道："奴才只想到这茶配这定窑盏子才好看，一时疏忽，忘了忌讳，请万岁爷责罚。"这定窑茶盏本是一对，另一只上次她在御前打碎了，依着规矩，这单下的一只残杯是不能再用的。皇帝想起来，上次打翻了茶，她面色也是如此惊惧，此刻捧着茶盘，因着又犯了错，眼里只有楚楚的惊怯，碧色衣袖似在微微轻颤，灯下照着分明，雪白皓腕上一痕新月似的旧烫伤。

　　皇帝接过茶去，吃了一口，放下道："这茶要三四遍才出色，还是换甘和茶来。"琳琅"嗻"了一声，退出暖阁外去。皇帝觉得有几分酒意，便叫梁九功："去拧个热手巾把子来。"梁九功答应了还未出去，只听外面"哐"的一声响，跟着小太监轻声低呼了一声。皇帝问："怎么了？"外面的小太监忙道："回万岁爷的话，琳琅不知怎么的，发晕倒在地上了。"皇帝起身便出来，梁九功忙替他掀起帘子。只见太监宫女们团团围住，芳景扶了琳琅的肩，轻轻唤着她的名字，琳琅脸色雪白，双目紧闭，却是人事不知的样子。皇帝道："别都围着，散开来让她透气。"众人早吓得乱了阵脚，听见皇帝吩咐，连忙站起来皆退出几步去。皇帝又对芳景道："将她颈下的扣子解开两粒。"芳景连忙解了。皇帝本略通岐黄之术，伸手按在她脉上，却回头对梁九功道："去将那传教士贡的西洋嗅盐取来。"梁九功派人去取了来，却是小巧玲珑一只碧色玻璃瓶子。皇帝旋开鎏金宝纽塞子，将那嗅盐放在她鼻下轻轻摇了摇。殿中诸人皆目不转睛地瞧着琳琅，四下里鸦雀无声，隐隐约约听见殿外檐头铁马，被风吹着丁当丁当清冷的两声。

檐头铁马响声零乱，那风吹过，隐约有丹桂的醇香。书房里本用着烛火，外面置着雪亮纱罩。那光漾漾地晕开去，窗下的月色便黯然失了华彩。纳兰默然坐在梨花书案前，大丫头琪儿送了茶上来，笑着问："大爷今儿大喜，这样高兴，必然有诗了，我替大爷磨墨？"

安徽巡抚相赠的十八锭上用烟墨，鹅黄匣子盛了，十指纤纤拈起一块，素手轻移，取下砚盖。是新墨，磨得不得法，沙沙刮着砚堂。他目光却只凝伫在那墨上，不言不语，似乎人亦像是那块徽墨，一分一分一毫一毫地消磨。浓黑乌亮的墨汁渐渐在砚堂中洇开。

终于执笔在手，却忍不住手腕微颤，一滴墨滴落在雪白宣纸上，黑白分明，无可挽回。伸手将笔搁回笔架上，突然伸手拽了那纸，嚓嚓几下子撕成粉碎。琪儿吓得噤声无言，却见他慢慢垂手，尽那碎纸落在地上，却缓缓另展了一张纸，舐了笔疏疏题上几句。琪儿入府未久，本是纳兰夫人跟前的人，因略略识得几个字，纳兰夫人特意指了她过来侍候容若笔墨。此时只屏息静气，待得纳兰写完，他却将笔一抛。

琪儿瞧那纸上，却题着一阕《东风齐著力》："电急流光，天生薄命，有泪如潮。勉为欢谑，到底总无聊。欲谱频年离恨，言已尽、恨未曾消。凭谁把，一天愁绪，按出琼箫。往事水迢迢，窗前月、几番空照魂销。旧欢新梦，雁齿小红桥。最是烧灯时候，宜春髻、酒暖葡萄。凄凉煞，五枝青玉，风雨飘飘。"

她有好些字不认识，认识的那些字，零乱地凑在眼前……薄

命……泪……愁绪……往事……窗前月……凄凉……

心下只是惴惴难安，只想大爷这样尊贵，今日又独获殊荣。内务府传来旨意，皇帝竟然口谕赐婚。阖府上下皆大喜，借着八月节，张灯结彩，广宴亲眷。连平日肃严谨辞的老爷亦笑着颔首拈须："天恩高厚，真是天恩高厚。"

她不敢胡乱开口，只问："大爷，还写么？"

纳兰淡淡地道："不写了，你叫她们点灯，我回房去。"

丫头打了灯笼在前面照着，其时月华如洗，院中花木扶疏，月下历历可见。他本欲叫丫头吹了灯笼，看看这天地间一片好月色，但只是懒得言语。穿过月洞门，猛然抬头，只见那墙头一带翠竹森森，风吹过簌簌如雨。

隐隐只听隔院丝竹之声，悠扬婉转。丫头道："是那边三老爷请了书房里的相公们吃酒宴，听说还在写诗联句呢。"

他无语仰望，唯见高天皓月，冰轮如镜，照着自己淡淡一条孤影，无限凄清。

琳琅病了半月还有余，只是不退热。宫女病了按例只能去外药房取药来吃，那一付付的方子吃下去，并无起色。画珠当差去了，剩了她独个昏昏沉沉地睡在屋里，辗转反侧，人便似失了魂一样恍恍惚惚。只听那风扑在窗子上，窗扇格格地轻响。

像是极小的时候，家里住着。奶妈带了自己在炕上玩，母亲在上首炕上执了针黹，偶然抬起头来瞧自己一眼，温和地笑一笑，唤她的乳名："琳琅，怎么又戳那窗纸？"窗纸是棉纸，又密又厚，糊得严严实实不透风。指头点上去软软的，微有韧劲，所以喜欢不轻不重地戳着，一不小心捅破了，乌溜溜的眼睛便对着那小洞往外瞧……

那一日她也是对着窗纸上的小洞往外瞧……家里乱成一锅粥，也没有人管她，院子里都是执刀持枪的兵丁，三五步一人，眼睁睁瞧着爷爷与父亲都让人锁着推搡出去。她正欲张口叫人，奶妈突然从后面上来掩住她的嘴，将她从炕上抱下来，一直抱到后面屋子里去。家里的女眷全在那屋子里，母亲见了她，远远伸出手抱住，眼泪却一滴滴落在她发上……

雪珠子下得又密又急……轿子晃晃悠悠……她困得眼睛都睁不开来，只是想，怎么还没有到……轿子终于落下来，她牢牢记着父亲的话，不可行差踏错，惹人笑话。一见了鬓发皆银的外祖母，她只是搂她入怀，簌簌落着眼泪："可怜见儿的孩子……"

一旁的丫头媳妇都陪着抹眼泪，好容易劝住了外祖母，外祖母只迭声问："冬郎呢？叫他来见见过他妹妹。"

冬郎……冬郎……因是冬日里生的，所以取了这么个小名儿……初初见他那日，下着雪珠子，打在瓦上飒飒的雪声。他带着哈哈珠子进来，一身箭袖装束，朗眉星目，笑吟吟行下礼去，道："给老太太请安，外面下雪了呢。"

外面是在下雪么……

冬郎……冬郎……忽忽近十年就过去了……总角稚颜依稀，那心事却已是欲说还休……冬郎……冬郎……

鹅毛大雪细密如扯絮，无声无息地落着。喉中的刺痛一直延到胸口，像是有人拿剪子从口中一直剖到心窝里，一路撕心裂肺地剧痛……

"大哥哥大喜，可惜我明日就要去应选，见不着新嫂嫂了。"

含笑说出这句话，嘴角却在微微颤抖，眼里的热泪强忍着，直忍得心里翻江倒海。他那脸上的神色叫她不敢看，大太太屋里

丫头的那句冷笑在耳边回响："她算哪门子的格格，籍没入官的罪臣孤女罢了。"

籍没入辛者库……永世不能翻身的罪臣之后……

上用朱砂，颜色明如落日残霞，那笔尖慢慢地拖出一捺，他腕上明黄翻袖上绣着金色夔纹，九五至尊方许用明黄色……天子御笔方许用朱砂……他的手握着自己的手，一横，再一折……玄烨……这个名字这样尊贵，普天之下，无人直呼。书写之时，例必缺笔……

冬郎……冬郎……心里直如水沸油煎……思绪翻滚，万般难言……一碗一碗的药，黑黑的药，真是苦……喝到口中，一直苦到心底里去……

画珠的声音在唤她："琳琅……起来喝点粥吧……"

她迷迷糊糊睁开眼睛，天色已经黑下来，屋里点着灯。挣扎着坐起来，出了一身汗。画珠伸手按在她额上："今儿像是好些了。"她头重脚轻，只觉得天旋地转，勉强靠在那枕上。画珠忙将另一床被子卷成一卷，放在她身后，道："这一日冷似一日了，你这病总拖着可怎么成？"琳琅慢慢问："可是说要将我挪出去？"画珠道："梁谙达没开口，谁敢说这话？你别胡思乱想了，好生养着病才是。"

琳琅接了粥碗，病中无力，那手只在微微发颤。画珠忙接过去，道："我来喂你吧。"琳琅勉强笑了一笑："哪里有那样娇弱。"画珠笑道："看来是好些了，还会与我争嘴了。"到底是她端着碗，琳琅自己执了勺子，喝了半碗稀饭，出了一身汗，人倒是像松快些了。躺下了方问："今儿什么日子了？"

画珠道："初七，后天可是重阳节了。"

琳琅"嗯"了一声，不自觉喃喃："才过了八月节，又是重

113

阳节了……"画珠道："这日子过得真是快，一眨眼的工夫，可就要入冬了。"替她掖好被角，说，"今儿芸初出宫，我去送她。她听说你病着，也十分记挂，只可惜不能和你见上一面，还叫我带了这个给你。"琳琅看时，原是一支珠钗，正是芸初日常用的，明白她的心意，心中不禁一酸。画珠道："你也别伤心了，总有一日能见着的，她可是嫁去了你们家呢。"

琳琅躺在那里，枕里原装着菊花叶子，微微一动便摩挲得沙沙响，满枕满襟都是菊叶清寒香气，叫她想起往年园子里，此时正是赏菊的时候，老太太爱着这菊花，每年总要搭了花棚子大宴数日……她定了定神，慢慢地说："菊花可是要开了，这连日地下雨，只怕那些花儿都不好了。"画珠笑道："你且将养着自己的身子骨吧，哪里还能够有闲心管到那些花儿朵儿的。"

满城风雨近重阳，九月里一连下了数场雨，这日雨仍如千丝万线，织成细密的水帘，由天至地笼罩万物，乾清宫的殿宇也在雨意迷茫里显得格外肃然。皇帝下朝回来，方换了衣裳，梁九功想起一事来，道："要请万岁爷示下，琳琅久病不愈，是不是按规矩挪出去？"

画珠本正跪在地下替皇帝系着衣摆上的扣子，听了这话，不由偷觑皇帝脸色。皇帝却只道："这些小事，怎么还巴巴来问？"正说话间，画珠抖开了那件石青妆花夹袍，替皇帝穿上。皇帝伸手至袖中，无意间将脸一偏，却见那肩头上绣着一朵四合如意云纹，梁九功见皇帝怔了一怔，只不明白缘由。皇帝缓缓伸开另一只手，任由人侍候穿了衣裳，问梁九功："茶水上还有谁？"

梁九功答："茶水上除了琳琅，就只芳景得力——她明年就该放出去了。"皇帝于是说："既然如此，若是这会子另行挑

人，反倒难得周全。"言下之意已然甚明，梁九功便"嘁"了一声不再提起。

那雨又下了数日，天气仍未放晴，只是阴沉沉的。因着时日渐短，这日午后，皇帝不过睡了片刻，便猛然惊醒。因天气凉爽，新换的丝棉被褥极暖，却睡得口干，便唤："来人。"

梁九功连忙答应着，将那明黄绫纱帐子挂起半边，问："万岁爷要什么？"

皇帝道："叫他们沏茶来。"梁九功忙走到门边，轻轻地击一击掌。门帘掀起，却是袅袅纤细的身影，捧了茶进来。皇帝已有近一月没有瞧见过她，见她面色苍白，形容憔悴，病后甚添懦弱之态。她久未见驾，且皇帝是靠在那大迎枕上，便跪下去轻声道："请万岁爷用茶。"

皇帝一面接了茶，一面对梁九功道："你出去瞧瞧，雨下得怎么样了。"梁九功答应着去了，皇帝手里的茶一口没吃，却随手搁在那炕几上了。那几上本有一盏玲珑小巧的西洋自鸣钟表，琳琅只听那钟声嘀嗒嘀嗒地走着。殿里一时静下来，隐约听见外面的雨声沙沙。

皇帝终于开口问："好了？"

她轻声道："谢万岁爷垂询，奴才已经大好了。"皇帝见她还跪着，便说："起来吧。"她谢了恩站起来，那身上穿着是七成新的紫色江绸夹衣，外面套着绛色长比甲，腰身那里却空落落的，几乎叫人觉得不盈一握，像是秋风里的花，临风欲折。

皇帝不说话，她也只好静静站着，梁九功去了良久，却没有进来。她见皇帝欲起身，忙蹲下去替皇帝穿上鞋，病后初愈，猛然一抬头，人还未站起，眼前却是一眩，便向前栽去。幸得皇帝眼疾手快，一把扶住才没有磕在那炕沿上。琳琅收势不及，扑入他臂怀中，面红耳赤，颤声道："奴才失礼。"

皇帝只觉怀中香软温馨，手臂却不由自主地收拢。琳琅只听到自己的心怦怦直跳，却不敢挣扎，慢慢低下头去。过了许久，方听见皇帝低声道："你是存心。"

她惊慌失措："奴才不敢。"仓促间抬起眼来，皇帝慢慢放了手，细细地端详了片刻，说："好罢，算你不是成心。"

琳琅咬一咬唇，她本来面色雪白，那唇上亦无多少血色，声音更是微不可闻："奴才知道错了。"皇帝不由微微一笑，听见梁九功在外面咳了一声，便端了茶来慢慢吃着。

十月里下了头一场雪，虽只是雪珠子，但屋瓦上皆是一层银白，地下的金砖地也让雪渐渐掩住，花白斑斓。暖阁里已经笼了地炕，琳琅从外面进去，只见得热气夹着那龙涎香的幽香，往脸上一扑，却是暖洋洋的一室如春。皇帝只穿了家常的宝蓝倭缎团福袍子，坐在御案之前看折子。

她不敢打扰，悄悄放下了茶，退后了一步。皇帝并未抬头，却问她："外面雪下得大吗？"她道："回万岁爷的话，只是下着雪珠子。"皇帝抬头瞧了她一眼，说道："入了冬，宫里就气闷得紧。南苑那里殿宇虽小，但比宫里要暖和，也比宫里自在。"

琳琅听他这样说，不知该如何接口。皇帝却搁了笔，若有所思："待这阵子忙过，就上南苑去。"琳琅只听窗外北风如吼，那雪珠子刷刷地打在琉璃瓦上，嘣嘣有声。

第八章
兰襟亲结

旋拂轻容写洛神，须知浅笑是深颦。十
分天与可怜春。掩抑薄寒施软障，抱持纤影
藉芳茵。未能无意下香尘。

———纳兰容若《浣溪沙》

· · ·
· · ·

　　黄昏时分雪下大了，扯絮般落了一夜。第二天早起，但见窗纸微白，向外一望，近处的屋宇、远处的天地只是白茫茫的一片。这一日并不当值，容若依旧起得极早，丫头侍候用青盐漱了口，又换了衣裳。大丫头荷葆拿着海青羽缎的斗篷，道："老太太打发人来问呢，叫大爷进去吃早饭。"说话间便将斗篷轻轻一抖，替容若披在肩头。容若微微皱眉，目光只是向外凝望，只见天地间如撒盐，如飞絮，绵绵无声。

　　他吃过早饭从上房里下来，却径直往书房里去。见了西席先生顾贞观负手立于廊上，看赏雪景。容若道："如斯好雪，必得二三好友，对雪小酌，方才有趣。"顾贞观笑道："我亦正有此意。"容若便命人预备酒宴，请了诸位好友前来赏雪。这年春上开博学鸿儒科，所取严绳孙、徐乾学、姜辰英诸人皆授以翰林编

修之职，素与容若交好，此时欣然赴约。至交好友，几日不见，自是把酒言欢。酒过三巡，徐乾学便道："今日之宴，无以佐兴，莫若以度曲为赛，失之者罚酒。"诸人莫不抚掌称妙。当下便掷色为令，第一个却偏偏轮着顾贞观。容若笑道："却是梁汾得了头筹。"亲自执壶，与顾贞观满斟一杯，道，"愿梁汾满饮此杯，便咳珠唾玉，好叫我等耳目一新。"

顾贞观饮了酒，沉吟不语。室中地炕本就极暖，又另置有熏笼，那熏笼错金缕银，极尽华丽，只闻炭火噼啪的微声，小厮轻手轻脚地添上菜肴。他举目眼中，只觉褥设芙蓉，筵开锦绣，却是富贵安逸到了极处。容若早命人收拾了一张案，预备了笔墨。顾贞观唇角微微哆嗦，霍然起身疾步至案前，一挥而就。

诸人见他神色有异，早就围拢上来看他所题。容若拿起那纸，便不由轻轻念出声来，只听是一阕《金缕曲》："季子平安否？便归来，平生万事，哪堪回首？行路悠悠谁慰藉？母老家贫子幼。记不起，从前杯酒。魑魅搏人应见惯，总输他，覆雨翻云手，冰与雪，周旋久。泪痕莫滴牛衣透，数天涯，依然骨肉，几家能够？比似红颜多命薄，更不如今还有。只绝塞，苦寒难受。廿载包胥承一诺，盼乌头马角终相救。置此札，君怀袖。"容若闻词意悲戚，忍不住出言相询。那顾贞观只待他这一问，道："吾友吴汉槎，文才卓异，昔年梅村有云，吴汉槎、陈其年、彭古晋三人，可称'江左三凤凰'矣。汉槎因南闱科场案所累，流放宁古塔。北地苦寒，逆料汉槎此时凿冰而食。而梁汾此时暖阁温酒，与公子诸友赏雪饮宴。念及汉槎，梁汾愧不能言。"

容若不由心潮起伏，朗声道："何梁生别之诗，山阳死友之传，得此而三。此事三千六百日中，弟当以身任之，不需兄再嘱之。"顾贞观喜不自禁，道："公子一诺千金，梁汾信之不疑，大恩不能言谢。然人寿几何，请以五载为期。"

容若亦不答话，只略一沉吟，向纸上亦题下字去，他一边写，姜辰英在他身侧，便一句句高声念与诸人听闻。却是相和的一阕《金缕曲》，待姜辰英念到"绝塞生还吴季子，算眼前、此外皆闲事"，诸人无不动容，只见容若写下最后一句："知我者，梁汾耳"。顾贞观早已是热泪盈眶，执着容若的手，只道："梁汾有友如是，夫复何求！"

容若自此后，便极力地寻觅机会，要为那吴兆骞开脱，只恨无处着手。他心绪不乐，每日只在房中对书默坐。因连日大雪，荷葆带着小丫头们去收了干净新雪，拿坛子封了，命小厮埋在那梅花树下。正在此时，门上却送进束帖来，荷葆忙亲手拿了，进房对容若道："大爷，裕亲王府上派人下了帖子来。"容若看了，原是邀他过王府赏雪饮宴。容若本不欲前去，他心心念念只在营救吴兆骞之事，忽然间灵机一动，知这位和硕裕亲王在皇帝面前极说得上话，自己何不从福全处着手谋策。

荷葆因他近来与福全行迹渐疏，数次宴乐皆推故未赴，料必今日也是不去了，谁知听见容若道："拿大衣裳来，叫人备马。"忙侍候他换了衣裳，打发他出门。

那裕亲王府本是康熙六年所建，亲王府邸，自是富丽堂皇，雍容华贵。裕亲王福全却将赏雪的酒宴设在后府花园里。那假山逶迤，掩映曲廊飞檐，湖池早已冻得透了，结了冰直如一面平溜的镜子。便在那假山之下，池上砌边有小小一处船厅，厅外植十余株寒梅，时节未至，梅蕊未吐，但想再过月余，定是寒香凛冽。入得那厅中去，原本就笼了地炕，暖意融融。座中皆是朝中显贵，见容若前来，纷纷见礼寒暄。

福全却轻轻地将双掌一击，长窗之下的数名青衣小鬟，极是

伶俐，齐齐伸手将窗扇向内一拉，那船厅四面皆是长窗。众人不由微微一凛，却没意料中的寒风扑面，定睛一瞧，却原来那长窗之外，皆另装有西洋的水晶玻璃，剔透明净直若无物，但见四面雪景豁然扑入眼帘，身之所处的厅内却依然熙暖如春。

那西洋水晶玻璃，尺许见方已经是价昂，像这样丈许来高的大玻璃，且又十余扇，众人皆是见所未见。寻常达官贵人也有用玻璃窗，多不过径尺。像这样万金难寻的巨幅玻璃，只怕也唯有天潢贵胄方敢如此豪奢。席间便有人忍不住喝一声彩："王爷，此情此景方是赏雪。"

福全微笑道："玻璃窗下饮酒赏雪，当为人生一乐。"一转脸瞧见容若，笑道，"前儿见驾，皇上还说呢，要往南苑赏雪去。只可惜这些日子朝政繁忙，总等四川的战局稍定，大驾才好出京。"

容若本是御前侍卫，听福全如是说，便道："扈从的事宜，总是尽早着手的好。"

福全不由笑道："皇上新擢了你未来的岳丈颇尔盆为内大臣，这扈驾的事，大约是他上任的第一要务。"容若手中的酒杯微微一抖，却溅出一滴酒来。福全于此事极是得意，道："万岁爷着实记挂你的事呢，问过我数次了。这年下纳彩，总得过了年才好纳征，再过几个月就可大办喜事了。"

席间诸人皆道："恭喜纳兰大人。"纷纷举起杯来。容若心中痛楚难言，只得强颜欢笑，满满一杯酒饮下去，呛得喉间苦辣难耐，禁不住低声咳嗽。却听席间有人道："今日此情此景，自应有诗词之赋。"众人纷纷附议，容若听诸人吟哦，有念前人名句的，有念自己新诗的。他独自坐在那里，慢慢将一杯酒饮了，身后的丫头忙又斟上。他一杯接一杯地吃着酒，不觉酒意沉酣，面赤耳热。

只听众人七嘴八舌品评诗词，福全于此道极是外行，回首见着容若，便笑道："你们别先乱了，容若还未出声，且看他有何佳作。"容若酒意上涌，却以牙箸敲着杯盏，纵声吟道："密洒征鞍无数。冥迷远树。乱山重叠杳难分，似五里、濛濛雾。惆怅琐窗深处。湿花轻絮。当时悠飏得人怜，也都是、浓香助。"

众人轰然叫好，正鼓噪间，忽听门外有人笑道："好一句'也都是、浓香助'。"那声音清朗洪亮，人人听在耳中皆是一怔，刹那间厅中突兀地静下来，直静得连厅外风雪之声都清晰可闻。

厅门开处，靴声橐橐，落足却是极轻。侍从拱卫如众星捧月，那人只穿一身妆缎狐腋褶子，外系着玄狐大氅，那紫貂的风领衬出清俊的一张面孔，唇角犹含笑意。福全虽有三分酒意，这一吓酒醒了大半，慌乱里礼数却没忘，行了见驾的大礼，方道："皇上驾幸，福全未及远迎，请皇上治福全大不敬之罪。"

皇帝神色却颇为闲适，亲手搀了他起来，道："我因见雪下得大了——记得去年大雪，顺天府曾报有屋舍为积雪压垮，致有死伤。左右下午闲着，便出宫来看看，路过你宅前，顺路就进来瞧瞧你。是我不叫他们通传的，大雪天的，你们倒会乐。"

福全又请了安谢恩，方才站起来笑道："皇上时时心系子民，奴才等未能替皇上分忧，却躲在这里吃酒，实实惭愧得紧。"皇帝笑道："偷得浮生半日闲，这样的大雪天，本就该躲起来吃酒，你这里倒暖和。"

皇帝一面说，一面解了颈下系着的玄色闪金长绦，梁九功忙上前替皇帝脱了大氅，接在手中。皇帝见众人跪了一地，道："都起来吧。"众人谢恩起身，恭恭敬敬地垂手侍立。皇帝本是

极机智的人，见厅中一时鸦雀无声，便笑道："朕一来倒拘住你们了，朕瞧这园子雪景不错，福全、容若，你们两个陪朕去走走。"

福全与纳兰皆"嗻"了一声，因那外面的雪仍纷纷扬扬飘着，福全从梁九功手中接了大氅，亲自侍候皇帝穿上。簇拥着皇帝出了船厅，转过那湖石堆砌的假山，但见亭台楼阁皆如装在水晶盆里一样，玲珑剔透。皇帝因见福全戴着一顶海龙拔针的软胎帽子，忽然一笑，道："你还记不记得，那年咱们两个趁着谙达打瞌睡，从上书房里翻窗子出来，溜到花园里玩雪，最后不知为什么恼了，结结实实打了一架。我滚到雪里，倒也没吃亏，一举手就将你簇新的暖帽扔到海子里去了，气得你又狠狠给我一拳，打得我鼻梁上青了老大一块。"

福全笑道："当然记得，闹到连皇阿玛都知道了，皇阿玛大怒，罚咱们两个在奉先殿跪了足足两个时辰，还是董鄂皇贵妃求情……"说到这里猛然自察失言，戛然而止，神色不由有三分勉强。皇帝只作未觉，岔开话道："你这园里的树，倒是极好。"眼前乃是大片松林，掩着青砖粉壁。那松树皆是建园时即植，虽不甚粗，也总在二十余年上下，风过只听松涛滚滚如雷，大团大团的积雪从枝丫间落下来。忽见绒绒一团，从树枝上一跃而下，原是小小一只松鼠，见着有人，连爬带跳蹿开。皇帝瞬间心念一动，只叫道："捉住它。"

那松鼠蹿得极快，但皇帝微服出宫，所带的侍从皆是御前侍卫中顶尖的好手，一个个身手极是敏捷，十余人远远奔出，四面合围，便将那松鼠逼住。那小松鼠惊慌失措，径直向三人脚下蹿来。纳兰眼疾手快，一手捉住了它毛茸茸的尾巴，只听松鼠吱吱乱叫，却再也挣不脱他的掌心。

福全忙命人取笼子来，裕亲王府的总管太监郭兴海极会办事，不过片刻，便提了一只精巧的鎏金鸟笼来。福全笑道："没现成的小笼子，好在这个也不冗赘。"皇帝见那鸟笼精巧细致，外面皆是紫铜鎏金的扭丝花纹，道："这个已经极好。这样小的笼子，却是关什么鸟的？"福全笑嘻嘻地道："奴才养了一只蓝点颏，这只小笼，却是带它在车轿之内用的。前儿下人给它换食，不小心让那雀儿飞了，叫奴才好生懊恼，只想罢了，权当放生吧。只剩了这空笼子——没想到今儿正好能让万岁爷派上用场，原来正是奴才的福气。"

纳兰掌中那松鼠吱吱叫着拼命挣扎，却将纳兰掌上抓出数道极细的血痕。纳兰怕它乱挣逃走，抽了腰带上扣的吩带，绕过它的小小的爪子，打了个结，那松鼠再也挣不得。纳兰便将它放入笼内，扣好了那精巧的镀金搭锁。福全接过去，亲自递给梁九功捧了。雪天阴沉，冬日又短，不过片刻天色就晦暗下来，福全因皇帝是微行前来，总是忐忑不安。皇帝亦知道他的心思，道："朕回去，省得你们心里总是犯嘀咕。"福全道："眼见只怕又要下雪了，路上又不好走，再过一会儿只怕天要黑了，皇上还是早些回宫，也免得太皇太后、太后两位老人家惦记，皇上保重圣躬，方是成全臣等。"

皇帝笑道："赶我走就是赶我走，我给个台阶你下，你反倒挑明了说。"福全也笑道："皇上体恤奴才，奴才当然要顺杆往上爬。"虽是微服不宜声张，仍是亲自送出正门，与纳兰一同侍候皇帝上了马。天上的飞雪正渐渐飘得绵密，大队侍卫簇拥着御驾，只闻銮铃声声，渐去渐远看不清了，唯见漫天飞雪，绵绵落着。

皇帝回到禁中天已擦黑。他出宫时并未声张，回宫时也是悄

悄的。乾清宫正上灯，画珠猛然见他进来，那玄色风帽大氅上皆落满了雪，后面跟着的梁九功也是扑了一身的雪粉。画珠直吓了一跳，忙上来替他轻轻取了风帽，解了大氅，交了小太监拿出去掸雪。暖阁中本暖，皇帝连眼睫之上都沾了雪花，这样一暖，脸上却润润的。换了衣裳，又拿热手巾把子来擦了脸，方命传晚酒点心。

琳琅本端了热奶子来，见皇帝用酒膳，便依规矩先退下去了。待皇帝膳毕，方换了热茶进上。因天气寒冷，皇帝冲风冒雪在九城走了一趟，不由饮了数杯暖酒。暖阁中地炕极暖，他也只穿了缎面的银狐嗉筒子，因吃过酒，脸颊间只觉得有些发热。接了那滚烫的茶在手里，先不忙吃，将茶碗搁在炕桌上，忽然间想起一事来，微笑道："有样东西是给你的。"向梁九功一望，梁九功会意，忙去取了来。

琳琅见是极精巧的一只鎏金笼子，里面锁着一只松鼠，乌黑一对小眼睛，滴溜溜地瞪着人瞧，忍俊不禁拿手指轻轻扣着那笼子，左颊上若隐若现，却浮起浅浅一个笑靥。皇帝起身接过笼子，道："让我拿出来给你瞧。"梁九功见了这情形，早悄无声息退出去了。

那只松鼠挣扎了半晌，此时在皇帝掌中，只是瑟瑟发抖。琳琅见它温顺可爱，伸手轻抚它松松的绒尾，不由说："真有趣。"皇帝见她嫣然一笑，灯下只觉如明珠生辉，熠熠照人，笑靥直如梅蕊初露，芳宜香远。皇帝笑道："小心它咬你的手。"慢慢将松鼠放在她掌中。她见松鼠为吩带所缚，十分可怜，那吩带本只系着活扣，她轻轻一抽即解开。那吩带两头坠着小小金珠，上头却有极熟悉的篆花纹饰，她唇角的笑意刹那间凝固，只觉像是兜头冰雪直浇而下，连五脏六腑都在瞬间冷得透骨。手不自觉一松，那松鼠便一跃而下，直蹿出去。

她此时方回过神来，轻轻"呀"了一声，连忙去追。那松鼠早已轻巧跃起，一下子跳上了炕，直钻入大迎枕底下。皇帝手快，顿时掀起迎枕，它却疾若小箭，吱地叫了一声，又钻到炕毡下去了。琳琅伸手去按，它数次跳跃，极是机灵，屡扑屡逸。蹿到炕桌底下，圆溜溜的眼睛只是瞪着两人。

西暖阁本是皇帝寝居，琳琅不敢乱动炕上御用诸物，皇帝却轻轻在炕桌上一拍，那松鼠果然又蹿将出来。琳琅心下焦躁，微倾了身子双手按上去，不想皇帝也正伸臂去捉那松鼠，收势不及，琳琅只觉天翻地覆，人已经仰跌在炕上。幸得炕毡极厚，并未摔痛，皇帝的脸却近在咫尺，呼吸可闻，气息间尽是他身上淡薄的酒香，她心下慌乱，只本能地将脸一偏。莲青色衣领之下颈白腻若凝脂，皇帝情不自禁吻下，只觉她身子在瑟瑟发抖，如寒风中的花蕊，叫人怜爱无限。

琳琅脑中一片空白，只觉唇上灼人滚烫，手中紧紧攥着那条吩带，掌心里沁出冷汗来，身后背心里却是冷一阵热一阵，便如正生着大病一般。耳中嗡嗡地回响着微鸣，只听窗纸上风雪相扑，簌簌有声。

西洋自鸣钟敲过了十一下，梁九功眼见交了子时，终于耐不住，蹑手蹑脚进了西暖阁。但见金龙绕足十八盏烛台之上，儿臂粗的巨烛皆燃去了大半，烛化如绛珠红泪，缓缓累垂凝结。黄绫帷帐全放了下来，明黄色宫绦长穗委垂在地下，四下里寂静无声。忽听吱吱一声轻响，却是那只松鼠不知打哪里钻出来，一见着梁九功，又掉头蹿入帷帐之中。

梁九功又蹑手蹑脚退出去。敬事房的太监冯四京正候在廊

下，见着他出来，打起精神悄声问："今儿万岁爷怎么这时辰还未安置？"梁九功道："万岁爷已经安置了，你下值睡觉去吧。"冯四京一怔，张口结舌："可……茶水上的琳琅还在西暖阁里——"话犹未完，已经明白过来，只倒吸了一口气，越发地茫然无措。廊下风大，冷得他直打哆嗦，牙关磕磕碰碰，半晌方道："梁谙达，今儿这事该怎么记档？这可不合规矩。"梁九功正没好气，道："规矩——这会子你跟万岁爷讲规矩去啊。"顿了顿方道，"真是没脑子，今儿这事摆明了别记档，万岁爷的意思你怎么就明白不过来？"

冯四京感激不尽，打了个千儿，低声道："多谢谙达指点。"

眼瞅着近腊月，宫中自然闲下来。佟贵妃因署理六宫事务，越到年下，却是越不得闲。打点过年的诸项杂事，各处的赏赐，新年赐宴，宫眷入朝……都是叫人烦恼的琐碎事，而且件件关乎国体，一点儿也不能疏忽。听内务府的人回了半晌话，只觉得那太阳穴上又突突跳着，隐隐又头痛，便叫贴身的宫女："将炭盆子挪远些，那炭气呛人。"

宫女忙答应着，小太监们上来挪了炭盆，外面有人回进来："主子，安主子来了。"

安嫔是惯常往来，熟不拘礼，只屈膝道："给贵妃请安。"佟贵妃忙叫人扶起，又道："妹妹快请坐。"安嫔在下首炕上坐了，见佟贵妃歪在大迎枕上，穿着家常倭缎片金袍子，领口袖端都出着雪白的银狐风毛，衬得一张脸上更是苍白，不由道："姐姐还是要保重身子，这一阵子眼见着又瘦下来了。"

佟贵妃轻轻叹了口气，道："我何尝不想养着些，只是这后

127

宫里上上下下数千人，哪天大事小事没有数十件？前儿万岁爷来瞧我，还说笑话，打趣我竟比他在朝堂上还要忙。"安嫔心中不由微微一酸，道："皇上还是惦记着姐姐，隔了三五日，总要过来瞧姐姐。"见宫女送上一只玉碗，佟贵妃不过拿起银匙略尝了一口，便推开不用了。安嫔忙道："这燕窝最是滋养，姐姐到底耐着用些。"佟贵妃只是轻轻摇了摇头。安嫔因见炕围墙上贴着消寒图，便道："是二九天里了吧。"佟贵妃道："今年只觉得冷，进了九就一场雪接一场雪地下着，总没消停过。唉，日子过得真快，眼瞅着又是年下了。"安嫔倒想起来："宜嫔怕是要生了吧。"佟贵妃道："总该在腊月里，前儿万岁爷还问过我，我说已经打发了一个妥当人过去侍候呢。"

安嫔道："郭络罗家的小七，真是万岁爷心坎上的人，这回若替万岁爷添个小阿哥，还不知要怎么捧到天上去呢。"佟贵妃微微一笑，道："宜嫔虽然要强，我瞧万岁爷倒还让她立着规矩。"安嫔有句话进门便想说，绕到现在，只作闲闲的样子，道："不知姐姐这几日可听见说圣躬违和？"佟贵妃吃了一惊，道："怎么？我倒没听见传御医——妹妹听见什么了？"安嫔脸上略略一红，低声道："倒是我在胡思乱想，因为那日偶然听敬事房的人说，万岁爷这二十来日都是'叫去'。"

佟贵妃也不禁微微脸红，虽觉得此事确是不寻常，但到底二人都年轻，不好老了脸讲房闱中事，便微微咳嗽了一声，拣些旁的闲话来讲。

晚上佟贵妃去给太皇太后请安，比平日多坐了片刻。正依依膝下，讲些后宫的趣事来给太皇太后解闷，宫女笑盈盈地进来回："太皇太后，万岁爷来了。"佟贵妃连忙站起来。

皇帝虽是每日晨昏定省，但见了祖母，自然十分亲热，请了

安便站起来。太皇太后道："到炕上坐，炕上暖和。"又叫佟贵妃，"你也坐，一家子关起门来，何必要论规矩。"

佟贵妃答应着，侧着身子坐下，太皇太后细细端详着皇帝，道："外面又下雪了？怎么也不叫他们打伞？瞧你这帽上还有雪。"皇帝笑道："我原兜着风兜，进门才脱了，想是他们手重，拂在了帽子上。"太皇太后点点头，笑道："我瞧你这阵子气色好，必是心里痛快。"皇帝笑道："老祖宗明鉴。图海进了四川，赵良栋、王进宝各下数城，眼见四川最迟明年春上，悉可克复。咱们就可以直下云南，一举荡平吴藩。"太皇太后果然欢喜，笑容满面，连声说："好，好。"佟贵妃见语涉朝政，只是在一旁微笑不语。

祖孙三人又说了会子话，太皇太后因听窗外风雪之声愈烈，道："天黑了，路上又滑，我也倦了，你们都回去吧。尤其是佟佳氏，身子不好，晚上雪风冷，别受了风寒。"皇帝与佟贵妃早就站了起来，佟贵妃道："谢太皇太后关爱，我原是坐暖轿来的，并不妨事。"与皇帝一同行了礼，方告退出来。

皇帝因见她穿了件香色斗纹锦上添花大氅，娇怯怯立在廊下，寒风吹来，总是不胜之态。他素来对这位表妹十分客气，便道："如今日子短了，你身子又不好，早些过来给太皇太后请安，也免得冒着夜雪回去。"佟贵妃低声道："谢皇上体恤。"心里倒有一腔的话，只是默默低头。皇帝问："有事要说？"佟贵妃道："没有。"低声道，"皇上珍重，便是臣妾之福。"皇帝见她不肯说，也就罢了，转身上了明黄暖轿。佟贵妃目送太监们前呼后拥，簇着御驾离去，方才上了自己的轿子。

皇帝本是极精细的人，回到乾清宫下轿，便问梁九功："今儿佟贵妃有没有打发人来？"梁九功怔了一怔，道："回皇上的话，贵主子并没打发人来过。只是上午恍惚听见说，贵妃宫里传了敬事房当值的太监过去问话。"皇帝听了，心下已经明白几分，便不再问，径直进了西暖阁。

换了衣裳方坐下，一抬头瞧见琳琅进来，不由微微一笑。琳琅见他目光凝视，终究脸上微微一红，过了片刻，方故作从容地抬起头来。皇帝神色温和，问："我走了这半晌，你在做什么呢？"

琳琅答："万岁爷不是说想吃莲子茶，我去叫御茶房剥莲子了。"皇帝"唔"了一声，说："外面又在下雪。"因见炕桌上放着广西新贡的香橙，便拿了一个递给她。琳琅正欲去取银刀，皇帝随手抽出腰佩的琺琅嵌金小刀给她，她低头轻轻划破橙皮。皇帝只闻那橙香馥郁，夹在熟悉的幽幽淡雅香气里，只觉她的手温软香腻，握在掌心，心中不禁一荡，低声吟道："并刀如水，吴盐胜雪，纤指破新橙。"灯下只见她双颊胭红酡然如醉，明眸顾盼，眼波欲流。过了良久，方低低答："马滑霜浓，不如休去，直是少人行。"

皇帝轻轻笑了一声，禁不住揽她入怀，因暖阁里笼着地炕，只穿着小袖掩衿银鼠短袄。皇帝只觉纤腰不盈一握，软玉幽香袭人，熏暖欲醉，低声道："朕比那赵官家可有福许多。"她满面飞红，并不答话。皇帝只听窗外北风尖啸，拍着窗扇微微咯吱有声。听她呼吸微促，一颗心却是怦怦乱跳，鬓发轻软贴在她脸上，似乎只愿这样依偎着，良久良久。

琳琅听那熏笼之内炭火燃着哔剥微声，皇帝臂怀极暖，御衣袍袖间龙涎熏香氤氲，心里反倒渐渐安静下来。皇帝低声道："宫里总不肯让人清净，等年下封了印，咱们就上南苑去。"声音愈来愈低，渐如耳语，那暖暖的呼吸回旋在她耳下，轻飘飘的

又痒又酥。身侧烛台上十数红烛滟滟流光，映得一室皆春。

直到十二月丁卯，大驾方出永定门，往南苑行宫。这一日却是极难得晴朗的天气，一轮红日映着路旁积雪，泛起耀眼的一层淡金色。官道两侧所张黄幕，受了霜气浸润，早就冻得硬邦邦的。扈从的官员、三营将士大队人马，簇拥了十六人相异木质髹朱的轻步舆御驾，缓缓而行，只听晨风吹得行列间的旌旗辂伞猎猎作响。

颇尔盆领着内大臣的差事，骑着马紧紧随在御驾之后。忽见皇帝掀起舆窗帷幕，招一招手，却是向着纳兰容若示意。纳兰忙驱马近前，隔着象眼舆窗，皇帝沉吟片刻，吩咐他说："你去照料后面的车子。"

纳兰领旨，忙兜转了马头纵马往行列后去。后面是宫眷所乘的骣车，纳兰见是一色的宫人所用青呢朱漆轮大车，并无妃嫔主位随驾的舆轿，心里虽然奇怪，但皇帝巴巴儿打发了自己过来，只得勒了马，不紧不慢地跟在车队之侧。

因着天气晴暖，路上雪开始渐渐融了，甚是难走，车轮马蹄之下只见脏雪泥泞飞溅。御驾行得虽慢，骣车倒也走不快。纳兰信马由缰地跟着，不由怔怔出了神。恰在此时路面有一深坑，本已填壅过黄土，但大队人马践踏而过，雪水消融，骣车行过时车身一侧，朱轮却陷在了其中。掌车的太监连声呼喝，那骣马几次使力，车子却没能起来。

纳兰忙下马，招呼了扈从的兵丁帮忙推车，十余人轻轻松松便扶了那骣车起来。纳兰心下一松，转身正待认镫上马，忽然风过，吹起骣车幔帐，隐隐极淡薄的幽香，却是魂牵梦萦，永志难忘的熟悉。心下惊痛，蓦然掉回头去，怔怔地望着骣车幔帐，仿佛要看穿那厚厚的青呢毡子似的。

这一路之下忽左忽右跟着骠车，纵马由缰，便如掉了魂似的，只听车轮辘辘，辗得路上积雪残冰沙沙微声，更似辗在自己心房上，寸寸焦痛，再无半分安生处。

南苑地方逼仄，自是比不得宫内。驻跸关防是首要，好在丰台大营近在咫尺，随扈而来的御营亲兵驻下，外围抽调丰台大营的禁旅八旗。颇尔盆领内大臣，上任不久即遇上这样差事，未免诸事有些抓忙。纳兰原是经常随扈，知道中间的关窍，从旁帮衬一二，倒也处处安插得妥当。

这日天气阴沉，过了午时下起雪珠子，如椒盐，如细粉，零零星星撒落着。颇尔盆亲自带人巡查了关防，回到直房里，一双鹿皮油靴早沁湿了，套在脚上湿冷透骨。侍候他的戈什哈忙上来替他脱了靴子，又移过炭盆来，道："大人，直房里没脚炉，您将就着烤烤。"颇尔盆本觉得那棉布袜子湿透了贴在肉上，连脚都冻得失了知觉，伸着脚让炭火烘着，暖和着渐渐缓过劲来。忽见棉布帘子一挑，有人进来，正是南宫正殿的御前侍卫统领，身上穿着湿淋淋的油衣斗篷，脸上冻得白一块红一块，神色仓皇急促，打了个千儿，只吃力地道："官大人，出事了。"

颇尔盆心下一沉，忙问："怎么了？"那统领望了一眼他身后的戈什哈。颇尔盆道："不妨事，这是我的心腹。"那统领依旧沉吟。颇尔盆只得挥一挥手，命那戈什哈退下去了。那统领方开口，声调里隐着一丝慌乱，道："官大人，皇上不见了。"

颇尔盆只觉如五雷轰顶，心里悚惶无比，脱口斥道："胡扯！皇上怎么会不见了？"这南苑行宫里，虽比不得禁中，但仍是里三层外三层，跸防是滴水不漏，密如铁桶。而皇帝御驾，等闲身边太监宫女总有数十人，就算在宫中来去，也有十数人跟着

侍候，哪里能有"不见了"这一说？

只听那统领道："皇上要赏雪，出了正殿，往海子边走了一走，又叫预备马。梁公公原说要传御前侍卫来侍候，皇上只说不用，又不让人跟着，骑了马沿着海子往上去了，快一个时辰了却不见回来。梁公公这会子已经急得要疯了。"

颇尔岔又惊又急，道："那还不派人去找？"那统领道："南宫的侍卫已经全派出去了，这会子还没消息。标下觉得不妥，所以赶过来回禀大人。"颇尔岔知他是怕担当，可这责任着实重大，别说自己，只怕连总责跸防的御前大臣、领侍卫内大臣也难以担当。只道："快快叫銮仪卫、上虞备用处的人都去找！"自己亦急急忙忙往外走，忽听那戈什哈追出来直叫唤："大人！大人！靴子！"这才觉得脚下冰凉，原来是光袜子踏在青砖地上。忧心如焚地接过靴子笼上脚，嘱咐那戈什哈："快去禀报索大人！就说行在有紧要的事，请他速速前来。"

皇帝近侍的太监执着仪仗皆候在海子边上。那北风正紧，风从冰面上吹来，夹着雪霰子刷刷地打在脸上，呛得人眼里直流泪。一拨一拨的侍卫正派出去，颇尔岔此时方自镇定下来，安慰神情焦灼的梁九功："梁总管，这里是行宫，四面宫墙围着，外面有前锋营、护军营、火器营的跸防，里面有随扈的御前侍卫，外人进不来，咱们总能找着皇上。"话虽这样说，但心里惴惴不安，似乎更像是在安慰自己。又说："苑里地方大，四面林子里虽有人巡查，但怎么好叫皇上一个人骑马走开？"话里到底忍不住有丝埋怨。

梁九功苦笑了一声，隔了半晌，方低声道："官大人，万岁爷不是一个人——可也跟一个人差不多。"颇尔岔叫他弄糊涂了，问："那是有人跟着？"梁九功点点头，只不作声。颇尔岔越发地糊涂，正想问个明白，忽听远处隐隐传来鸾铃声，一骑蹄声嗒嗒，信缰归来。飘飘洒洒的雪霰子里，只见那匹白马极是高大神骏，正是皇帝的坐骑。渐渐近了，看得清马上的人裹着紫貂大氅，风吹翻起明黄绫里子。颇尔岔远远见着那御衣方许用的明黄色，先自松了口气，抹了一把脸上的雪水，这才瞧真切马上竟是二人共乘。当先的人裹着皇帝的大氅，银狐风兜掩去了大半张脸，瞧那身形娇小，竟似是个女子。皇帝只穿了绛色箭袖，腕上翻起明黄的马蹄袖，极是精神。众人忙着行礼，皇帝含笑道："马跑得发了兴，就兜远了些，是怕你们着慌，打南边犄角上回来——瞧这阵仗，大约朕又让你们兴师动众了，都起来吧。"

早有人上来拉住辔头，皇帝翻身下马，回身伸出双臂，那马上的女子体态轻盈，几乎是叫他轻轻一携，便娉娉婷婷立在了地上。颇尔岔方随众谢恩站起来，料必此人是后宫妃嫔，本来理应回避，但这样迎头遇上，措手不及，不敢抬头，忙又打了个千儿，道："奴才给主子请安。"那女子却仓皇将身子一侧，并不受礼，反倒退了一步。皇帝也并不理会，一抬头瞧见纳兰远远立着，脸色苍白得像是屋宇上的积雪，竟没有一丝血色。皇帝便又笑了一笑，示意他近前来，道："今儿是朕的不是，你们也不必吓成这样，这是在行苑里头，难道朕还能走丢了不成？"

纳兰道："奴才等护驾不周，请皇上治罪。"皇帝见他穿着侍卫的青色油衣，依着规矩垂手侍立，那声音竟然在微微发抖，也不知是天气寒冷，还是适才担心过虑，这会子松下心来格外后怕。皇帝心中正是欢喜，也未去多想，只笑道："朕已经知道不该了，你们还不肯轻饶么？"太监已经通报上来："万岁爷，索大人递牌子觐见。"

皇帝微微皱一皱眉，立刻又展颜一笑："这回朕可真有得受

了。索额图必又要谏劝，什么'千金之子坐不垂堂'……"纳兰恍恍惚惚听在耳中，自幼背得极熟的《史记》中的句子，此时皇帝说出来，一字一字却恍若夏日的焦雷，一声一声霹雳般在耳边炸开，却根本不知道那些字连起来是何意思了，风夹着雪霰子往脸上拍着，只是麻木的刺痛。

皇帝就在南宫正殿里传见索额图。索额图行了见驾的大礼，果然未说到三句，便道："皇上万乘之尊，身系社稷安危。袁盎曰：'千金之子坐不垂堂，百金之子不骑衡，圣主不乘危而徼幸……'"一开头，便滔滔不绝地劝谏下去。皇帝见自己所猜全中，禁不住微微一笑。他心情甚好，着实敷衍了这位重臣几句，因他正是当值大臣，又询问了京中消息，京里各衙门早就封了印不办差，倒也并没有什么要紧事。

等索额图跪安退下，皇帝方起身回暖阁。琳琅本坐在炕前小机子上执着珠线打络子，神色却有些怔忡不宁，连皇帝进来也没留意，猛然间见那明黄翻袖斜刺里拂到络子上。皇帝的声音很愉悦："这个是打来做什么的？"却将她吓了一跳，连忙站起来，叫了声："万岁爷。"皇帝握了她的手，问："手怎么这样凉？是不是才刚受了风寒？"她轻轻摇了摇头，低声道："琳琅在后悔——"语气稍稍凝滞，旋即黯然，"不该叫万岁爷带了我去骑马，惹得大臣们都担心。'三代末主乃有嬖女'，是琳琅累及万岁爷有伤圣德。"

皇帝"唔"了一声，道："是朕要带你去，不怨你。适才索额图刚刚引过《史书》，你又来了——'三代末主乃有嬖女'，今欲同辇，得无近似之乎？王太后云：'古有樊姬，今有班婕妤。'朕再加一句：现有卫氏琳琅。"她的笑容却是转瞬即逝，低声道："万岁爷可要折琳琅的福，琳琅哪里能比得那些贤妃，况且成帝如何及得皇上万一？"

皇帝不由笑道："虽是奉承，但着实叫人听了心里舒坦。我只是奇怪，你到底藏了多少本事，连经史子集你竟都读过，起先还欺君罔上，叫我以为你不识字。"琳琅脸上微微一红，垂下头去说："不敢欺瞒万岁爷，只是女子无才便是德，且太宗皇帝祖训，宫人不让识字。"皇帝静默了片刻，忽然轻轻叹了口气："六宫主位，不识字的也多。有时回来乏透了，想讲句笑话儿，她们也未必能懂。"

琳琅见他目光温和，一双眸子里瞳仁清亮，黑得几乎能瞧见自己的倒影，直要望到人心里去似的。心里如绊着双丝网，何止千结万结，纠葛乱理，竟不敢再与他对视。掉转脸去，心里怦怦直跳。皇帝握着她的手，却慢慢地攥得紧了。距得近了，皇帝衣袖间有幽幽的龙涎香气，叫她微微眩晕，仿佛透不过气来。距得太近，仰望只见他清俊的脸庞轮廓，眉宇间却错综复杂，她不懂，更不愿去思量。

因依靠着，皇帝的声音似是从胸口深处发出的："第一次见着你，你站在水里唱歌，那晚的月色那样好，照着河岸四面的新苇叶子——就像是做梦一样。我极小的时候，嬷嬷唱《悠车歌》哄我睡觉，唱着唱着睡着了，所以总觉得那歌是在梦里才听过。"她一句话也说不出来，唇角微微发颤。他却将她又揽得更紧些："这些日子我一直在想，假若你替我生个孩子，每日唱《悠车歌》哄他睡觉，他一定是世上最有福气的孩子。"

琳琅心中思潮翻滚，听他低低娓娓道来，那眼泪在眼中滚来滚去，直欲夺眶而出，将脸埋在他胸前衣襟上。那襟上本用金线绣着盘龙纹，模糊的泪光里瞧去，御用的明黄色，狰狞的龙首，玄色的龙睛，都成了朦胧冰冷的泪光。唯听见他胸口的心跳，怦

136

怦地稳然入耳。一时千言万语，心中不知是哀是乐，是苦是甜，是恼是恨，是惊是痛。心底最深处却翻转出最不可抑的无尽悲辛。柔肠百转，思绪千回，恨不得身如齑粉，也胜似如今的煎熬。

皇帝亦不说话，亦久久不动弹，脸庞贴着她的鬓发。过了许久，方道："你那日没有唱完，今日从头唱一遍吧。"

她哽咽难语，努力调匀了气息。皇帝身上的龙涎香，夹着紫貂特有微微的皮革膻气，身后熏笼里焚着的百合香，混淆着叫人渐渐沉溺。自己掌心指甲掐出深深的印子，隐隐作痛，慢慢地松开来，又过了良久，方轻轻开口唱：

"悠悠扎，巴布扎，狼来啦，虎来啦，马虎跳墙过来啦。

悠悠扎，巴布扎，小阿哥，快睡吧，阿玛出征伐马啦。

大花翎子，二花翎子，挣下功劳是你爷俩的。

小阿哥，快睡吧，挣下功劳是你爷俩的。

悠悠扎，巴布扎，小夜嗬，小夜嗬，锡嗬孟春莫得多嗬。

悠悠扎，巴布扎，小阿哥，睡觉啦。

悠悠扎，巴布扎，小阿哥，睡觉啦……"

她声音清朗柔美，低低回旋殿中。窗外的北风如吼，纷纷扬扬的雪花飞舞，雪却是下得越来越紧，直如无重数的雪帘幕帷，将天地尽笼其中。

第九章
鉴取深盟

散帙坐凝尘，吹气幽兰并。茶名龙凤团，
香字鸳鸯饼。玉局类弹棋，颠倒双栖影。花月
不曾闲，莫放相思醒。

——纳兰容若《生查子》

皇帝虽然在南苑，每日必遣人回宫向太皇太后及皇太后请安。这日是赵有忠领了这差事，方请了安从慈宁宫里退出来，正遇上端嫔来给太皇太后请安。端嫔目不斜视往前走着，倒是扶着端嫔的心腹宫女栖霞向赵有忠使了个眼色。

赵有忠心领神会，便不忙着回南苑，径直去咸福宫中，顺脚便进了耳房，与太监们围着火盆胡吹海侃了好一阵子，端嫔方才回宫。赵有忠忙迎上去请安，随着端嫔进了暖阁。端嫔在炕上坐下，又道："请赵谙达坐。"赵有忠连声地道"不敢"。栖霞已经端了小杌子上来，赵有忠谢了恩，方才在小杌子上坐下。

端嫔接了茶在手里，拿那碗盖撇着茶叶，慢慢地问："万岁爷还好么？"

赵有忠连忙站起来，道："圣躬安。"

端嫔轻轻吁了口气，说："那就好。"赵有忠不待她发问，轻声道："端主子让打听的事，奴才眼下也没法子。万岁爷身边的人个个噤口，像是嘴上贴了封条一般，只怕再让万岁爷觉察。说是万岁爷上回连梁九功梁谙达都发落了，旁人还指不定怎么收梢呢。"

端嫔道："难为你了。"向栖霞使个眼色，栖霞便去取了一张银票来。赵有忠斜睨着瞧见，嘴上说："奴才没替端主子办成差事，怎么好意思再接主子的赏钱？"端嫔微笑道："我这个人你还不知道，只要你有心，便是已经替我办事了。"赵有忠只得接过银票，往袖中掖了，满脸堆笑道："主子宽心，我回去再想想法子。"

他回到南苑天色已晚，先去交卸了差事，才回自己屋里去。开了炕头的柜子，取出自己偷藏的一小坛烧酒，拿块旧包袱皮胡乱裹了，夹在腋下便去寻内奏事处的太监王之富。

冬日苦寒，王之富正独个儿在屋里用炭盆烘着花生，一见了他，自是格外亲热："老哥，这回又替我带什么好东西来了？"赵有忠微微一笑，回身拴好了门，方从腋下取出包袱。王之富见他打开包袱，一见着是酒，不由馋虫大起，"嘟"地吞了一口口水，忙去取了两只粗陶碗来，一面倒着酒，一面就嚷："好香！"

赵有忠笑道："小声些，莫叫旁人听见。这酒可来得不容易，这要叫人知道了，只怕咱们两个都要到慎刑司去走一趟。"王之富笑嘻嘻地将炭盆里烘得焦糊的花生都拨了出来，两人剥着花生下酒，虽不敢高声，倒也喝得解馋。坛子空了大半，两个人已经面红耳赤，话也多了起来。王之富大着舌头道："无功不受禄，老哥有什么事，但凡瞧得起兄弟，只管说就是了。我平日

受老哥的恩惠，也不是一日两日了。"赵有忠道："你是个爽快人，我也不绕圈子。兄弟你在内奏事处当差，每日都能见着皇上，有桩纳闷的事儿，我想托兄弟你打听。"

王之富酒意上涌，道："我也不过每日送折子进去，递上折子就下来，万岁爷瞧都不瞧我一眼。能见着皇上，可跟皇上说不上话。"赵有忠哈哈一笑，说道："我也不求你去跟万岁爷回奏什么。"便凑在王之富耳边，密密地嘱咐了一番。王之富笑道："这可也要看机缘的，现下御前的人嘴风很紧，不是那么容易。但老哥既然开了口，兄弟我就算上刀山下火海，也要替老哥交差。"赵有忠笑道："那我可在这里先谢过了。"两人直将一坛酒吃完，方才尽兴而散。

那王之富虽然拍胸脯答应下来，只是没有机会。可巧这日是他在内奏事处当值，时值隆冬，天气寒冷，只坐在炭火盆边打着瞌睡。时辰已经是四更天了，京里兵部着人快马递来福建的六百里加急折子。王之富不敢耽搁，因为驿递是有一定规矩的，最紧急用"六百里加急"，即每日严限疾驰送出六百里，除了奏报督抚大员在任出缺之外，只用于战时城池失守或是克复。这道六百里加急是福建水师提督万正色火票拜发，盖着紫色大印，想必是奏报台湾郑氏的重大军情。所以王之富出了内奏事处的直房，径直往南宫正殿。那北风刮得正紧，直冻得王之富牙关咯咯轻响，一手提着灯笼，一手捧了那匣子，两只手早冻得冰凉麻木，失了知觉。天上无星无月，只是漆黑一片。远远只瞧见南宫暗沉沉的一片殿宇，唯寝殿之侧直房窗中透出微暗的灯光。

王之富叫起了值夜太监开了垂花门，一层层报进去。进至内寝殿前，当值的首领太监赵昌，亲自持了灯出来。王之富道："赵谙达，福建的六百里加急，只怕此时便要递进去才好。"赵昌"哦"了一声，脱口道："你等一等，我叫守夜的宫女去请驾。"

王之富听了这一句，只是一怔，这才觉出异样来。按例是当值首领太监在内寝，若是还有宫女同守夜，里面必是有侍寝的妃嫔。只是皇帝往南苑来，六宫嫔妃尽皆留在宫里。赵昌也觉察出冲口之下说错了话，暗暗失悔，伸手便在那暖阁门上轻轻叩了两下。

只见锦帘一掀，暖气便向人脸上拂来，洋洋甚是暖人，上夜的宫女蹑手蹑脚走出来。赵昌低声道："有紧要的奏折要回万岁爷。"那宫女便又蹑手蹑脚进了内寝殿。王之富听她唤了数声，皇帝方才醒了，传令掌灯。便在此时，却听见殿内深处另有女子的柔声低低说了句什么，可恨听不真切。只听见皇帝的声音甚是温和："不妨事，想必是有要紧的折子，你不必起来了。"王之富在外面听得清楚，心里猛然打了个突。

皇帝却只穿着江绸中衣便出了暖阁，外面虽也是地炕火盆，到底比暖阁里冷许多。皇帝不觉微微一凛，赵昌忙取了紫貂大氅替皇帝披上。宫女移了灯过来，皇帝就着烛火看了折子，脸上浮起一丝笑意，王之富这才磕了头告退出去。

皇帝回暖阁中去，手脚已经冷得微凉。但被暖褥馨，只渥了片刻便暖和起来。琳琅这一被惊醒，却难得入眠，又不便辗转反侧，只闭着眼罢了。皇帝自幼便是嬷嬷谙达卯初叫醒去上书房，待得登基，每日又是卯初即起身视朝，现下却也睡不着了，听着她呼吸之声，问："你睡着了么？"她闭着眼睛答："睡着了。"自己先忍不住"唧"地一笑，睁开眼瞧，皇帝含笑舒展双臂，温存地将她揽入怀中。她伏在皇帝胸口，只听他稳稳的心跳声，长发如墨玉流光，泻展在皇帝襟前。皇帝却握住一束秀发，

低声道："宿昔不梳头，丝发披两眉。婉伸郎膝上，何处不可怜。"她并不答言，却将了自己的一茎秀发，轻轻拈起皇帝的发辫，将那根长发与皇帝的一丝头发系在一处，细细打了个同心双结。殿深极远处点着烛火，朦朦胧胧地透进来，却是一帐的晕黄微光漾漾。

皇帝看着她的举动，心中欢喜触动到了极处，虽是隆冬，却恍若三春胜景，旖旎无限。只执了她的手，贴在自己心口上，只愿天长地久，永如今时今日，忽而明了前人信誓为盟，在天愿做比翼鸟，在地愿为连理枝，所谓只羡鸳鸯不羡仙，却原来果真如此。

眼睁睁年关一日一日逼近，却是不得不回銮了。六部衙门百官群臣年下无事，皇帝却有着诸项元辰大典，祀祖祭天，礼庆繁缛。又这些年旧例，皇帝亲笔赐书"福"字，赏与近臣。这日皇帝祫祭太庙回来，抽出半晌工夫，却写了数十个"福"字。琳琅从御茶房里回来，见太监一一捧出来去晾干墨迹，正瞧着有趣，忽听赵昌叫住她，道："太后打发人，点名儿要你去一趟。"

她不知是何事，但太后传唤，自然是连忙去了。进得暖阁，只见太后穿着家常海青团寿宁纹袍，靠着大迎枕坐在炕上。一位贵妇身穿香色百蝶妆花缎袍，翠玉嵌金扁方外两端各插累丝金凤，金凤上另垂珠珞，显得雍容华贵，正斜着身子坐在下首，陪太后摸骨牌接龙作耍。琳琅虽不识得，但瞧她衣饰，已经猜到便是佟贵妃。当下恭恭敬敬行了礼，跪下道："奴才给太后请安。"磕了头，稍顿又道，"奴才给贵妃请安。"再磕下头去。

太后却瞧了她一眼，问："你就是琳琅？姓什么？"并不叫她起来回话，她跪在那里轻声答："回太后的话，奴才姓卫。"

太后慢慢拨着骨牌，道："是汉军吧。"琳琅心里微微一酸，答："奴才是汉军包衣。"太后面无表情，又瞧了她一眼，道："皇帝这些日子在南苑，闲下来都做什么？"

琳琅答："回太后的话，奴才侍候茶水，只知道万岁爷有时写字读书，旁的奴才并不知道。"太后却冷笑一声，道："皇帝没出去骑马么？"琳琅早就知道不好，此时见她当面问出来，只得道："万岁爷有时是骑马出去遛弯儿。"太后又冷笑了一声，回转脸只拨着骨牌，却并不再说话。殿中本来安静，只听那骨牌偶然相碰，清脆的"啪"一声。她跪在那里良久，地下虽笼着火龙，但那金砖地极硬，跪到此时，双膝早就隐隐发痛。佟贵妃有几分尴尬起来，抹着骨牌赔笑道："皇额娘，臣妾又输了，实在不是皇额娘您的对手，今儿这点金瓜子，又要全孝敬您老人家了。臣妾没出息，求太后饶了臣妾，待臣妾明儿多历练几回合，再来陪您。"太后笑道："说得可怜见儿的，我不要彩头了，咱们再来。"佟贵妃无奈，又望了琳琅一眼，但见她跪在那里，却是平和镇定。

却说佟贵妃陪着太后又接着摸骨牌，太后淡淡地对佟贵妃道："如今你是六宫主事，虽没有皇后的位分，但是总该拿出威仪来，下面的人才不至于不守规矩，弄出猖狂的样子来。"佟贵妃忙站起来，恭声应了声"是"。太后道："我也只是交待几句家常话，你坐。"佟贵妃这才又斜着身子坐下。太后又道："皇帝日理万机，这后宫里的事，自然不能再让他操心。我原先觉着这几十年来，宫里也算太太平平，没出什么乱子。眼下瞅着，倒叫人担心。"佟贵妃忙道："是臣妾无能，叫皇额娘担心。"

太后道："好孩子，我并不是怪你。只是你生得弱，况你一双眼睛，能瞧得到多少地方？指不定人家就背着你弄出花样

来。"只摸着骨牌，"嗒"一声将牌碰着，又摸起一张来。琳琅跪得久了，双膝已全然麻木，只垂首低眉。又过了许久，听太后冷笑了一声，道："只不过有额娘替你们瞧着，谅那狐媚子兴不起风浪来。哼，先帝爷在的时候，太皇太后如何看待我们，如今我依样看待你们，担保你们周全。"佟贵妃越发窘迫，只得道："谢皇额娘。"

正在此时，太监进来磕头道："太后，慈宁宫那边打发人来，说是太皇太后传琳琅去问话。"太后一怔，但见琳琅仍是纹丝不动跪着，眉宇间神色如常，心中一腔不快未能发作，厌恶已极，但亦无可奈何，只掉转脸去冷冷道："既然是太皇太后传唤，还不快去？"

琳琅磕了个头，恭声应"是"。欲要站起，跪得久了，双膝早失了知觉。咬牙用手在地上轻轻按了一把，方挣扎着站起来，又请了个安，道："奴才告退。"太后心中怒不可遏，只"哼"了一声，并不答话。

她退出去，步履不由有几分艰难，方停了一停，身侧有人伸手搀了她一把，正是慈宁宫的太监总管崔邦吉，她低声道："多谢崔谙达。"崔邦吉微笑道："姑娘不必客气。"

一路走来，腿脚方才筋血活络些了，待至慈宁宫中，进了暖阁，行礼如仪："奴才给太皇太后请安。"稍稍一顿，又道，"奴才给万岁爷请安。"太皇太后甚是温和，只道："起来吧。"她谢恩起身，双膝隐痛，秀眉不由微微一蹙。抬眼瞧见皇帝正望着自己，目光中甚是关切，忙垂下眼帘去。太皇太后道："才刚和你们万岁爷说起杏仁酪来，那酪里不知添了些什么，叫人格外受用，所以找你来问问。"

琳琅见是巴巴儿叫了自己来问这样一句不相干的话，已经明白来龙去脉，只恭恭敬敬地答："回太皇太后的话，那杏仁酪里，加了花生、芝麻、玫瑰、桂花、葡萄干、枸杞子、樱桃等十余味，和杏仁碾得碎了，最后兑了奶子，加上洋糖。"太皇太后"哦"了一声，道："好个精致的吃食，必是精致的人想出来的。"直说，"近前来让我瞧瞧。"琳琅只得走近数步。太皇太后牵着她的手，细细打量了一番，道："可怜见儿的，好个心思玲珑的孩子。"又顿了顿，道，"只是上回皇帝打发她送酪来，我就瞧着眼善。只记不起来，总觉得这孩子像是哪里见过。"太皇太后身侧的苏茉尔赔笑道："太后见着生得好的孩子，总觉得眼善，上回二爷新纳的侧福晋进宫来给您请安，您不也说眼善？想是这世上的美人，叫人总觉得有一二分相似吧。"皇帝笑道："嬷嬷言之有理。"

太皇太后又与皇帝说了数句闲话，道："我也倦了，你又忙，这就回去吧。"皇帝离座请了个安，微笑道："谢皇祖母疼惜。"太皇太后微微一笑，轻轻颔首，皇帝方才跪安退出。

御驾回到乾清宫，天色已晚。皇帝换了衣裳，只剩了琳琅在跟前，皇帝方才道："没伤着吧？"琳琅轻轻摇了摇头，道："太后只是叫奴才去问了几句话，并没有为难奴才。"皇帝见她并不诉苦，不由轻轻叹了口气。过了片刻，方才道："朕虽富有四海，亦不能率性而为。"解下腰际所佩的如意龙纹汉玉佩，道，"这个给你。"

琳琅见那玉色晶莹，触手温润，玉上以金丝嵌着四行细篆铭文，乃是"情深不寿，强极则辱。谦谦君子，温润如玉"。只听皇帝道："朕得为咱们的长久打算。"她听到"长久"二字，心下微微一酸，勉强笑道："琳琅明白。"皇帝见她灵犀通透，心中亦是难过。正在此时，敬事房送了绿头签进来。皇帝凝望着

她，见她仍是容态平和，心中百般不忍，也懒得去看，随手翻了一只牌子。只对她道："今天你也累了，早些歇着去，不用来侍候了。"

她应了"是"便告退，已经却行退至暖阁门口，皇帝忽又道："等一等。"她住了脚步，皇帝走至面前，凝望着她良久，方才低声道："我心匪石，不可转也。"她心中刹那悸动，眼底里浮起朦胧的水汽。面前这长身玉立的男子，明黄锦衣，紫貂端罩，九五之尊的御用服色，可是话语中挚诚至深，竟让人毫无招架之力。心中最深处瞬间软弱，竭力自持，念及前路漫漫，愁苦无尽，只是意念萧条，未知这世上情浅情深，原来都叫人辜负。从头翻悔，心中哀凉，低声答："我心匪席，不可卷也。"

皇帝见她泫然欲泣，神色凄婉，叫人怜爱万千。待欲伸出手去，只怕自己这一伸手，便再也把持不住，喟然长叹一声，眼睁睁瞧着她退出暖阁去。

她本和画珠同住，梁九功却特别加意照拂，早就命人替她单独腾出间屋子来，早早将她的箱笼挪过来，还换了一色簇新的铺盖。她有择席的毛病，辗转了一夜，第二日起来，未免神色间略有几分倦怠憔悴。偏是年关将近，宫中诸事烦琐，只得打起精神当着差事。

可巧这日内务府送了过年新制的衣裳来，一众没有当差的宫女都在庑下廊房里围火闲坐。画珠正剥了个朱橘，当下撂开橘子便解了包袱来瞧，见是青缎灰鼠褂，拎起来看时，便说："旁的倒罢了，这缎子连官用的都不如，倒叫人怎么穿？"那送衣裳来的原是积年的老太监余富贵，只得赔笑道："画珠姑娘，这个已经是上好的了，还求姑娘体恤。"另一个宫女荣喜笑了一声，道："他们哪里就敢马虎了你，也不瞅瞅旁人的，尽说些得了便宜还卖乖的话来。"画珠的脾气本来就不好，当下便拉长了脸："谁得了便宜还卖乖？"芳景便道："虽说主子不在，可你们都是当差当老了的，大节下竟反倒在这里争起嘴来，一人少说一句罢。"

画珠却冷笑一声，向荣喜道："我知道你为什么，不过就是前儿我哥哥占了你父亲的差事，你心里不忿。一样都是奴才，谁有本事谁得脸，你就算眼红那也是干眼红着。"

荣喜立时恼了，气得满脸通红："谁有本事谁得脸——可不是这句话，你就欺我没本事么？我是天生的奴才命，这辈子出不了头，一样的奴才，原也分三六九等，我再不成器，那也比下五旗的贱胚子要强。也不拿镜子照照自己个儿，有本事争到主子的位分去，再来拿我撒气不迟。"

画珠原是镶蓝旗出身，按例上三旗的包衣才可在御前当差，她是太后指来的，殊为特例，一直叫御前的人排挤，听荣喜如是说，直气得浑身乱颤。芳景忙道："成日只见你们两个打口舌官司，说笑归说笑，别扯到旁的上头。"荣喜笑道："芳姐姐不知道，咱们这些嘴拙人笔的，哪里比得上人家千伶百俐，成日只见她对万岁爷下功夫，可惜万岁爷连拿眼角都不曾瞥她一下。呸，我偏瞧不上这狐媚样子，就她那副嘴脸，还想攀高枝儿，做梦！"

画珠连声调都变了："你说谁想攀高枝？"芳景已经拦在中间对荣喜呵斥："荣喜！怎么越说越没谱了？万岁爷也是能拿来胡说的？"她年纪既长，在御前时日已久，荣喜本还欲还嘴，强自忍了下去。画珠却道："还指不定是谁想攀高枝儿。昨儿见了琳琅，左一声姑娘，右一声姑娘，奉承得和什么似的，我才瞧不惯你这奴才样儿。"荣喜冷笑道："待你下辈子有琳琅那一日，

我也左一声姑娘，右一声姑娘，好生奉承奉承您这位不是主子的主子娘娘。"芳景眼见拦不住，连忙站起来拉画珠："咱们出去，不和她一般见识。"画珠气得一双妙目睁得大大的，推开芳景，直问荣喜："你就欺我做一辈子的奴才？难道这宫里人人生来就是主子的命不成？"荣喜冷笑道："我就是欺你八字里没那个福分！"

芳景一路死命地拉画珠，画珠已经气得发怔。可巧帘子一响，琳琅走进来，笑问："大年下的，怎么倒争起嘴来？"她一进来，屋子里的人自然皆屏息静气。芳景忙笑道："她们哪一日不是要吵嚷几句才算安逸？"一面将簇新的五福捧寿鹅绒软垫移过来，说："这熏笼炭已经埋在灰里了，并不会生火气，姑娘且将就坐一坐。"荣喜亦忙忙地斟了碗茶来奉与琳琅，笑着道："哪里是在争嘴，不过闲话两句罢了。"那余富贵也就上前打了千儿请安，赔笑道："琳姑娘的衣裳已经得了，回头就给您送到屋子里去。"

琳琅见画珠咬着嘴唇，在那里怔怔出神，她虽不知首尾，亦听到一句半句，怕她生出事来，便说："不吃茶了，我回屋里试衣裳去。"拉着画珠的手道，"你跟我回房去，替我看看衣裳。"画珠只得跟她去了。待到了屋里，余富贵身后的小太监捧着四个青绸里哆罗呢的包袱，琳琅不由问："怎么有这些？"余富贵满脸是笑，说道："除了姑娘的份例，这些个都是万岁爷另外吩咐预备的。这包袱里是一件荔色洋绉挂面的白狐腋，一件玫瑰紫妆缎狐肷褶子。这包袱里是大红羽纱面猞猁皮鹤氅。我们大人一奉到口谕，立时亲自督办的。这三件大毛的衣裳都是从上用的皮子里拣出最好的来赶着裁了，挑了手艺最好的几个师傅日夜赶工，好歹才算没有耽搁。姑娘的衣服尺寸，我们那里原也有，还请姑娘试试，合身不合身。"因见画珠到里间去斟茶，又压低了声音悄道，"这包袱里是一件织锦缎面的灰背，一件里外发烧的藏獭褂子，是我们大人特意孝敬姑娘的。"

琳琅道："这怎么成，可没这样的规矩。"

余富贵恭声道："我们大人说，若是姑娘不肯赏脸收下，那必是嫌不好，要不然，就必是我们脸面不够。日后咱们求姑娘照应的地方还多着呢，姑娘若是这样见外，我们下回也不敢劳烦姑娘了。"琳琅忙道："我绝无这样的意思。"她明知若不收下，内务府必然以为她日后会挑剔差事，找寻他们的麻烦。宫里的事举凡如此，说不定反惹出祸来。那余富贵又道："我们大人说，请姑娘放心，另外还有几样皮毛料子，就送到姑娘府上去，虽然粗糙，请姑娘家里留着赏人吧。"琳琅再三推辞不了，只得道："回去替我谢谢总管大人，多谢他费心了。"又开抽屉取了一把碎银给余富贵，"要过节了，谙达拿着喝两杯茶吧。"

余富贵眉开眼笑，连忙又请了安，道："谢姑娘赏。"

一时琳琅送了他出去，回来看时，画珠却坐在里屋的炕上，抱膝默默垂泪，忙劝道："好端端的，这又是怎么了？"画珠却胡乱地揩一揩眼角，说："一时风迷了眼罢了。"琳琅道："荣喜的嘴坏，你又不是不知道，别与她争就是了。"画珠冷笑道："不争？在这宫里，若是不争，只怕连活的命都没有。"说到这里，怔怔地又流下眼泪来。

琳琅道："你今儿这是怎么了？平日里只见你说嘴好强，今儿倒只会哭了，大节下的，快别这样。"

画珠听她这样说，倒慢慢收了眼泪，忽然哧地一笑："可不是，就算哭出两大缸眼泪来，一样还是没用。"琳琅笑道："又哭又笑，好不害臊。"见她脸上泪痕狼藉，说，"我给你打盆水

来，洗洗脸吧。"

于是去打了一盆热水来，画珠净过面，又重新将头发抿一抿。因见梳头匣子上放着一面玻璃镜子，匣子旁却搁着一只平金绣荷包，虽未做完，但针线细密，绣样精致。画珠不由拿起来，只瞧那荷包四角用赤色绣着火云纹，居中用金线绣五爪金龙，虽未绣完，但那用黑珠线绣成的一双龙晴熠熠生辉，宛若鲜活，不由道："好精致的绣活，这个是做给万岁爷的吧？"琳琅面上微微一红。画珠道："现放着针线上有那些人，还难为你巴巴儿地绣这个。"琳琅本就觉得难为情，当下并不答话，眉梢眼角微含笑意，并不言语，随手就将荷包收拾到匣子里去了。画珠见她有些忸怩，便也不再提此话。

这一日是除夕，皇帝在乾清宫家宴，后宫嫔妃、诸皇子皇女皆陪宴。自未正时分即摆设宴席，乾清宫正中地平南向面北摆皇帝金龙大宴桌，左侧面西坐东摆佟贵妃宴桌。乾清宫地平下，东西一字排开摆设内廷主位宴桌。申初时分两廊下奏中和韶乐，皇帝御殿升座。乐上，后妃入座，筵宴开始。先进热膳。接着送佟贵妃汤饭一对盒。最后送地平下内庭主位汤饭一盒，各用份位碗。再进奶茶。后妃、太监总管向皇帝进奶茶。皇帝饮后，才送各内庭主位奶茶。第三进酒馔。总管太监跪进"万岁爷酒"，皇帝饮尽后，就送妃嫔等位酒。最后进果桌。先呈进皇帝，再送妃嫔等。一直到戌初时分方才宴毕，皇帝离座，女乐起，后妃出座跪送皇帝，才各回住处。

这一套繁文缛节下来，足足两个多时辰，回到西暖阁里，饶是皇帝精神好，亦觉得有几分乏了，更兼吃了酒，暖阁中地炕暖和，只觉得烦躁。用热手巾擦了脸，还未换衣裳，见琳琅端着茶进来，这二三日来，此时方得闲暇，不由细细打量，因是年下，难得穿了一件藕色贡缎狐腋小袄，灯下隐约泛起银红色泽，衬得一张素面晕红。心中一动，含笑道："明儿就是初一了，若要什么赏赐，眼下可要明说。"伸手便去握她的手，谁想她仓促往后退了一步，皇帝这一握，手生生僵在了半空中，心中不悦，只缓缓收回了手。见她神色凝淡，似是丝毫不为之所动，心中越发不快。

梁九功瞧着情形不对，向左右的人使个眼色，两名近侍的太监便跟着他退出去了。琳琅这才低声道："奴才不敢受万岁爷赏赐。"语气黯然，似一腔幽怨。皇帝转念一想，不由唇角笑意浮现，道："你这样聪明一个人，难道还不明白吗？"她听了此话，方才说："奴才不敢揣摩万岁爷的心思。"皇帝见她粉颈低垂，亦嗔亦恼，说不出一种动人，忍不住道："一日不见，如隔三秋，这两三日没见着，咱们可要慢慢算一算，到底是隔了多少秋了。"琳琅这才展颜一笑。皇帝心中喜悦，只笑道："大过年的，人家都想着讨赏，只有你想着怄气。"一说到"怄气"二字，到底忍俊不禁。停了一停，又道："凭你适才那两句话，就应当重重处置——罚你再给朕唱一首歌。"

她微笑道："奴才不会唱什么歌了。"皇帝便从案上取了箫来，说道："不拘你唱什么，我来替你用箫和着。"红烛滟滟，映得她双颊微微泛起红晕，只觉古人所谓琴瑟在御，莫不静好，亦不过如斯。琳琅微笑道："万岁爷若是不嫌弃，我吹一段箫调给万岁爷听。"皇帝不由十分意外，"哦"了一声，问："你还会吹箫？"她道："小时候学过一点，吹得不好。"皇帝笑道："先吹来我听，若是真不好，我再拿别的罚你。"

琳琅不禁瞧了他一眼，笑意从颊上晕散开来，竖起长箫，便吹了一套《凤还巢》。皇帝盘膝坐在那里，笑吟吟听着，只闻箫调清丽难言，心中却隐隐约约有些不安，仿佛有桩事情十分要

紧，偏生总想不起来，是什么要紧事？琳琅见他眉头微蹙，停口便将箫管放下。皇帝不由问："怎么不吹了？"她道："左右万岁爷不爱听，我不吹。夜深了，万岁爷该安置了，奴才也该告退了。"皇帝并不肯撒手，只笑道："你这捉狭的东西，如今也学坏了。"

梁九功在外头，本生着几分担心，怕这个年过得不痛快，听着暖阁里二人话语渐低，后来箫声渐起，语声微不可闻，细碎如呢喃，一颗心才放下来。走出来交待上夜的诸人各项差事，道："都小心侍候着，明儿大早，万岁爷还要早起呢。"

皇帝翌日有元辰大典，果然早早就起身。天还没亮，便乘了暖轿，前呼后拥去太和殿受百官朝贺。乾清宫里顿时也热闹起来，太监宫女忙着预备后宫主位朝贺新年。琳琅怕有闪失，先回自己屋里换了身衣裳，刚拾掇好了，外面却有人敲门。

琳琅问："是谁？"却是画珠的声音，道："是我。"她忙开门让画珠进来。画珠面上却有几分惊惶之色，道："浣衣房里有人带信来，说是玉姑姑犯了事。"琳琅心下大惊，连声问："怎么会？"画珠道："说是与神武门的侍卫私相传递，犯了宫里的大忌讳。叫人回了佟贵妃。"

琳琅心中忧虑，问："如今玉姑姑人呢？"画珠道："报信儿的人说锁到慎刑司去了，好在大节下，总过了这几日方好发落。"琳琅心下稍安，道："有几日工夫。玉姑姑在宫中多年，与荣主子又交好，荣主子总会想法子在中间斡旋。"画珠道："听说荣主子去向佟贵妃求情，可巧安主子在那里，三言两句噎得荣主子下不来台，气得没有法子。"琳琅心下焦灼，知道荣嫔素来与安嫔有些心病，而佟贵妃署理六宫，懿旨一下，玉箸坐实了罪名，荣嫔亦无他法。忙问："那到底是传递什么东西，要不要紧？"画珠道："浣衣房的人说，原是姑姑攒下的三十两月银，托人捎出去给家里，谁晓得就出了事。"眼圈一红，道，"往日在浣衣房里，姑姑对咱们那样好……"琳琅忆起往昔在浣衣房里的旧事，更是思前想后心潮难安。画珠道："浣衣房里的几个旧日姐妹都急得没有法子，想到了咱们，忙忙地叫人带信来。琳琅，咱们总得想个法子救救玉姑姑才好。"

琳琅道："佟贵妃那里，咱们哪里能够说得上话。连荣主子都没有法子，何况咱们。"画珠急得泫然欲泣："这可怎么好……私相授受是大忌讳，安主子素来又和浣衣房有心病，只怕她们这回……只怕她们这是想要玉姑姑的命……"说到这里，捂着脸就哭起来。琳琅知道私相授受此事可大可小，若是安嫔有意刁难，指不定会咬准了其中有私情，只消说是不规矩，便是一顿板子打死了事，外头的人都不能知晓，因为后宫里处置许多事情都只能含糊其辞。她打了个寒噤："不会的，玉姑姑不会出那样的事。"画珠哭道："咱们都知道玉姑姑不是那样的人，可他们若是想置玉姑姑于死地……给她随便安上个罪名……"琳琅忧心如焚。画珠道："琳琅，到如今玉姑姑只能指望你了。"

她低头想了一会儿，说："我可实实没有半分把握，可是……"轻轻叹了口气，"不管怎么样，我们都得想法子帮一帮姑姑。"

第十章
白璧青蝇

人生若只如初见，何事秋风悲画扇？等
闲变却故人心，却道故人心易变。骊山语罢
清宵半，泪雨零铃终不怨。何如薄幸锦衣
郎，比翼连枝当日愿。

——纳兰容若《木兰花令》

太和殿大朝散后，皇帝奉太皇太后、皇太后在慈宁宫受后宫妃嫔朝贺，午后又在慈宁宫家宴，这一日的家宴，比昨日的大宴却少了许多繁琐礼节。皇帝为了热闹，破例命年幼的皇子与皇女皆去头桌相伴太皇太后，太皇太后由数位重孙簇拥，欢喜不胜。几位太妃、老一辈的福晋皆亦在座，皇帝命太子执壶，皇长子领着诸皇子一一斟酒，这顿饭，却像是其乐融融的家宴，一直到日落西山，方才尽兴而散。

皇帝自花团锦簇人语笑喧的慈宁宫出来，在乾清宫前下了暖轿。只见乾清宫暗沉沉的一片殿宇，廊下皆悬着径围数尺的大灯笼，一溜映着红光暗暗，四下里却静悄悄的，庄严肃静。适才的铙钹大乐在耳中吵了半响，这让夜风一吹，却觉得连心都静下来了，神气不由一爽。敬事房的太监正待击掌，皇帝却止住了他。

一行人簇拥着皇帝走至廊下，皇帝见直房窗中透出灯火，想起这日正是琳琅当值，信步便往直房中去。

直房门口本有小太监，一声"万岁爷"还未唤出声，也叫他摆手止住了，将手一扬，命太监们都候在外头。他本是一双黄獐绒鹿皮靴，落足无声，只见琳琅独个儿坐在火盆边上打络子，他瞧那金珠线配黑丝络，颜色极亮，底下缀着明黄流苏，便知道是替自己打的，不由心中欢喜。她素性畏寒，直房中虽有地炕，却不知不觉倾向那火盆架子极近。他含笑道："看火星子烧了衣裳。"琳琅吓了一跳，果然提起衣摆，看火盆里的炭火并没有燎到衣裳上，方抬起头来，连忙站起身来行礼，微笑道："万岁爷这样静悄悄地进来，真吓了我一跳。"

皇帝道："这里冷浸浸的，怨不得你靠火坐着。仔细那炭气熏着，回头嚷喉咙痛。快跟我回暖阁去。"

西暖阁里笼的地炕极暖，琳琅出了一身薄汗。皇帝素来不惯与人同睡，所以总是侧身向外。那背影轮廓，弧线似山岳横垣。明黄宁绸的中衣缓带微褪，却露出肩颈下一处伤痕。虽是多年前早已结痂愈合，但直至今日疤痕仍长可寸许，显见当日受伤之深。她不由自主伸出手去，轻轻拂过那疤痕，不想皇帝还未睡沉，惺忪里握了她的手，道："睡不着么？"

她低声道："吵着万岁爷了。"皇帝不自觉伸手摸了摸那旧伤："这是康熙八年戊申平叛时所伤，幸得曹寅手快，一把推开我，才没伤到要害，当时一众人都吓得魂飞魄散。"他轻描淡写说来，她的手却微微发抖。皇帝微笑道："吓着了么？我如今不是好生生地在这里。"她心中思绪繁乱，怔怔地出了好一阵子的神，方才说："怨不得万岁爷对曹大人格外看顾。"皇帝轻轻叹了口气，道："倒不是只为他这功劳——他是打小跟着我，情分非比寻常。"她低声道:"万岁爷昨儿问我,年下要什么赏赐,琳琅本来不敢——皇上顾念旧谊,是性情中人,所以琳琅有不情之请……"说到这里,又停下来。皇帝只道:"你一向识大体,虽是不情之请,必有你的道理,先说来我听听,只有一样——后宫不许干政。"

她道:"琳琅不敢。"将玉箸之事略略说了,道,"本不该以私谊情弊来求万岁爷恩典,但玉箸虽是私相传递,也只是将攒下的月俸和主子的赏赐托了侍卫送去家中孝敬母亲。万岁爷以诚孝治天下,姑念她是初犯,且又是大节下……"皇帝已经蒙眬欲睡,说:"这是后宫的事,按例归佟贵妃处置,你别去蹚这中间的浑水。"琳琅见他声音渐低,睡意渐浓,未敢再说,只轻轻叹了口气,翻身向内。

因连日命妇入朝,宫中自然是十分热闹。这一日是初五,佟贵妃一连数日,忙着节下诸事,到了此日,方才稍稍消停下来。宫女正侍候她吃燕窝粥,忽听小太监满面笑容地来禀报:"主子,万岁爷瞧主子来了。"

皇帝穿着年下吉服,身后只跟了随侍的太监,进得暖阁来见佟贵妃正欲下炕行礼,便道:"朕不过过来瞧瞧你,你且歪着就是了,这几日必然累着了。"佟贵妃到底还是让宫女搀着,下炕请了个双安,方含笑道:"谢万岁爷惦记,臣妾身上好多了。"皇帝便在炕上坐了,又命佟贵妃坐了。皇帝因见炕围上贴的消寒图,道:"如今是七九天里了,待出了九,时气暖和,定然就大好了。"佟贵妃道:"万岁爷金口吉言,臣妾……"说到这里,连忙背转脸去,轻轻咳嗽,一旁的宫女忙上来侍候唾壶,又替她轻轻拍着背。

皇帝听她咳喘不已,心中微微怜惜,道:"你要好好将养才

是，六宫里的事，可以叫惠嫔、德嫔帮衬着些。"随手接了宫女奉上的茶。佟贵妃亦用了一口奶子，那喘咳渐渐缓过来。皇帝道："朕想过了，慎刑司里还关着的宫女太监，尽都放了吧。大节下的，他们虽犯了错，只要不是大逆不道，罚他们几个月的月钱银子也就罢了。也算为太皇太后、皇太后，还有你积一积福。"

佟贵妃忙道："谢万岁爷。"迟疑了一下，却道，"有桩事情，本想过了年再回万岁爷，既然这会子讲到开赦犯错的宫女太监。浣衣房的一名宫女，与神武门侍卫私相传递，本也算不得大事，但牵涉到御前的人，臣妾不敢擅专。"

皇帝问："牵涉到御前的谁？"

佟贵妃道："那名宫女，欲托人传递事物给一名二等虾。"二等虾即是二等侍卫。皇帝素来厌恶私相授受，道："竟是二等侍卫也这样轻狂，枉朕平日里看重他们。是谁这样不稳重？"佟贵妃微微一怔，道："是明珠明大人的长公子，纳兰大人。"

皇帝倒想不到竟是纳兰容若，心下微恼，只觉纳兰枉负自己厚待，不由觉得大失所望。佟贵妃低声道："臣妾素来听人说纳兰大人丰姿英发，少年博才，想必为后宫宫人仰慕，以至有情弊之事。"皇帝忆及去年春上行围保定时，夜闻箫声，纳兰虽极力自持，神色间却不觉流露向往之色，看来此人虽然博学，却亦是博情。只淡淡地道："年少风流，也是难免。"顿了一顿，道，"朕听荣嫔说，那宫女只是传递俸银出宫，没想到其中还有私情。"

佟贵妃微有讶色，道："那宫女——"欲语又止。皇帝道："难道还有什么妨碍不成？但说就是了。"佟贵妃道："是。那宫女招认并不是她本人事主，她亦是受人所托私相传递，至于是受何人所托，她却缄口不言。年下未便用刑，臣妾原打算待过几日审问明白，再向万岁爷回话。"皇帝听她说话吞吞吐吐，心中大疑，只问："她受人所托，传递什么出宫？"佟贵妃见他终究问及，只得道："她受何人所托，臣妾还没有问出来。至于传递的东西——万岁爷瞧了就明白了。"叫过贴身的宫女，叮嘱她去取来。

却是一方帕子，并一双白玉同心连环。那双白玉同心连环质地寻常，瞧不出任何端倪，那方帕子极是素净，虽是寻常白绢裁纫，但用月白色玲珑锁边，针脚细密，淡缃色丝线绣出四合如意云纹。佟贵妃见皇帝面无表情，一言不发，眼睛直直望着那方帕子，她与皇帝相距极近，瞧见他太阳穴上的青筋突突直跳，心下害怕，叫了声："万岁爷。"

皇帝瞧了她一眼，那目光凛冽如九玄冰雪，冷冷冽冽。她心里一寒，勉强笑道："请皇上示下。"皇帝良久不语。她心下窘迫，嗫嚅道："臣妾……"皇帝终于开口，声音倒是和缓如常："这两样东西交给朕，这件事朕亲自处置。你精神不济，先歇着吧。"便站起身来，佟贵妃忙行礼送驾。

皇帝回到乾清宫，画珠上来侍候换衣裳，只觉皇帝手掌冰冷，忙道："万岁爷是不是觉着冷，要不加上那件紫貂端罩？"皇帝摇一摇头，问："琳琅呢？"梁九功一路上担心，到了此时，越发心惊肉跳，忙道："奴才叫人去传。"

琳琅却已经来了，先奉了茶，见皇帝神色不豫地挥一挥手，是命众人皆下去的意思。梁九功飞快地向她递个眼色，她只不明白他的意思，稍一迟疑，果然听到皇帝道："你留下来。"她便垂手静侍，见皇帝端坐案后，直直地瞧着自己，不

知为何不自在起来，低声道："万岁爷去瞧佟主子，佟主子还好吧？"

皇帝并不答话，琳琅只觉他眉宇间竟是无尽寂寥与落寞，心下微微害怕。皇帝淡淡地道："朕心里烦，你吹段箫来给朕听。"琳琅却再也难以想到中间的来龙去脉，只觉皇帝今日十分不快，只以为是从佟贵妃处回来，必是佟贵妃病情不好。未及多想，只想着且让他宽心。回房取了箫来御前，见皇帝仍是端坐在原处，竟是纹丝未动，见她进来，倒是向她笑了一笑。她便微笑问："万岁爷想听什么呢？"

皇帝眉头微微一蹙，旋即道："《小重山》。"她本想年下大节，此调不吉，但见皇帝面色凝淡，未敢多言，只竖起箫管，细细吹了一套《小重山》。

春到长门春草青，江梅些子破，未开匀。碧云笼碾玉成尘，留晓梦，惊破一瓯春。花影压重门，疏帘铺淡月，好黄昏。二年三度负东君，归来也，著意过今春。

惊破一瓯春……惊破一瓯春……皇帝心中思潮起伏，本有最后三分怀疑，却也销匿殆尽。心中只道，原来如此，原来如此。这四个字翻来覆去，直如千钧重，沉甸甸地压在心头。目光扫过面前御案，案上笔墨纸砚，诸色齐备，笔架上悬着一管管紫毫，珐琅笔杆，尾端包金，嵌以金丝为字，盛墨的匣子外用明黄袱，刀纸上压着前朝碾玉名家陆子岗的白玉纸镇，砚床外紫檀刻金……无人可以僭越的九五之尊，心中却只是翻来覆去地想，原来如此，原来如此……

琳琅吹完了这套曲子，停箫望向皇帝，他却亦正望着她，那目光却是虚的，仿佛穿透了她，落在某个不知名的地方。她素来未见过皇帝有此等神情，心中不安。皇帝却突兀开口，道："把你的箫拿来让朕瞧瞧。"她只得走至案前，将箫奉与皇帝。皇帝见那箫管寻常，却握以手中，怔怔出神。又过了良久，方问："上次你说，你的父亲是阿布鼐？"见她答"是"，又问，"如朕没有记错，你与明珠家是姻戚？"琳琅未知他如何问到此话，心下微异，答："奴才的母亲是明大人的妹妹。"皇帝"嗯"了一声，道："那么你说自幼寄人篱下，便是在明珠府中长大了？"琳琅心中疑惑渐起，只答："奴才确是在外祖家长大。"

皇帝心中一片冰冷，最后一句话，却也是再不必问了。那一种痛苦恼悔，便如万箭相攒，绞入五脏深处。过了片刻，方才冷冷道："那日你求了朕一件事，朕假若不答应你，你待如何？"琳琅心中如一团乱麻，只抓不住头绪。皇帝数日皆未曾提及此事，自己本已经绝了念头，此时一问，不知意欲如何，但事关玉箸，一转念便大着胆子答："衣不如新，人不如故。奴才尽力而为，若求不得天恩高厚，亦是无可奈何。"

皇帝又沉默良久，忽然微微一哂："衣不如新，人不如故。好，这句话，甚好。"琳琅见他虽是笑着，眼中却殊无欢喜之意，心中不禁突地一跳。便在此时，冯四京在外头磕头，叫了声"请万岁爷示下"。皇帝应了一声，冯四京捧了大银盘进来。他偏过头去，手指从绿头签上抚过，每一块牌子，幽碧湛青的漆色，仿佛上好的一汪翡翠，用墨漆写了各宫所有的妃嫔名号，整整齐齐排列在大银盘里。身旁的赤金九龙绕足烛台上，一支烛突然爆了个烛花，"噼啪"一声火光轻跳，在这寂静的宫殿里，却让人听得格外清晰。

他猛然扬手就将盘子"轰"一声掀到了地上，绿头签牌啪啪落了满地，吓得冯四京打个哆嗦，连连磕头却不敢作声。暖阁外

头太监宫女见了这情形，早呼啦啦跪了一地。

她也连忙跪下去，人人都是大气也不敢出，殿中只是一片死寂。只听那只大银盘落在地上，"嗡嗡嗡……"响着，愈转愈慢，渐响渐低，终究无声无息，静静地停在她的足边。她悄悄捡起那只银盘，却不想一只手斜刺里过来握住她手腕，那腕上覆着明黄团福暗纹袖，她只觉得身子一轻，不由自主站起来。目光低垂，只望着他腰际的明黄色佩带、金圆版嵌珊瑚、月白吩、金嵌松石套裸、珐琅鞘刀、燧、平金绣荷包……荷包流苏上坠着细小精巧的银铃……他却迫得她不得不抬起头来，他直直望着她，眼中似是无波无浪的平静，最深处却闪过转瞬即逝的痛楚："你不过仗着朕喜欢你！"

她的双手让他紧紧攥着，腕骨似要碎裂一般。他的眼中幽暗，清晰地倒映出她的影子。他却蓦然松开手，淡然唤道："梁九功！"梁九功进来磕了个头，低声道："奴才在。"皇帝只将脸一扬，梁九功会意，轻轻两下击掌，暖阁外的宫女太监瞬间全都退了个干净。梁九功亦慢慢垂手后退，皇帝却叫住他，口气依旧是淡淡的，只道："拿来。"梁九功瞧着含糊不过去，只得将那白玉连环与帕子取来，又磕了一个头，才退到暖阁外去。

只听"喤啷"一声，那白玉连环掷在她面前地上，四分五裂，玉屑狼藉。那帕子乃是薄绢，质地轻密，兀自缓缓飞落。他眼中似有隐约的森冷寒意："朕以赤诚之心待你，你却是这样待朕。"她此时方镇静下来，轻声道："琳琅不明白。"皇帝道："你巴巴儿替那宫女求情，怨不得她回护你，虽物证俱在，至今不肯招认是替你私相传递。"

琳琅瞧见那帕子，心下已自惊惧，道："这帕子虽是琳琅的，但琳琅并没有让她私相传递给任何人。至于这连环，琳琅更是从未见过此物。琳琅虽愚笨，却断不会冒犯宫规，请万岁爷明鉴。"抬起眼来望着他，皇帝只觉她眸子黑白分明，清冽如水，直如能望见人心底去，心头浮躁之意稍稍平复，淡然道："你且起来说话，个中缘由，待将那宫女审问明白，自会分明。"顿了顿方道，"朕亦知道，众口铄金，积毁销骨。"

她只跪在那里，道："入宫之初，玉箸便十分看顾琳琅，琳琅一时顾念旧谊，才斗胆替她向万岁爷求情。这方帕子虽是琳琅的，但奴才实实不知道是从哪里来的。事既已至此，可否让琳琅与玉箸当面对质，实情如何还请皇上明察。"他慢慢道："我信你，不会这样糊涂。朕定然彻查此事。"她只见他眼底冽凛一闪，"你与容若除了中表之亲，是否还有他念？"琳琅万万未想到他此时突然提及纳兰，心下惊惶莫名，情不自禁便是微微一瑟。皇帝在灯下瞧着分明。琳琅见他目光如冰雪寒彻，不由惶然惊恐，心中却是一片模糊，一刹那转了几千几百个念头，却没有一个念头抓得住，只怔怔地瞧着皇帝。

皇帝久久不说话，殿中本就极安静，此时更是静得似乎能听见他的呼吸声。他突兀开口，声调却是缓然："你不能瞒我……"话锋一转，"也必瞒不过朕。"她心下早就纠葛如乱麻，却是极力忍泪，只低声道："奴才不敢。"他心中如油煎火沸，终究只淡然道："如今我只问你，是否与纳兰性德确无情弊？"目不转睛地瞧着她，但见她耳上的小小阑珠坠子，让灯光投映在她雪白的颈中，小小两芒幽暗凝伫，她却如石人一样僵在那里。只听窗外隐约的风声，那样遥远。那西洋自鸣钟嚓嚓地走针，那样细小的声音，听在他耳中，却是惊心动魄。每响过嚓的一声，心便是更往下沉一分，一路沉下去，一路沉下去，直沉到

万丈深渊里去，就像是永远也落不到底的深渊。

她声音低微："自从入宫后，琳琅与他绝无私自相与。"

他终究是转过脸去，如锐刺尖刀剜在心上。少年那一次行围，误被自己的佩刀所伤，刀极锋利，所以起初竟是恍若未觉，待得缓慢的钝痛泛上来，瞬间迸发竟连呼吸亦是锥心刺骨。只生了悔，不如不问，不如不问。亲耳听着，还不如不问，绝无私自相与——那一段过往，自是不必再问——却原来错了，从头就错了。两情缱绻的是她与旁人，青梅竹马，衣不如新，人不如故。却原来都错了。自己却是从头就错了。

她只是跪在那里，皇帝瞧着她，像是从来不认识她一般，又像根本不是在瞧她，仿佛只是想从她身上瞧见别的什么，那目光里竟似是沉沦的痛楚，夹着奇异的哀伤。她知是瞒不过，但总归是结束了，一切都结束了。他八岁御极，十六岁铲除权臣，弱冠之龄出兵平叛，不过七八年间，三藩几近荡平——她如何瞒得过他，她亦不能瞒他——心中只剩了最后的凄凉。他是圣君，叫这身份拘住了，他便不会苛待她，亦不会苛待纳兰。她终归是瞒不过，他终归是知悉了一切。他起初的问话，她竟未能觉察其间的微妙，但只几句问话，他便知悉了来龙去脉，他向来如此，以睿智临朝，臣工俱服，何况她这样渺弱的女子。

过了良久，只听那西洋自鸣钟敲了九下，皇帝似是震动了一下，梦呓一样喑哑低声："竟然如此……"只说了这四个字，唇角微微上扬，竟似是笑了。她唯有道："琳琅枉负圣恩，请皇上处置。"他重新注目于她，目光中只是无波无浪的沉寂。他望了她片刻，终于唤了梁九功进来，声调已经是如常的平静如水，听不出一丝涟漪："传旨，阿布鼐之女卫氏，贤德良淑，予赐答应位分。"

梁九功微微一愣，旋即道："是。"又道，"宫门已经下匙了，奴才明天就去内务府传万岁爷的恩旨。"见琳琅仍旧怔怔地跪在当地，便低声道，"卫答应，皇上的恩旨，应当谢恩。"她此时方似回过神来，木然磕下头去："琳琅谢皇上隆恩。"规规矩矩行了三跪九叩的大礼。视线所及，只是他一角明黄色的袍角拂在杌子上，杌上鹿皮靴穿缀米珠与珊瑚珠，万字不到头的花样，取万寿无疆的吉利口彩。万字不到头……一个个的扭花，直叫人觉得微微眼晕，不能再看。

皇帝根本没有望她，只淡然瞧着那鎏金错银的紫铜熏笼，声音里透着无可抑制的倦怠："朕乏了，乏透了，你下去吧。明儿也不必来谢恩了。"她无声无息地再请了个安，方却行而退。皇帝仍是纹丝不动盘膝坐在那里，他性子镇定安详，叫起听政或是批折读书，常常这样一坐数个时辰，依旧端端正正，毫不走样。眼角的余光里，小太监打起帘子，她莲青色的身影一闪，却是再也瞧不见了。

梁九功办事自是妥帖，第二日去传了旨回来，便着人帮琳琅挪往西六宫。乾清宫的众宫人纷纷来向她道喜，画珠笑逐颜开地说："昨儿万岁爷发了那样大的脾气，没想到今儿就有恩旨下来。"连声地道恭喜。琳琅脸上笑着，只是怔忡不宁地瞧着替自己收拾东西的宫女太监。正在此时，远远听见隐约的掌声，却是御驾回宫的信号。当差的宫女太监连忙散了，画珠当着差事，也匆匆去了，屋里顿时只剩了梁九功差来的两名小太监。琳琅见收拾得差不多了，便又最后检点一番。他们二人抱了箱笼铺盖，随着琳琅自西边小角门里出去。方出了角门，只听见远处敬事房太监"吃吃"的喝道之声。顺着那长长的宫墙望去，远远望见前呼

后拥簇着皇帝的明黄暖轿，径直进了垂花门。她早领了旨意，今日不必面见谢恩，此时遥相望见御驾，轻轻叹了口气。那两名太监本已走出数丈开外，远远候在那里，她掉转头忙加紧了步子，垂首默默向前。

正月里政务甚少，唯蜀中用兵正在紧要。皇帝看完了赵良栋所上的折子——奏对川中诸军部署方略，洋洋洒洒足有万言。头低得久了，昏沉沉有几分难受，随口便唤："琳琅。"却是芳景答应着："万岁爷要什么？"他略略一怔，方才道："去沏碗酽茶来。"芳景答应着去了。他目光无意垂下，腰际所佩的金嵌松石套褶，褶外结着金珠线黑丝络，却还是那日琳琅打的络子，密如丝网，千千相结。四下里静悄悄的，暖阁中似乎氤氲着熟悉的幽香。他忽然生了烦躁，随手取下套褶，撂给梁九功："赏你了。"梁九功诚惶诚恐忙请了个安："谢万岁爷赏，奴才无功不敢受。"皇帝心中正不耐，只随手往他怀中一掷，梁九功手忙脚乱地接在手中。只听皇帝道："这暖阁里气味不好，叫人好生焚香熏一熏。起驾，朕去瞧佟贵妃。"

佟贵妃却又病倒了，因操持过年的诸项杂事，未免失之调养，挣扎过了元宵节，终究是不支。六宫里的事只得委了安嫔与德嫔。那德嫔是位最省心省力的主子，后宫之中，竟有一大半的事是安嫔在拿着主意。

这日安嫔与德嫔俱在承乾宫听各处总管回奏，说完了正事，安嫔便叫宫女："去将荣主子送的茶叶取来，请德主子尝尝。"德嫔笑道："你这里的茶点倒精致。"安嫔道："这些个都是佟贵妃打发人送来的，我专留着让妹妹也尝尝呢。"

当下大家喝茶吃点心，说些六宫中的闲话。德嫔忽想起一事来，道："昨儿我去给太后请安，遇上个生面孔，说是新封赐的答应，倒是好齐整的模样，不知为何惹恼了太后，罚她在廊下跪着呢。大正月里，天寒地冻，又是老北风头上，待我请了安出来，瞧着她还跪在那里。"安嫔不由将嘴一撇，说："还能有谁，就是原先闹得翻天覆地的那个琳琅。万岁爷为了她，发过好大的脾气，听说连牌子都掀了。如今好歹是撂下了。"

德嫔听着糊涂，道："我可闹不懂了，既然给了她位分，怎么反说是撂下了。"安嫔却是想起来便觉得心里痛快，只哧地一笑，道："说是给了答应位分，这些日子来，一次也没翻过她的牌子，可不是撂下了？"又道，"也怪她原先行事轻狂，太后总瞧她不入眼，不甚喜欢她。"

德嫔叹道："听着也是怪可怜的。"安嫔道："妹妹总是一味心太软，所以才觉得她可怜。叫我说，她是活该，早先想着方儿狐魅惑主，现在有这下场，还算便宜了她。"德嫔是个厚道人，听她说得刻薄，心中不以为然，便讲些旁的闲话来。又坐了片刻，方起身回自己宫里去。

安嫔送了她出去，回来方对自己的贴身宫女笑道："这真是个老实人。你别说，万岁爷还一直夸她淳厚，当得起一个'德'字。"那宫女赔笑道："这宫里，凭谁再伶俐，也伶俐不过主子您。先前您就说了，这琳琅是时辰未到，等到了时辰，自然有人收拾，果然不错。"安嫔道："万岁爷只不声不响将那狐媚子打发了，就算揭过不提。依我看这招棋行得虽险，倒是有惊无险。这背后的人，才真正是厉害。"

那宫女笑道："就不知是谁替主子出了这口恶气？"安嫔笑道："凭她是谁，反正这会子大家都痛快，且又牵涉不到咱们，

不像上次扳指的事，叫咱们无端端替人背黑锅。今儿提起来我还觉得憋屈，都是那丫头害的！"又慢慢一笑，"如今可好了，总算叫那丫头落下了，等过几日万岁爷出宫去了巩华，那才叫好戏在后头。"

第十一章
玉壶红泪

　　锦样年华水样流，鲛珠迸落更难收。病余
常是怯梳头。一径绿云修竹怨，半窗红日落花
愁。惺惺只是下帘钩。

——纳兰容若《浣溪沙》

壬子日銮驾出京，驻跸巩华城行宫，遣内大臣赐奠昭勋公图赖墓。这日天气晴好，皇帝在行宫中用过晚膳，带了近侍的太监，信步踱出殿外。方至南墙根下，只听一片喧哗呼喝之声，皇帝不由止住脚步，问："那是在做什么？"梁九功忙叫人去问了，回奏道："回万岁爷的话，是御前侍卫们在校射。"皇帝听了，便径直往校场上走去，御前侍卫们远远瞧见前呼后拥的御驾，早呼啦啦跪了一地。皇帝见当先跪着的一人，着二品侍卫服色，盔甲之下一张脸庞甚是俊秀，正是纳兰容若。皇帝嘴角不由自主微微往下一沉，却淡然道："都起来吧。"

　　众人谢恩起身，皇帝望了一眼数十步开外的鹄子，道："容若，你射给朕瞧瞧。"容若应了声"是"，拈箭搭弓，屏息静气，一箭正中红心，一众同袍都不由自主叫了声好。皇帝脸上却瞧不出是什么神色，只吩咐："取朕的弓箭来。"

皇帝的御弓，弓身以朱漆缠金线，以白犀为角，弦施上用明胶，弹韧柔紧。此弓有十五引力，比寻常弓箭要略重。皇帝接过梁九功递上的白翎羽箭，搭在弓上，将弓开满如一轮圆月，缓缓瞄准鹄心。众人屏住呼吸，只见皇帝唇角浮起一丝不易觉察的冷笑，却是转瞬即逝，众人目光皆望在箭簇之上，亦无人曾留意。弓弦"嘣"的一声，皇帝一箭已经脱弦射出。

只听羽箭破空之势凌利，竟发出尖啸之音，只听"啪"一声，却紧接着又是嗒嗒两声轻微暴响，却原来皇帝这一箭竟是生生劈破纳兰的箭尾，贯穿箭身而入，将纳兰的箭劈爆成三簇，仍旧透入鹄子极深，正正钉在红心中央，箭尾白翎兀自颤抖不停。

众人目瞪口呆，半晌才轰然一声喝彩如雷。

纳兰亦脱口叫了声好，正巧皇帝的目光扫过来，只觉如冰雪寒彻，心下顿时一激灵。抬头再瞧时，几疑适才只是自己眼花。皇帝神色如常，道："这几日没动过弓箭，倒还没撂下。"缓缓说道，"咱们大清乃是马背上打下的江山万里，素重骑射。"淡然望了他一眼，道，"容若，你去替朕掌管上驷院。"纳兰一怔，只得磕头应了一声"是"。以侍卫司上驷院之职，名义虽是升迁，但自此却要往郊外牧马，远离禁中御前。皇帝待他素来亲厚，纳兰此时亦未作他想。

便在此时，忽远远见着一骑，自侧门直入，遥遥望见御驾的九曲黄柄大伞，马上的人连忙勒马滚下鞍鞯，一口气奔过来，丈许开外方跪下行见驾的大礼，气吁吁地道："奴才给万岁爷请安。"皇帝方认出是太皇太后跟前的侍卫总管杜顺池，时值正月，天气寒冷，竟然是满头大汗，想是从京城一骑狂奔

至此。皇帝心下不由一沉，问："太皇太后万福金安？"杜顺池答："太皇太后圣躬安。"皇帝这才不觉松了口气，却听那杜顺池道："太皇太后打发奴才来禀报万岁爷，卫主子出事了。"

皇帝不由微微一怔，这才反应过来是琳琅，口气不觉淡淡的："她能出什么事？小小一个答应，竟惊动了太皇太后打发你赶来。"

杜顺池重重磕了个头，道："回万岁爷的话，卫主子小产了。"言犹未落，只听"啪"的一声，却是皇帝手中的御弓落在了地上，皇帝犹若未闻，只问："你说什么？"杜顺池只得又说了一遍。只见皇帝脸上的神色渐渐变了，苍白得没一丝血色，蓦地回过头去："朕的马呢？"梁九功见他似连眼里都要沁出血丝来，心下也乱了方寸，忙着人去牵出马来。待见皇帝认镫上马，方吓得抱住皇帝的腿："万岁爷，万万使不得，总得知会了扈驾的大营沿途关防，方才好起驾。"皇帝只低喝一声："滚开。"见他死命地不肯松手，回手就是重重一鞭抽在他手上。他手上剧痛难当，本能地一松手，皇帝已经纵马驰出。

梁九功又惊又怕，大声呼喝命人去禀报扈驾的领侍卫内大臣。御前侍卫总管闻得有变，正巧赶到，忙领着人快马加鞭，先自追上去。谏阻不了皇帝，数十骑人马只得紧紧相随，一路向京中狂奔而去。

至京城城外九门已闭，御前侍卫总管出示关防，命启匙开了城门，扈驾的骁骑营、前锋营大队人马此时方才赶到，簇拥了御驾快马驰入九城。只闻蹄声隆隆，响声雷动，皇帝心下却是一片空白。眼际万家灯火如天上群星，扑面而至，街市间正在匆忙地关防宵禁，只闻沿街商肆皆是"扑扑"关门上铺板的声音。那马驰骋甚疾，一晃而过，远远望见禁城的红墙高耸，已经可以见着神武门城楼上明亮的灯火。

大驾由神武门返回禁中，虽不合规矩，领侍卫内大臣亦只得从权。待御驾进了内城，悬着的一颗心方才放下。外臣不能入内宫，在顺贞门外便跪安辞出。皇帝只带了近侍返回内宫，换乘舆轿，往慈宁宫而去。

太皇太后听闻皇帝回宫，略略一愕，怔忡了半晌，方才长长叹了口气，对身侧的人道："苏茉尔，没想到太平无事了这么些年，咱们担心的事终究还是来了。"

苏茉尔默然无语。太皇太后声音里却不由透出几分微凉之意："顺治十四年，董鄂氏所出皇四子，福临竟称'朕之第一子也'，未己夭折，竟追封和硕荣亲王。"

苏茉尔道："太皇太后望安，皇上英明果毅，必不至如斯。"

太皇太后沉默半响，"嘿"了一声，道："但愿如此吧。"只听门外轻轻的击掌声，太监进来回话："启禀太皇太后，万岁爷回来了。"

皇帝还未及换衣裳，依旧是一身蓝色团福的缺襟行袍，只领口袖口露出紫貂柔软油亮的锋毛，略有风尘行色，眉宇间倒似是镇定自若，先行下礼去："给太皇太后请安。"太皇太后亲手搀了他起来，牵着他的手凝视着，过了片刻心疼地道："瞧这额头上的汗，看回头让风吹着着了凉。"苏茉尔早亲自去拧了热手巾把子递上来。太皇太后瞧着皇帝拭去额上细密的汗珠，方才淡然问道："听说你是骑马回来的？"

皇帝有些吃力，叫了一声："皇祖母。"太皇太后眼里却

只有淡淡的冷凝："我瞧当日在奉先殿里、列祖列宗面前，对着我发下的誓言，你竟是忘了个干干净净！"语气已然凛冽，"竟然甩开大驾，以万乘之尊轻骑简从驰返数十里，途中万一有闪失，你将置自己于何地？将置祖宗基业于何地？难道为了一个女人，你连列祖列宗、江山社稷、大清的天下都不顾了吗？"

皇帝早就跪下去，默然低首不语。苏茉尔悄声道："太皇太后，您就饶过他这遭吧。皇上也是一时着急，方才没想得十分周全，您多少给他留些颜面。"太皇太后长长叹了口气："行事怎能这样轻率？若是让言官们知道，递个折子上来，我看你怎么才好善了。"

皇帝听她语气渐缓，低声道："玄烨知道错了。"太皇太后又叹了一口气，苏茉尔便道："外头那样冷，万岁爷骑马跑了几十里路，再这么跪着……"太皇太后道："你少替他描摹。就他今天这样轻浮的行止，依着我，就该打发他去奉先殿，在太祖太宗灵前跪一夜。"苏茉尔笑道："您打发皇上去跪奉先殿倒也罢了，只是改日若叫几位小阿哥知道，万岁爷还怎么教训他们？"一提及几位重孙，太皇太后果然稍稍解颐，说："起来吧。平日只见他教训儿子，几个阿哥见着跟避猫鼠似的。"可那笑容只是略略一浮，旋即便黯然，"琳琅那孩子，真是……可惜了。御医说才只两个来月，唉……"皇帝刚刚站起来，灯下映着脸色惨白没一丝血色。太皇太后道："也怪琳琅那孩子自己糊涂，有了身子都不知道，还帮着太后宫里挪腾重物，最后闪了腰才知道不好了。你皇额娘这会子，也懊恼后悔得不得了，适才来向我请罪，方叫我劝回去了，你可不许再惹你皇额娘伤心了。"

皇帝轻轻咬一咬牙，过了片刻，方低声答："是。"太皇太后点一点头，温言道："琳琅还年轻，你们的日子长远着呢。我瞧琳琅那孩子是个有福泽的样子，将来必也是多子多福。这回的事情，你不要太难过。"顺手将下自己腕上笼着的佛珠，"将这个给琳琅，叫她好生养着，不要胡思乱想，佛祖必会保佑她的。"

那串佛珠素来为太皇太后随身之物，皇帝心下感激，接在手中又行了礼："谢皇祖母。"道，"夜深了，请皇祖母早些安置。"太皇太后知道他此时恨不得胁生双翼，点点头道："你去吧，也要早些歇着，保重自个儿的身子，也就是孝顺我这个皇祖母了。"

皇帝自慈宁宫出来，梁九功方才领着近侍的太监赶到。十余人走得急了，都是气息未均。皇帝见着梁九功，只问："怎么回事？"梁九功心下早料定了皇帝有此一问，所以甫一进顺贞门，就打发人去寻了知情的人询问，此时不敢有丝毫隐瞒，低低地答："回万岁爷的话，说是卫主子去给太后请安，可巧敬事房的魏总管进给太后一只西洋花点子哈巴狗，太后正欢喜得不得了。那狗认生从暖阁里跑出来，卫主子走进来没留神，踢碰上那狗了。太后恼了，以为卫主子是存心，便要传杖，亏得德主子在旁边帮忙求了句饶，太后便罚卫主子去廊下跪着。跪了两个时辰后，卫主子发昏倒在地下，眼瞧着卫主子下红不止，太后这才命人去传御医。"

梁九功说完，偷觑皇帝的脸色，迷茫的夜色里看不清楚，只一双眼里，似燃着两簇幽暗火苗，在暗夜里也似有火星飞溅开来。梁九功在御前当差已颇有年头，却从未见过皇帝有这样的神色，心里打个哆嗦。过了半晌，方听见皇帝似从齿缝里挤

出两个字来："起驾。"一众人簇拥了皇帝的暖轿，径直往西
六宫去。

　　皇帝一路上都是沉默不语，直至下了暖轿，梁九功上前一
步，低声道："万岁爷，奴才求万岁爷——有什么话，只管打
发奴才进去传。"皇帝不理他，径直进了垂华门。梁九功亦步
亦趋地紧紧相随，连声哀求："万岁爷，万岁爷，祖宗立下的
规矩，圣驾忌讳。您到了这院子里，卫主子知道，也就明白您
的心意了。"见皇帝并不停步，心中叫苦不迭。数名御医、敬
事房的总管并些太监宫女，早就迎出来了，黑压压跪了一地。
见皇帝步履急促已踏上台阶，敬事房总管魏长安只得磕了一
个头，硬着头皮道："万岁爷，祖宗家法，您这会子不能进
去。"

　　皇帝目光冷凝，只瞧着那紧闭着的门窗，道："让开。"

　　魏长安重重磕了一个头，道："万岁爷，奴才不敢。您这会
子要是进去，太后非要了奴才的脑袋不可。只求万岁爷饶奴才一
条狗命。"皇帝正眼瞧也不瞧他，举起一脚便向魏长安胸口重重
踹出，只踹得他闷哼一声，向后重重摔倒，后脑勺磕在那阶沿
上，暗红的血缓缓往下淌，淋淋漓漓的一脖子，半晌挣扎爬不起
来。余下的人早吓得呆了。皇帝举手便去推门，梁九功吓得魂飞
魄散，抢上来抱住皇帝的腿："万岁爷，万岁爷，奴才求您替卫
主子想想——奴才求万岁爷三思，这会子坏了规矩事小，要是叫
人知道，不更拿卫主子作筏子？"他情急之下说得露骨直白，皇
帝一怔，手终于缓缓垂下来。梁九功低声道："万岁爷有什么
话，让奴才进去传就是了。"

　　皇帝又是微微一怔，竟低低地重复了一遍："我有什么
话……"瞧着那紧闭的门扇，镂花朱漆填金，本是极艳丽热闹

的颜色，在沉沉夜色里却是殷暗发紫，像是凝仁了的鲜血，映在眼里触目刺心。只隔着这样一扇门，里面却是寂无声息，寂静得叫人心里发慌，恍惚里面并没有人。他心里似乎生出绝望的害怕来，心里只翻来覆去地想，有什么话……要对她说什么话……自己却有什么话……便如乱刀绞着五脏六腑，直痛不可抑。更有一种前所未有的惊惧，背心里竟虚虚地生出微凉的冷汗来。

屋里并不宽敞，一明一进的屋子，本是与另一位答应同住，此时出了这样的事，方仓促挪了那人出去。旁的人都出去接驾了，只余了慈宁宫先前差来的一名宫女留在屋里照料。那宫女起先听外面磕头声说话声不断，此时却突兀地安静下来。

正不解时，忽听炕上的琳琅低低地呻吟了一声，忙俯近身子，低声唤道："主子，是要什么？"琳琅却是在痛楚的昏迷里，毫无意识地又呻吟了一声，大颗的眼泪却顺着眼角直渗到鬓角中去。那宫女手中一条手巾，半晌工夫一直替她拭汗拭泪，早浸得湿透了，心下可怜，轻声道："主子，万岁爷瞧主子来了。规矩不让进来，这会子他在外面呢。"

琳琅只蹙着眉，也不知听见没有，那眼泪依旧像断了线的珠子似的往下掉着。

梁九功见皇帝一动不动仁立在那里，直如失了魂一样，心里又慌又怕。过了良久，皇帝方才低声对他道："你进去，只告诉她说我来了。"顿了一顿，道，"还有，太皇太后赏了这个给她。"将太皇太后所赐的那串佛珠交给梁九功。梁九功磕了一个头，推门进去，不过片刻即退了出来："回万岁爷的话，卫主子这会子还没有醒过来，奴才传了太皇太后与万岁爷的旨意，也不

知主子听到没有。主子只是在淌眼泪。"皇帝听了最后一句，心如刀割。他心急如焚驰马狂奔回来，盛怒之下惊痛悔愤交加，且已是四个时辰滴水未进，此时竟似脚下虚浮，扶在那廊柱上，定了定神，但见院子里的人都直挺挺跪着，四下里一片死寂，唯有夜风吹过，呜咽有声。那魏长安呻吟了两声，皇帝蓦地回过头来，声音里透着森冷的寒意："来人，将这狼心狗肺的东西给我叉下去！狠狠地打！"

忙有人上来架了魏长安下去。慎刑司的太监没有法子，上来悄声问梁九功："梁谙达，万岁爷这么说，可到底要打多少杖？"

梁九功不由将足一顿，低声斥道："糊涂！既没说打多少杖，打死了再算数！"

琳琅次日午间才渐渐苏醒过来，身体虚弱，瞧出人去，只是模糊的影子，吃力地喃喃低问："是谁？"那宫女屈膝请了个安，轻声道："回主子话，奴才叫碧落，原是太皇太后宫里的人。"软语温言地问："都过了晌午了，主子进些细粥吧？佟贵妃专门差人送来的。还说，主子若是想吃什么，只管打发人问她的小厨房要去。"琳琅微微地摇一摇头，挣扎着想要坐起来，另一名宫女忙上前来帮忙，琳琅这才认出是乾清宫的锦秋。锦秋取过大迎枕，让她斜倚在那枕上，又替她掖好被子。琳琅失血甚多，唇上发白，只是微微哆嗦，问："你怎么来了？"

锦秋道："万岁爷打发奴才过来，说这里人少，怕失了照应。"琳琅听见她提及皇帝，身子不由微微一颤，问："万岁爷回来了？"锦秋道："万岁爷昨儿晚上回来的，一回来就来瞧主子，还在外头院子里站了好一阵工夫呢。"说到这里，想起一事，便走到门口处，双掌轻轻一击，唤进小太监来，道，"去回禀万岁爷，就说主子已经醒了。"碧落又将佛珠取了过来："主子您瞧，这是太皇太后赏的。太皇太后说了，要主子您好生养着，不要胡思乱想，佛祖必会保佑您呢。"

琳琅手上无力，碧落便将佛珠轻轻捧了搁在枕边。外面小宫女低低叫了声："姑姑。"锦秋便走出去。那小宫女道："端主子宫里的栖霞姐姐来了。"那栖霞见着碧落，悄声道："这样东西，是我们主子送给卫主子的。"碧落打开匣子，见是一柄紫玉嵌八宝的如意，华光流彩，宝光照人，不由"哎哟"了一声，道："端主子怎么这样客气。"栖霞道："我们主子原打算亲身过来瞧卫主子，只听御医说，卫主子这几日要静静养着，倒不好来了。我们主子说，出了这样的事，想着卫主子心里定然难过，必是不能安枕。这柄如意给卫主子压枕用的。"又往锦秋手中塞了一样事物，道，"烦姐姐转呈给卫主子，我就不上去烦扰主子了。"

锦秋不由微微一笑，道："主子这会子正吃药，我就去回主子。"栖霞忙道："有劳姐姐了，姐姐忙着，我就先回去了。"

碧落侍候琳琅吃完了药，锦秋便原原本本将栖霞的话向琳琅说了。琳琅本就气促，说话吃力，只断断续续道："难为……她惦记。"锦秋笑道："这会子惦记主子的，多了去了，谁让万岁爷惦记着主子您呢。"她听了这句话，怔怔地，唯有两行泪，无声无息地滑落下来。碧落忙道："主子别哭，这会子断然不能哭，不然再过几十年，会落下迎风流泪的毛病的。"琳琅中气虚弱，喃喃如自语："再过几十年……"碧落一面替她拭泪，一面温言相劝："主子还这样年轻，心要放宽些，这日后长远着

呢。"又讲些旁的话来说着开解着她。

过了片刻，梁九功却来了。一进来先请了安，道："万岁爷听说主子醒了，打发奴才过来。"便将一缄芙蓉笺双手呈上。琳琅手上无力，碧落忙替她接了，打开给她瞧。那笺上乃是皇帝御笔，只写了寥寥数字，正是那句："我心匪石，不可转也。"墨色凝重，衬着那清逸俊采的思白体。她怔怔地瞧着，大大的一颗眼泪便落在那笺上，墨迹顿时洇开了来，紧接着第二颗眼泪又溅落在那泪痕之上。

碧落不识字，还道笺上说了什么不好的话，只得向梁九功使个眼色。梁九功本来一肚子话，见了这情形，倒也闷在了那里，过了半晌，方才道："万岁爷实实惦着主子，只碍着宫里的规矩，不能来瞧主子。昨儿晚上是奴才当值，奴才听着万岁爷翻来覆去，竟是一夜没睡安生，今天早上起来，眼睛都深陷下去了。"见她泪光泫然，不敢再说，只劝道，"主子是大福大贵之人，日后福祚绵长，且别为眼下再伤心了。"

碧落也劝道："主子这样子若让万岁爷知道，只怕心里越发难过。就为着万岁爷，主子也要爱惜自己才是。"

琳琅慢慢抬手掠过长发，终究是无力，只得轻轻喘了口气，方顺着那披散的头发摸索下来，揉成轻轻小小的一团，夹在那笺中。低声道："梁谙达，烦你将这笺拿回去。"

梁九功回到乾清宫，将那芙蓉笺呈给皇帝。皇帝打开来，但见泪痕宛然，中间夹着小小一团秀发，忆起南苑那一夜的"结发"，心如刀绞，痛楚难当，半晌说不出话来。良久才问："还说了什么？"

梁九功想了想，答："回万岁爷的话，卫主子身子虚弱，奴才瞧她倒像有许多话想交待奴才，只是没有说出来。"

那软软的一团黑发，轻轻地浮在掌心里，仿佛一点黑色的光，投到心里去，泛着无声无息黑的影。他将手又攥得紧些，只是发丝轻软，依旧恍若无物。

晚上皇帝去向太皇太后请安，正巧太后亦在慈宁宫里。见着皇帝，太后不免有些不自在，皇帝倒仍是行礼如仪："给太后请安。"太皇太后笑道："你额娘正惦记着你呢，听说你今儿晚膳进得不香，我说必是昨儿打马跑回来累着了，所以懒怠吃饭。"皇帝道："谢太后惦记。"太皇太后又道："快坐下来，咱们祖孙三个，好好说会子话。"

皇帝谢了恩，方才在下首炕上坐了。太皇太后道："适才太后说，琳琅那孩子，真是可怜见儿的。"太后这才道："是啊，总要抬举抬举那孩子才是。"皇帝淡淡地道："宫里的规矩，宫女封主位，不能逾制。"太皇太后笑道："不逾制就不逾制，她现在不是答应吗，就晋常在好了。位分虽还是低，好在过两个月就是万寿节了，到时再另外给个恩典晋贵人就是了。"皇帝这才道："谢皇祖母。"太后此时方笑道："可见这小两口恩爱，晋她的位分，倒是你替她谢恩。"

太皇太后当下便对苏茉尔道："你去瞧瞧琳琅，就说是太后的恩旨，晋她为常在。叫她好生养着，等大好了，再向太后谢恩吧。"

琳琅本睡着了，碧落与锦秋听见说苏茉尔来了，忙都迎出来。锦秋悄声笑道："怎么还劳您老人家过来。主子这会子睡了，奴才这就去叫。"苏茉尔忙道："她是病虚的人，既睡了，我且等一等就是了。"锦秋道："那请嬷嬷里面坐吧，里面暖和。"说话便打起帘子。苏茉尔进了屋子，屋里只远远点着灯，朦胧晕黄的光映着那湖水色的帐幔，苏茉尔猛然有些失神。碧落

低声问："嬷嬷，怎么了？"苏茉尔这才回过神来，道："没事。"便在南面炕上坐了，见炕桌上放着细粥小菜，都只是略动了一动的样子，不由问："卫主子没进晚膳么？"

锦秋道："主子只是没胃口，这些个都是万岁爷打发人送来的，才勉强用了两口粥。这一整日工夫，除了吃药，竟没有吃下旁的东西去。"

苏茉尔不由轻轻叹了口气，低声道："真真作孽。"又叹了口气，"当日董鄂皇贵妃，就是伤心荣亲王……"自察失言，又轻轻叹了一声，转脸去瞧桌上潋潋的烛光。

她回到慈宁宫中，夜已深了。一面打发太皇太后卸妆，一面将琳琅的情形讲了，道："我瞧那孩子是伤心过度，这样下去只怕熬不住。"太皇太后道："如今咱们能做的都做了，还能怎么样呢？"苏茉尔道："今儿我一进去，直打了个寒噤，就想起那年荣亲王夭折，您打发我去瞧董鄂皇贵妃时的情形来。"太皇太后沉默片刻，道："你是说——"苏茉尔道："像与不像都不打紧，只是董鄂皇贵妃当年，可就为着荣亲王的事伤心过度，先帝爷又是为着董鄂皇贵妃……您瞧瞧如今万岁爷那样子，若是这琳琅有个三长两短……"

太皇太后叹了口气，道："晋她的位分，给她脸面，赏她东西，能抬举的我都抬举了。只是这件事情，也怨不得她伤心。"苏茉尔道："总得叫人劝劝她才好。再不然，索性让万岁爷去瞧瞧她，您只装个不知道就是了。"太皇太后又沉默了片刻，道："若是玄烨想见她，谁拦得住？"苏茉尔道："奴才可不懂了。"太皇太后道："玄烨这孩子是你瞧着长大的，他的性子你难道不知道？将她一撂这么些日子，听见出事，才发狂一样赶回来，这中间必然有咱们不知道的缘故。不管这缘故是什么，他如

183

今是'近乡情怯'，只怕轻易不会去见她。"

　　苏茉尔想了想，道："奴才倒有个主意。不如太皇太后赏个恩典，叫她娘家的女眷进宫来见上一面，说不定倒可以劝劝她。"太皇太后道："也罢。想她进宫数年，见着家里人，必然会高兴些。"又笑道，"你替她打算得倒是周到。"苏茉尔道："奴才瞧着她委实是伤心，而且奴才大半也是为了万岁爷。"太皇太后点一点头："就是这句话。他们汉人书本上说，前车之鉴，又说，亡羊补牢，未为晚矣。"

第十二章
休说生生

记绾长条欲别难，盈盈自此隔银湾。便无风雪也摧残。青雀几时裁锦字，玉虫连夜剪春幡。不禁辛苦况相关。

——纳兰容若《浣溪沙》

· · · ·
· ·
·

　　这日天气阴沉，到了下半晌，下起了小雪。纳兰自衙门里回家，见府中正门大开，一路的重门洞开直到上房正厅，便知道是有旨意下来。依旧从西角门里进去，方转过花厅，见着上房里的丫头，方问："是有上谕给老爷吗？"

　　那丫头道："是内务府的人过来传旨，恍惚听见说是咱们家娘娘病了，传女眷进宫去呢。"纳兰便径直往老太太房里去，远远就听见四太太的笑声："您没听着那王公公说，是主子亲口说想见一见您，也不枉您往日那样疼她。"紧接着又是三太太的声音道："那孩子到底也是咱们府里出去的，所以不忘根本。没想到咱们这一府里，竟能出了两位主子。"老太太却说："只是说病着，却不知道要不要紧，我这心里可七上八下的。"

　　四太太笑道："我猜想并不十分要紧，只看那王公公的神

186

色就知道了。您才刚不是也说了，琳琅这孩子，打小就有造化……"话犹未完，却听丫头打起帘子道："老太太，大爷回来了。"屋中诸人皆不由一惊。见纳兰进来，老太太道："我的儿，外面必是极冷，瞧你这脸上冻得青白，快到炕上来暖和暖和。"纳兰这才回过神来，行礼给老太太请了安。老太太却笑道："来挨着我坐。咱们正说起你琳妹妹呢。"

纳兰夫人不由担心，老太太却道："才刚内务府的人来，说咱们家琳琅晋了后宫主位。因她身子不好，要传咱们进宫去呢。这是大喜事，叫你也高兴高兴。"纳兰过了半晌，方才低声说了个"是"。

老太太笑道："咱们也算是锦上添花——没想到除了惠主子，府里还能再出位主子。当年琳琅到了年纪，不能不去应选，我只是一千一万个舍不得，你额娘还劝我，指不定她是更有造化的，如今可真是说准了。"

纳兰夫人这才笑道："也是老太太的福气大，孙女儿那样有福分，连外孙女儿也这样有福分。"三太太、四太太当下都凑着趣儿，讲得热闹起来。老太太冷眼瞧着纳兰只是魂不守舍的样子，到底是不忍，又过了会子就道："你必也累了，回房去歇着吧。过会子吃饭，我再打发人去叫你。"

纳兰已经是竭力自持，方不至失态，只应个"是"便去了。屋里一下子又静下来，老太太道："你们不要怪我心狠，眼下是万万瞒不过的。不如索性挑明了，这叫'以毒攻毒'。"屋中诸人皆静默不语，老太太又叹了一声："只盼着他从此明白过来吧。"

纳兰回到自己屋中，荷葆见他面色不好，只道是回来路上冻着了，忙打发人去取了小红炉来，亲自拿酒旋子温了一壶梅花酒，酒方烫热了，便端进暖阁里去，见纳兰负手立在窗前，庭中所植红梅正开得极艳。枝梢斜敧，朱砂绛瓣，点点沁芳，寒香凛冽。荷葆悄声劝道："大爷，这窗子开着，北风往衣领里钻，再冷不过。"纳兰只是恍若未闻，荷葆便去关了窗子。纳兰转过身来，拿起那乌银梅花自斟壶来，慢慢向那冻石杯中斟满了，却是一饮而尽。接着又慢慢斟上一杯，这样斟得极慢，饮得却极快，吃了七八杯酒，只觉耳醺脸热。摘下壁上所悬长剑，推开门到得庭中。

荷葆忙跟了出来，纳兰却拔出长剑，将剑鞘往她那方一扔，她忙伸手接住了。只见银光一闪，纳兰舞剑长吟："未得长无谓，竟须将、银河亲挽，普天一洗。麟阁才教留粉本，大笑拂衣归矣。如斯者、古今能几？"只闻剑锋嗖嗖，剑光寒寒，他声音却转似沉痛，"有限好春无限恨，没来由、短尽英雄气。暂觅个，柔乡避。"其时漫天雪花，纷纷扬扬，似卷在剑端，"东君轻薄知何意。尽年年、愁红惨绿，添人憔悴。两鬓飘萧容易白，错把韶华虚费。便决计、疏狂休悔。"说到悔字，腕下一转，剑锋斜走，削落红梅朵朵，嫣然翻飞，夹在白雪之中，殷红如血。梅香寒冽，似透骨入髓，氤氲袭人。

他自仰天长啸："但有玉人常照眼，向名花、美酒拼沉醉。天下事，公等在。"吟毕脱手一掷，剑便生生飞插入梅树之下积雪中，剑身兀自轻颤，四下悄无声息，唯天地间雪花漫飞，无声无息地落着，绵绵不绝。

其时风过，荷葆身上一寒，却禁不住打了个激灵。但见他黯然伫立在风雪之中，雪花不断地落在他衣上，却是无限萧索，直如这天地之间，只剩他一人孤零零。

荷葆为着此事焦心了半日，等到了晚上，见屋子里没有人，

方才相机劝道："大爷的心事我都明白。荷葆自幼侍候大爷，自打琳姑娘进了宫，大爷就一直郁郁不乐，可如今姑娘成了主子，大爷也要再娶亲了，这缘分真是尽了。大爷且看开些，姑娘晋了主位，那是莫大的喜事啊。"

纳兰这才知道她想岔了，心中酸涩难言："难道如今连你也不明白我了——我只是不知她病得如何，若是不碍事，何用传女眷进宫？"荷葆亦知道此等事殊为特例，琳琅的病只怕十分凶险，口中却道："老太太们特意问了宫里来的人，都说不要紧的，只是受了些风寒。"忽道，"大爷既惦记着姑娘如今的病，何不想法子，与姑娘通个信，哪怕只问个安，也了结大爷一桩心事。"

纳兰闻言只是摇头："宫禁森严，哪里能够私相传递，我断断不能害了她。"

荷葆赔笑道："原是我没见识，可太太总可以进宫去给惠主子请安，常有些精巧玩意儿进给主子，惠主子每回也赏出东西来。大爷何不托太太呈给琳姑娘，也算是大爷的一片心。"

纳兰终究只是摇头："事到如今，终有何益？"这么多年来，终究是自己有负于她。茫然抬起眼来，窗外雪光莹然，映在窗棂之上有如月色一般，这样的清辉夜里，但不知沉沉宫墙之内，她终究是何种情形。

这一年却是倒春寒，过了二月初二"龙抬头"的日子，仍旧下着疏疏密密的小雪。赵昌从西六宫里回来，在廊下掸了掸衣上的雪。如今他每日领着去西六宫的差事，回来将消息禀报皇帝，却是好一日，坏一日。他掸尽了衣上的雪，又在那粗毡垫子上将靴底的雪水蹭了，方进了暖阁，朝上磕了一个头。皇帝正看折子，执停着笔，只问："怎么样？"赵昌道："回万岁爷的话，今儿早起卫主子精神还好，后来又见了家里人，说了好一阵子的话，还像是高兴的样子。中午用了半碗粥，太皇太后赏的春卷，主子倒用了大半个。到了下半晌，就觉得不受用，将吃的药全呕出来了。"

皇帝不由搁下笔，问："御医呢，御医怎么说？"

赵昌道："已经传了太医院当值的李望祖、赵永德两位大人去了。两位大人都对奴才说，主子是元气不足，又伤心郁结，以致伤了脾胃肝腑。既不能以饮食补元气，元气既虚，更伤脏腑，脏腑伤，则更不能进饮食，如是恶恶因循。两位大人说得文绉绉的，奴才不大学得上来。"皇帝是有过旨意，所用的医案药方，都要呈给他过目的，赵昌便将所抄的医案呈上给皇帝。皇帝看了，站起来负着手，只在殿中来回踱着步子，听那西洋大自鸣钟嚓嚓地响着。梁九功侍立在那里，心里只是着急。

皇帝吁了一口气，吩咐道："起驾，朕去瞧瞧。"

梁九功只叫了声："万岁爷……"皇帝淡淡地道："闭嘴，你要敢啰唆，朕就打发你去北五所当秽差。"梁九功哭丧着脸道："万岁爷，若叫人知道了，只怕真要开销奴才去涮马桶，到时候万岁爷就算想再听奴才啰唆，只怕也听不到了。"皇帝心中焦虑，也没心思理会他的插科打诨，只道："那就别让人知道，你和赵昌陪朕去。"

梁九功见劝不住，只得道："外面雪下得大了，万岁爷还是加件衣裳吧。"便去唤画珠，取了皇帝的鸦青羽缎斗篷来。赵昌擎了青绸大伞，梁九功跟在后头，三人却是无声无息就出了乾清宫。一出垂花门，雪大风紧，风夹着雪霰子往脸上刷来，皇帝不由打了个寒战，梁九功忙替他将风兜的绦子系好。三个人冲风冒

190

雪，往西六宫里去。

雪天阴沉，天黑得早，待得至储秀宫外，各宫里正上灯。储秀宫本来地方僻静，皇帝抬头瞧见小太监正持了蜡扦点灯，耳房里有两三个人在说话，语声隐约，远远就闻着一股药香，却是无人留意他们三人进来。因这两日各宫里差人来往是寻常事，小太监见着，只以为是哪宫里打发来送东西的。见他们直往上走，便拦住了道："几位是哪宫里当差的？主子这会子歇下了。"

皇帝听到后一句话，微微一怔。梁九功却已经呵斥道："小猴儿崽子，跟我来这一套。我是知道你们的，但凡有人来了，就说主子歇下了。"那小太监这才认出他来，连忙打个千儿，道："梁谙达，天黑一时没认出您来。这两日来的人多，是御医吩咐主子要静养，只好说歇下了。"只以为梁九功是奉旨过来，也未尝细看同来的二人，便挑起了帘子。梁九功见皇帝迟疑了一下，于是也不吱声，自己伸手掀着那帘子，只一摆头，示意小太监下去，皇帝却已经踏进了槛内。

本来过了二月二，各宫里都封了地炕火龙。独独这里有太皇太后特旨，还笼着地炕。屋里十分暖和，皇帝一进门，便觉得暖气往脸上一扑，却依旧夹着药气。外间屋内无人，只炉上银吊子里熬着细粥，却煮得要沸出来了。皇帝一面解了颔下的绦子，赵昌忙替他将斗篷拿在手里。皇帝却只是神色怔忡，瞧着那大红猩猩毡的帘子。

梁九功抢上一步，却已经将那帘子高高打起。皇帝便进了里间，里面新铺的地毯极厚，皇帝脚上的鹿皮油靴踩上去，软软绵绵陷下寸来深，自是悄无声息，不知为何，一颗心却怦怦直跳。

雪渐渐地停了，那夜风刮在人脸上，直如刀割一般。赵昌站在檐下，冻得直呵手，远远瞧见一盏瓜皮灯进了院门，待得近了，借着廊下风灯朦胧的光，方瞧见是宫女扶着一个人，一身大红羽缎的斗篷，围着风兜将脸挡去大半。赵昌怔了一下，这才认出是谁来，忙打个千儿："给惠主子请安。"

惠嫔见是他，以为是皇帝差他过来，便点一点头，径直欲往殿内去。赵昌却并不起身，直挺挺跪在那里，又叫了一声："惠主子。"惠嫔这才起了疑心。梁九功已经打里面出来了，只默不作声请了个安。惠嫔见着他，倒吃了一惊，怔了怔才问："万岁爷在里面？"梁九功并不答话，微笑道："主子若有要紧事，奴才这就进去回一声。"

惠嫔道："哪里会有要紧事，不过来瞧瞧她——我明儿再来就是了。"扶着宫女的手臂，款款拾阶而下。梁九功目送她走得远了，方转身进殿内去，在外间立了片刻，皇帝却已经出来了。梁九功见他面色淡然，瞧不出是喜是忧，心里直犯嘀咕，忙忙跟着皇帝往外走，方走至殿门前，眼睁睁瞅着皇帝木然一脚踏出去，忙低叫一声："万岁爷，门槛！"亏得他这一声，皇帝才没有绊在那槛上。他抢上一步扶住皇帝的手肘，低声道："万岁爷，您这是怎么啦？"皇帝定了定神，口气倒似是寻常："朕没事。"目光便只瞧着廊外黑影幢幢的影壁，廊下所悬的风灯极暗，梁九功只依稀瞧见他唇角略略往下一沉，旋即面色如常。

赵昌见着他二人出来，上来替皇帝围好了风兜。待出了垂花门，顺着长长的永巷走着，赵昌这才觉出不妥来，皇帝的步子却是越走越快，他与梁九功气喘吁吁地跟着，那冷飕飕的夜风直往口鼻中灌，喉咙里像是钝刀子割着似的，剌剌生剌了一般。梁九

功见皇帝径直往北去，心下大惊，连赶上数步，喘着气低声道："万岁爷，宫门要下钥了。"皇帝默不作声，脚下并未停步，夜色朦胧里也瞧不见脸色。他二人皆是跟随御前多年的人，心里七上八下，交换了一个眼色，只得紧紧随着皇帝。

一直穿过花园，至顺贞门前。顺贞门正在落钥，内庭宿卫远远瞧见三人，大声喝问："是谁？宫门下钥，闲杂人等不得走动。"梁九功忙大声叱道："大胆，御驾在此。"内庭宿卫这才认出竟然是皇帝，直吓得扑腾跪下去行礼，皇帝却只淡淡说了两个字："开门。"内庭宿卫"嗻"了一声，命数人合力，推开沉重的宫门。梁九功心里隐隐猜到五六分，知万万不能劝，只得跟着皇帝出了顺贞门。神武门的当值统领见着皇帝步出顺贞门，只吓得率着当值侍卫飞奔迎上，老远便呼啦啦全跪下去。那统领硬着头皮磕头道："奴才大胆，请皇上起驾回宫。"

皇帝淡淡地道："朕出来走一走就回去，别大惊小怪的。"那统领只得"嗻"了一声，率人簇拥着皇帝上了城楼。

雪虽停了，那城楼之上北风如吼，吹得皇帝身上那件羽缎斗篷扑扑翻飞。赵昌只觉得风吹得寒彻入骨，直打了个哆嗦，低声劝道："万岁爷，这雪夜里风贼冷贼冷，万岁爷万金之躯，只怕万一受了风寒，还是起驾回去吧。"皇帝目光却只凝望着那漆黑的城墙深处，过了许久，方才道："朕去走一走再回去。"

梁九功无法可想，只得向赵昌使个眼色。赵昌道："那奴才替万岁爷照着亮。"皇帝默不作声，只伸出一只手来。赵昌无可奈何，只得将手中那盏鎏银玻璃灯双手奉与皇帝，见皇帝提灯缓步踱向夜色深处，犹不死心，亦步亦趋地跟出数步。皇帝蓦然回过头来，双眼如寒星微芒，那目中森冷，竟似比夜风雪气更寒。他打了个寒噤，只得立在原处，眼睁睁瞧着那玻璃灯的一星微光，渐去渐远。

众人伫立在城楼之上，寒风凛冽，直吹得人冻得要麻木了一般。梁九功心中焦灼万分，双眼直直盯着远处那星微光。赵昌也一瞬不瞬死死盯着，那盏小小的灯火，在夜风中只是若隐若现。众人皆是大气也不敢出，唯闻北风呜咽，吹着那城楼檐角所悬铜铃，在风中哐啷哐啷响着。那盏灯光终于停在了极远深处，过了良久，只是不再移动。

梁九功觉得全身上下都麻木了，那寒风似乎一直在往胸腔子里灌着，连眨一眨眼睛也是十分吃力，先前还觉得冷，到了此时，连冷也不觉得了，似乎连脑子都被冻住了一般，只听自己的一颗心，在那里扑通扑通跳着，尽管跳着，却没有一丝暖意泛出来。就在此时，却瞅着那盏灯光突然飞起划过夜幕，便如一颗流星一样直坠飞下，刹那间便跌下城墙去了。梁九功大惊失色，只吓得脱口大叫一声："万岁爷！"便向前飞奔。

众人皆吓得面无人色，那统领带着侍卫们，向那城墙上飞奔而去，直一口气奔出两箭之地，方瞧见皇帝好端端立在雉堞之前，这才放下心来。梁九功背心里的衣裳全都汗湿透了，只连连磕头，道："万岁爷，您可吓死奴才了。奴才求万岁爷保重圣躬。"

皇帝微微一笑，侍卫们手里皆提着羊角风灯，拱围在他身侧，那淡淡的光亮照着，皇帝的脸色倒似泰然自若："朕不是好端端的么？"极目眺望，寒夜沉沉，九城寥寥的人家灯火尽收眼底。皇帝唇角上扬，倒似笑得十分舒畅："你瞧，这天下全是朕的，朕为什么不保重朕躬？"梁九功听他口气中殊无半分喜怒之

意，心里只是惶然到了极点，只得又磕了一个头，耳中却听皇帝道："起驾回宫吧。"

待回到乾清宫，梁九功怕皇帝受了风寒，忙命人备了热水，亲自侍候皇帝洗了澡。皇帝换了衣裳，外头只穿了团寿倭缎面子的狐腋。梁九功赔笑道："这暖阁里虽不冷，万岁爷刚洗完澡，身上的汗毛都是松的。夜已经深了，万岁爷若是还看折子，再加上件大毛的衣服吧。"皇帝懒怠说话，只挥了挥手。梁九功就叫画珠去取了件玄狐来，侍候皇帝穿上。皇帝随口问："有什么吃的没有？"

皇帝本没有用晚膳，想必此时饿了。梁九功不觉松了口气："回万岁爷的话，备的有克食，有奶酪，有南边刚进的粳米熬的粥。"

皇帝道："那就点心和酪吧。"

梁九功道："是。"又问，"万岁爷还是用杏仁酪吗？"皇帝道："朕吃腻了，换别的。"

梁九功又应了个"是"，走出去叫尚膳的太监预备。过不一会儿，就送了来四样点心，乃是鹅油松瓤卷、榛仁栗子糕、奶油芋卷、芝麻薄脆，并一碗热气袅袅的八宝甜酪。皇帝执了银匙，只尝了一口酪，就推开碗去。梁九功赔笑道："万岁爷是不是觉得不甜？奴才再加上些糖。"打开大红雕漆盘中搁的小银糖罐子，又加了半匙雪花洋糖。皇帝抬起头来，看见画珠站在地下，便向她招了招手。画珠上前来，皇帝指了指面前的那碟鹅油松瓤卷，说："这个赏你了。"

画珠既惊且喜，忙笑吟吟请了个安，道："谢万岁爷。"

皇帝见她双颊晕红，十分欢欣的样子，问："你进宫几年了？"

“奴才进宫三年了。”

皇帝“嗯”了一声，又问：“宫里好不好？”

她答：“宫里当然好。”

皇帝却笑了，那样子像是十分愉悦，只是眼睛却望着远处的烛火：“你倒说说，宫里怎么个好法？”

她答：“在宫里能侍候万岁爷，当然好。”

皇帝又“嗯”了一声，自言自语一样：“在宫里能侍候朕，原来是好。”画珠道：“能够侍候万岁爷，那是奴才几辈子才能修来的福分。”因她站在纱灯之下，照着她穿的青绸一斗珠羔皮袄子，身姿楚楚。皇帝忽然道：“你钮子上系的手绢，解下来给朕瞧瞧。”

画珠怔了一下，忙解下来双手奉与皇帝。皇帝见那素白绢子，四角绣着四合如意云纹，手心里虚虚地生了汗意，不由自主攥得紧了，过了好一会子，方问：“这手绢是你绣的？”画珠道：“回万岁爷的话，这绢子原是卫主子的。卫主子还在乾清宫当差的时候，奴才原来和她好，所以给了奴才这个。”

皇帝脸上神色十分恍惚，过了好一会子，向她伸出手去。她受宠若惊，又有几分诚惶诚恐，迟疑了片刻，终于怯怯地将自己的手交给皇帝。皇帝握着她的手，她只觉得皇帝的手心滚烫，指尖却是微凉的，并不甚用力地捏着自己的手，仿佛随时都会松开。她心中惶惑，身侧的烛台上烛焰跳了一跳，就像是在梦境里一样。

皇帝的声音听起来十分遥远：“朕册封你做贵人吧。”

她吓了一跳，立时答：“奴才不敢。”便欲跪下去。皇帝手上却加了劲，她不知是挣开好，还是不挣扎好，就这么一迟疑，已经被皇帝揽入怀中。御衣袖襟间的龙涎薰香，夹杂着清雅的

西洋夷皂的味道，还有皇帝身上那种陌生的男子气息。她头晕目眩，本能地想挣开去，皇帝的气息却暖暖地拂在脸上："别动。"她身子一软，再无半分气力。皇帝的声音就在头顶上，听起来既陌生，又熟悉，很低，语音零乱并不清楚："就这样……别动……"

她素来胆大，此时手足酸软，脑中竟然是一片茫然，浑身的力气都像是突然被抽光了，连移动一个小指头也不能。皇帝就那样静静地揽着她，窗外风声萧瑟，吹得那绵厚的窗纸微微鼓起。远远听到坼声，笃笃的一声，又一声，像敲在极远的荒野一般。她的手臂渐渐地发了麻，痹意酸酸地顺着手肘蹿上去。皇帝却依旧一动不动，仿佛过了许久，才听到他的声音，似透着无尽的倦意："这么久以来，朕以为你懂得……"

他的呼吸拂在她的颈间，她抬起脸来，双唇颤抖着，像是不知道说什么才好。皇帝迟疑了一下，终于吻在她的唇上，他的唇冰冷不带丝毫温度。她脸上滚烫，身上也似燃着一把火，慢慢地伸出手去，回抱住皇帝的身躯。

琳琅调养了月余，方渐渐有了起色，这日终于可以下地走动。方吃过了药，琳琅见碧落进来，神气不同往日，便问："怎么了？"碧落欲语又止，可是依着规矩，主子问话是不能不答的，想了一想，说道："奴才打慈宁宫回来，听崔谙达说起皇上……"她这样吞吞吐吐，琳琅问："皇上怎么了？"碧落道："说是万岁爷圣躬违和。"琳琅一怔，过了片刻方问："圣躬违和，那太医们怎么说？"

圣躬不豫已经不是一日两日，太医院院判刘胜芳的脉案，起初不过脉象浮紧，只是外感风寒，积消不郁，吃了两剂方子，本已经见汗发透了，皇帝便出宫去了南苑。路上弃舆乘马，至南苑后略感反复，却仍未听御医的劝阻，于丙子日抱恙大阅三军，劳累之下，当晚便发起高热，数日不退，急得太皇太后又打发李颖滋、孙之鼎二人赶赴南苑。三位太医院院史商量着开方，依着规矩，脉案除了呈与太皇太后、太后，只得昭告阁部大臣圣躬违和。除了依旧脉象浮紧，形寒无汗之外，又有咳嗽胸胁引痛，气逆作咳，痰少而稠，面赤咽干，苔黄少津，脉象弦数。

碧落从崔邦吉口中辗转听来，本就似懂非懂，琳琅再听她转述，只略略知道是外感失调，病症到了此时程度，却是可大可小，既然昭告群臣，必然已经是病到不能理政，默默坐在那里，心中思绪繁杂，竟没有一个念头抓得住。

碧落只得劝道：“主子自己的身子才好了些，可不能过于着急。万岁爷乃万乘之尊，自是百神呵护，且太医院那些院史御医寸步不离地守在南苑，必是不要紧的。”见琳琅仍是怔忡不安的样子，也只有一味地讲些宽心话。

琳琅坐在那里，出了半晌的神，却道：“我去给太皇太后请安。”碧落道：“天气虽然暖和，主子才调养起来，过几日再去也不妨。”琳琅轻轻摇一摇头，道：“拿大衣裳来吧。”

她身体犹虚，至慈宁宫外，已经是一身薄汗，略理了妆容衣裳，方进去先行了礼。太皇太后端坐在炕上，依旧是慈爱平和，只叫人：“快挽起来。”又道，“可大好了？总该还养几日才是，瞧你说话中气都还不足。”琳琅谢了恩，太皇太后又赐了座，她这才见着佟贵妃陪坐在西首炕上，眼圈微红，倒似哭过一般。

太皇太后放下茶盏，对琳琅道：“瞧着你好了，也叫人安

心。"忽闻太监通传："启禀太皇太后，太子爷来了。"

太子年方七岁，比起寻常孩子，略显少年老成，毕恭毕敬地向太皇太后行了礼，又向佟贵妃见了礼，见着琳琅，只略一迟疑，乌黑明亮的眼睛里透出一丝疑惑，太皇太后已经伸手道："保成，来跟着我坐。"

太子挨着她依依在膝下坐了，太皇太后道："听说你想去南苑，难得你有这份孝心，你皇阿玛身子不豫，南苑那边，本来就不比宫里周全。"太子道："太皇太后，您就让我去吧。我去侍候皇阿玛汤药，担保不给皇阿玛添乱。"太皇太后不由笑道："好孩子，难得你有这份心，你皇阿玛知道一定欢喜。"太子闻她语中有应允之意，只喜滋滋起身打了个千儿："谢太皇太后。"

太皇太后便嘱咐苏茉尔："告诉跟着太子的人，要好好地侍候着。还有太子的舆轿，要严严实实的，虽然天气暖和，但路上风大。再告诉他们，路上的关防可要仔细了，若有什么事，我第一个不饶他们。"

苏茉尔一一答应着。太皇太后又问太子："保成，你独个儿走那样远的路，怕不怕？"太子摇摇头，道："不怕，有谙达嬷嬷跟着，还有师傅们呢。"太皇太后点一点头，道："真是好孩子。"向琳琅道，"其实南苑地方安静，倒便于养病。你身子才好，过去歇两天，比在宫里自在，就跟太子一块儿过去，路上也好有个照应。"

琳琅只得站起身来，应了个"是"。

却说佟贵妃回到自己宫中，正巧惠嫔过来说话，惠嫔见她略有忧色，只道："也不知道皇上如今可大安了，南苑来的信儿，一时这样说，一时又那样讲，直说得我这心里七上八下的。"佟贵妃道："今儿听见太皇太后答应太子，让他过去给皇上请安。"惠嫔道："难为太子，年纪虽小，真正懂事。"顿了顿，又道，"姐姐何不也请了太皇太后懿旨，去瞧瞧皇上？顺便也好照应太子。他到底是孩子，南苑虽近，这一路总是不放心。"

佟贵妃轻轻叹了口气，道："太皇太后想得自是周到。"惠嫔听她似是话中有话，但素知这位贵妃谨言慎行，不便追问，回到自己宫中才叫人去打听，这才知道太皇太后命琳琅去南苑。

惠嫔只是坐卧不宁。承香见着她的样子，便顺手接了茶自奉与惠嫔，又悄悄地命众人都下去了，方低声道："主子别太焦心。"

惠嫔道："你叫我怎么不焦心。"顿了顿又道，"瞧那日咱们去储秀宫的情形，必然是万岁爷在屋里——竟连规矩忌讳都顾不得了，这琳琅……"说到名字，又轻轻咬一咬牙，"皇上如今病成这样子，不过是为了——"到底忍住了话，只说，"如今太皇太后，又还在中间周全。"

承香道："主子且宽心，凭她如何，也越不过主子您去。何况如今瞧这情形，万岁爷不是终究恼了她么？"

惠嫔道："就算这回是真恼了她，不怕一万，就怕万一。她若知道卫家当日是如何坏的事，必生嫌隙。她万一得了机会，在皇上面前稍稍挑拨两句，咱们的日子可就难过了。"

承香道："主子不是常说，万岁爷素来将前朝与后宫分得极清，不徇私情么？"惠嫔道："这话如何能说得准，就算皇上那里她泼不进什么坏水去，底下人奉承她，明的暗的总会让我们吃亏。你瞧瞧如今这情形，连太皇太后都在旁边维护她，还不是因为皇上心中有她的缘故？当日阿玛的意思，送她来应

选，以为她必是选得上，待放出去，也是二十多岁的老姑娘了，嫁不到什么好人家，没想到反倒弄巧成拙。如今倒叫我们大费手脚。"

承香想了想，道："那日老太太不是进宫来——只可惜四太太没来，不然也有个商量。"

惠嫔只管出神，过了许久方道："老太太这么些年是蒙在鼓里，这样的事，总不好叫她老人家知道。"伸手接了茶，轻轻叹口气，"走一步算一步吧，若是万岁爷始终不肯撒开手，咱们可没法子。但万岁爷曾那样看重她，自然有人恨得牙痒痒。咱们只管往后瞧，到时四两拨千斤，可就省心省力了。"

天气暖和，官道两旁的杨柳依依，只垂着如碧玉妆成，轻拂在那风里，熏风里吹起野花野草的清香，怡人心脾。太子只用了半副仪仗，亦是从简的意思。琳琅的舆轿随在后列，只闻扈从车马声辘辘，心如轮转，直没个安生。

锦秋数年未出宫，此番出来自是高兴。虽碍着规矩未敢说笑，但从象眼窗内偶然一瞥外间景物，那些稼轩农桑，那些陌上人家，眼里不禁闪过一丝欢喜。琳琅瞧着她的样子，心里却微微生出难过来，柔声问："锦秋，你就要放出去了吧？"

锦秋道："回主子话，奴才是今年就要放出去了。"琳琅轻轻叹了口气，低声道："今年就要放出去了——可以家去了。"只望着象眼格窗外，帘帷让风吹得微微拂动，那碧蓝碧蓝的天，并无一丝云彩，望得久了，叫人只想胁下生翼，能飞入那晴霄深处去。

天气晴好，官道宽阔笔直，寻常来往的行人车马早就被关防在数里之外，所以行得极快，未至晌午，便到了南苑。琳琅大病初愈，半日车轿劳顿，未免略有几分疲乏。南苑的总管早就派人洒扫了偏殿，太子进殿中更衣，琳琅也去下处换过衣裳，自有人去知会梁九功禀报皇帝。

皇帝发着高热已有数日，这日略觉稍好了些，挣扎起来见了索额图与明珠，问四川的战事。徐治都大败叛将杨来嘉，复巫山，进取夔州。杨茂勋复大昌、大宁。皇帝听了，心中略宽。明珠又呈上福建水师提督万正色败海寇于海坛的报捷折子，皇帝这才道："这个万正色，到底没辜负朕。"

明珠道："皇上知人善用，当日万正色外放，皇上曾道此人兵法精妙，性情刚毅，可防郑患。如今看来，皇上真是明见万里，独具慧眼。"皇帝欲待说话，却是一阵大咳，梁九功忙上来侍候，皇帝咳嗽甚剧，明珠与索额图本来皆蒙赐座，此时不由自主从小杌子上站了起来，一旁宫女手忙脚乱，奉上热奶子。皇帝却挣扎着摆手示意不用，过了半晌才渐渐平复下来，极力地压抑咳喘："朕都知道了，你们先下去办差吧。"

明珠与索额图跪下磕了头，皆道："请皇上保重圣躬。"却行后退。皇帝突然又唤："明珠，你留下来。"明珠忙"嗻"了一声，垂手侍立。

皇帝却许久未说话，太监宫女做事皆是轻手轻脚，殿中只闻皇帝时时咳嗽数声，明珠心中纳闷，皇帝却拾起枕畔那柄白玉如意，在手中把玩，道："你昨儿递的这柄如意，朕瞧着甚是喜欢。"又咳嗽几声，道，"朕记得见过的那柄紫玉如意，容若是否赠给人了？"明珠不知首尾，只道："奴才这就去问——想是赠予友人了吧。"皇帝道："朕不过白问一句，你若回去一提，若叫旁人知道，岂不以为朕想着臣子的东西。"明珠悚然冷汗，只连声道："是，是。奴才愚钝。"皇帝又咳嗽起来，强自挥

手，明珠忙磕头跪安。

梁九功侍候皇帝半卧半躺下，觑见皇帝精神犹可，便回道："太子爷请了太皇太后懿旨，来给万岁爷您请安呢。"皇帝果然略略欢喜："难为他——他那几个师傅，确实教得好。"又咳起来，只说，"他既来了，就叫他来。"

皇帝见了太子，先问太皇太后与太后是否安好，再问过功课，太子一一答了。皇帝本在病中，只觉得身上焦灼疼痛，四肢百骸如在炭火上烤着，自己知道又发热起来，勉强又问了几句话，便叫太子跪安了。

太监上来侍候皇帝吃药，梁九功想了一想，终于还是道："万岁爷，卫主子也来了。"皇帝将那一碗药一口饮尽，想是极苦，微微皱一皱眉头。方漱了口，又咳嗽不止，直咳得似是要掏心挖肺一般，全身微微发颤，半伏在那炕几之上，梁九功忙替他轻轻抚着背心。皇帝终于渐渐忍住那咳喘，却道："叫她回去，朕……"又咳了数声，道，"朕不见她。"

梁九功只得赔笑道："卫主子想是大好了，这才巴巴儿请了旨来给万岁爷请安。万岁爷就瞧她这么老远……"话犹未落，皇帝已经拿起枕畔的如意，只闻"砰"一声，那如意已经被皇帝击在炕几上，四溅开来，落了一地的玉碎粉屑，直吓得太监宫女全都跪了一地，梁九功打个哆嗦也跪了下去。皇帝道："朕说不见……"言犹未毕，旋即又伏身大咳，直咳得喘不过气来。

因着天气暖和，殿前的海棠开了，如丹如霞，娇艳欲滴，花枝斜出横逸，在微风中轻轻摇曳，映在那素白的窗纱上，花影一剪便如描画绣本。

梁九功轻轻咳嗽一声，道："万岁爷既然有这样的旨意，主子明儿就回宫去吧。主子身子才好，回去静静养着也好。”

琳琅瞧着窗纱上的海棠花影，缓缓问：“万岁爷还说了什么？”

梁九功道：“万岁爷并没有说旁的。”想了一想，又说，“按理说咱们当奴才的，不应该多嘴，可是那次万岁爷去瞧主子……”又顿了一顿，不知该如何措辞。琳琅略一扬脸，锦秋屈膝行了个礼，便退下去了。

她微微生了忧色，说：“梁谙达，上次皇上去瞧我，我正吃了药睡着，十分失仪，醒来皇上已经走了。我问过锦秋，她说是万岁爷不让叫醒的。不知是不是我梦中无状，御前失仪。”

梁九功本担心她失子伤痛之下说出什么话来与皇帝决裂，以至闹成如今局面，听她这样讲，不禁微松了口气，道：“主子好好想想当日的情形，是不是哪里无意冲撞了圣意。奴才的话，也只能说这么多了。”琳琅道：“谙达一直照顾有加，我心里都明白，可这次的事，我实实摸不着首尾。”

梁九功是何等的人物，只是这中间牵涉甚广，微一犹豫，琳琅已经从炕上站起来，望着他缓缓道：“这一路来的事端，谙达都看在眼里，谙达一直都是全心全意替皇上打算。皇上既巴巴儿打发谙达过来叫我回去，必有深意。琳琅本不该问，可是实实地不明白，所以还求谙达指点。”

梁九功听她娓娓道来，极是诚恳，心中却也明白，皇帝今日如此恼她，心底却实实最是看重她，日后这位主子的圣眷如何，自己可真估摸不准，眼下无论如何，不敢不为自己留着退步。当下赔笑说：“万岁爷的性子，主子还有什么不明白？奴才是再卑贱不过的人，万岁爷的心思，奴才万万不敢揣摩。”顿了顿道，“自打那天万岁爷去瞧过主子，一直没说什么。今儿倒有桩

事，不知有没有干系——万岁爷突然问起纳兰大人的一柄紫玉如意。"

琳琅听到提及容若，心中却是一跳，心思纷乱，知道皇帝向来不在器皿珠玉上留神，心中默默思忖，只不知是何因由，百思不得其解。待梁九功走后，怔怔地出了半晌神，便叫过锦秋来问："那日端主子打发人送来的紫玉如意，还说了什么？"

锦秋倒不防她巴巴儿想起来问这个，答："端主子只说给主子安枕，并没说什么。"

琳琅想了想，又问："那日万岁爷来瞧我，说了些什么？"

锦秋当日便回过她一遍，今日见她又问，只得又从头讲了一遍："那日万岁爷进来，瞧见主子睡着，奴才本想叫醒主子，万岁爷说不用，奴才就退出去了。过了不大会子，万岁爷也出来了，并没说什么。"

琳琅问："皇上来时，如意是放在枕边吗？"

锦秋心中糊涂，说："是一直搁在主子枕边。"

她的心里渐渐生出寒意来，微微打了个寒噤。锦秋见她唇角渐渐浮起笑意，那笑里却有一缕凄然的悲凉，心中微觉害怕，轻声问："主子，您这是怎么啦？"

琳琅轻轻摇一摇头，道："我没事，就是这会子倒觉得寒浸浸的，冷起来了。"锦秋忙道："虽是大太阳的晴天，可是有风从那隔扇边转出来，主子才刚大好起来，添件衣裳吧。"取了夹衣来给她穿上。她想了一想，说："我去正殿请旨。"

锦秋见她这样说，只得跟着她出来，一路往南宫正殿去，方走至庑房跟前，正巧遥遥见着一骑烟尘，不由立住了脚，只以为是要紧的奏折。近了才见着是数匹良骏，奔至垂华门外皆勒住了，唯当先的一匹枣红马奔得发兴，一声长嘶，这才看清马上乘者，大红洋绉纱斗篷一翻，掀开那风兜来，竟是位极俊俏的年轻女子。小太监忙上前拉住了马，齐刷刷地打了个千儿："给宜主子请安。"

那宜嫔下得马来，一面走，一面解着颈中系着的嵌金云丝双绦，只说："都起来吧。"解下了斗篷，随手便向后一掷，自有宫女一曲膝接住，退了开去。

琳琅顺着檐下走着，口中问锦秋："那是不是宜主子？"锦秋笑着答："可不就是她，除了她，后宫里还有谁会骑马？万岁爷曾经说过，唯有宜主子是真正的满州格格。前些年在西苑，万岁爷还亲自教宜主子骑射呢。"说到这里，才自察失言，偷觑琳琅脸色，并无异样，只暗暗失悔。已经来至正殿之前，小太监通传进去，正在此时，却听步声杂沓，数人簇拥而来。当先一人正是适才见着的宜嫔，原来已经换过衣裳，竟是一身水红妆缎窄衤祍箭袖，虽是女子，极是英气爽朗。见着琳琅，略一颔首，却命人："去回皇上，就说太后打发我来给皇上请安。"

小太监答应着去了，宜嫔本立在下风处，却突然闻到一阵幽幽香气，非兰非麝，更不是寻常脂粉气，不禁转过脸来，只见琳琅目光凝视着殿前一树碧桃花，那花开得正盛，艳华浓彩，红霞灿烂，衬得廊庑之下皆隐隐一片彤色。她那一张脸庞直如白玉一般，并无半分血色，却是楚楚动人，令身后的桃花亦黯然失色。

却是梁九功亲自迎出来了，向宜嫔打了个千儿，道："万岁爷叫主子进去。"宜嫔答应了一声，早有人高高挑起那帘子来。宜嫔本已经走到门口，忍不住又回过头去，只见琳琅立在原处，人却是纹丝未动，那目光依旧一瞬不瞬望在那桃花上，其时风过，正吹得落英缤纷，乱红如雨，数点落花飘落在她衣袂间，更有落在她乌亮如云的发髻之上，微微颤动，终于坠下。

宜嫔进了殿中，梁九功倒没有跟进去，回过头来见琳琅缓缓拂去衣上的花瓣。又一阵风过，更多的红瓣纷扬落下，她便垂下手不再拂拭了，任由那花雨落了一身。梁九功欲语又止，最后只说："主子还是回宫去吧。"

琳琅点一点头，走出数步，忽然又止住脚步，从袖中取出玉佩，道："梁谙达，烦你将这个交给皇上。"梁九功只得双手捧了，见是一方如意龙纹汉玉佩，玉色晶莹，触手温润，玉上以金丝嵌着四行细篆铭文，乃是"情深不寿，强极则辱。谦谦君子，温润如玉"，底下结着明黄双穗，便知是御赐之物。这样一个烫手山芋拿在手里，真是进退两难。只得赔笑道："主子，日子还长着呢，等过几日万岁爷大好了，您自个儿见了驾，再交给万岁爷就是了。"

琳琅见他不肯接，微微一笑，说："也好。"接回那玉拿在手中，对锦秋道，"咱们回去吧。"

宜嫔进得殿中，殿中本极是敞亮，新换了雪亮剔透的窗纱，透映出檐下碧桃花影，风吹拂动，夹着一丝若有若无的幽香。她脚上是麂皮小靴，落足本极轻，只见皇帝靠在大迎枕上，手中拿着折子，目光却越过那折子，直瞧着面前不远处的炕几上。她见那炕几上亦堆的是数日积下的奏折，逆料皇帝又是在为政事焦心，便轻轻巧巧请了个安，微笑唤了一声："皇上。"

皇帝似是乍然回过神来，欠起身来，脸上恍惚是笑意："你来了。"稍稍一顿，却又问她，"你怎么来了？"宜嫔道："太后打发我来的。"见皇帝脸色安详，气色倒渐渐恢复寻常样子。皇帝却咳嗽起来，她忙上前替他轻轻捶着背。他的手却是冰冷的，按在她的手背上。她心里不知为何有些担心起来，又叫了一声："皇上。"皇帝倒像是十分疲倦，说："朕还有几本折子看，你在这里静静陪着朕。叫他们拿香进来换上，这香不好，气味熏得呛人。"

地下大鼎里本焚着上用龙涎香，宜嫔便亲自去拣了苏合香来焚上，此香本是宁人心神之用。见皇帝凝神看着折子，偶尔仍咳嗽两声。那风吹过，檐外的桃花本落了一地，风卷起落红一点，贴在了窗纱之上，旋即便轻轻又落了下去，再不见了。

宜嫔想起皇帝昔日曾经教过自己的一句诗："一片花飞减却春，风飘万点正愁人。"那时是在西苑，正是桃花开时，她在灿烂如云霞的桃花林中驰马，皇帝含笑远远瞧着，等她喘吁吁翻身下马，他便念这句诗给她听，她只是璨然一笑："臣妾不懂。"皇帝笑道："朕知道你不懂，朕亦不期望你懂，懂了就必生烦恼。"

可是今日她在檐下，瞧着那后宫中议论纷纭的女子，竟然无端端就想到了这一句，心中不知是什么滋味，只觉得闷闷不好受。她本坐在小杌子上，仰起脸来，却见皇帝似是无意间转过脸去，望着檐下那碧桃花，不过瞬息又低头瞧着折子，殿中只有那苏合香萦萦的细烟，四散开去。

第十三章
花冷回心

冷香萦遍红桥梦，梦觉城笳。月上桃花，雨歇春寒燕子家。箜篌别后谁能鼓，肠断天涯。暗损韶华，一缕茶烟透碧纱。

——纳兰容若《采桑子》

一进三月里，便是花衣期。为着万寿节将近，宫里上上下下皆要换蟒袍花衣。佟贵妃春上犯了咳嗽，精神不济，只歪在那里看宫女们检点着内务府新呈的新衣，七嘴八舌喜滋滋地说："主子您瞧，这些都是今年苏州织造新贡的，这绣活比湘绣、蜀绣更细密雅致呢。"正说得热闹，德嫔与端嫔都来了，端嫔甫进门便笑道："姐姐可大安了？今儿姐姐的气色倒好。"见摆了一炕的五光十色、光彩流离的绫罗绸缎，不由笑道，"这些个衣料摊在这里，乍一见着，还以为姐姐是要开绸缎铺子呢。"

　　佟贵妃略略欠起身来，淡淡地道："劳妹妹惦记，身上已经略好了些。这些衣服料子都是内务府呈进，皇上打发人送过来，叫我按例派给六宫。你们来得巧，先挑吧。"

　　端嫔笑道："瞧贵妃姐姐这话说的，您以副后署理六宫，哪

有我们挑三拣四的道理，左不过你指哪样我就拿哪样呗。"

佟贵妃本欲说话，不想一阵急咳，宫女忙上来侍候巾栉。德嫔见她咳得满面通红，不由道："姐姐要保重，这时气冷一阵，暖一阵，最易受寒。"佟贵妃吃了茶，渐渐安静下来，向炕上一指，道："向来的规矩，嫔位妆花蟒缎一匹，织金、库缎亦各两匹。你们喜欢什么花样，自个儿去挑吧。"

正说着话，宫女来回："宜主子给贵妃请安来了。"德嫔道："今儿倒巧，像是约好的。"宜嫔已经走进来，时气暖和，不过穿着织锦缎福寿长青的夹衣，外面却套着香色琵琶襟坎肩。端嫔笑道："你们瞧她，偏要穿得这样俏皮。"宜嫔对佟贵妃肃了一肃，问了安好，佟贵妃忙命人搀起，又赐了座。端嫔因见宜嫔那香色坎肩上一溜的珍珠扣子，粒粒浑圆莹白，不由轻轻"哎哟"了一声，道："妹妹衣裳上这几颗东珠真漂亮。皇上新赏的？"

她这一说，佟贵妃不由抬起头来。宜嫔道："这明明是珍珠，哪里是东珠了。再借我十个胆子，我也不敢用东珠来做钮子啊。"端嫔轻笑了一声："原是我见识浅，眼神又不好，看错了。"宜嫔素来不喜她，不再搭腔。

佟贵妃命三人去挑了衣料，德、宜二人皆不在这类事上用心，倒是端嫔细细地挑着。只听宜嫔忽然哧地一笑，德嫔便问："妹妹笑什么？"宜嫔道："我笑端姐姐才刚说她自己眼神不好，果然眼神不好，就这些料子，翻拣了这半晌了，还没拿定主意。"端嫔不由动气，只碍着宜嫔在宫中资历既深，且新添了位阿哥，近来皇帝又日日翻她的牌子，眼见圣眷优隆，等闲不敢招惹，只得勉强笑了一声，道："我原是没什么见识，所以半晌拿不定主意。"三人又略坐了坐，知佟贵妃事情冗杂，方起身告辞，忽听佟贵妃道："宜妹妹留步，我还有件事烦你。"

宜嫔只得留下来。佟贵妃想了一想，道："过几日就是万寿节了，储秀宫的那一位，想着也怪可怜的。内务府里的人都是一双势利眼，未必就不敢欺软怕硬。我若巴巴儿地叫她来，或是打发人去，都没得醒目讨人厌。倒是想烦妹妹顺路，将这几件衣料带过去给她。"

宜嫔想了一想，才明白她是说琳琅。虽只在南苑见了一面，佟贵妃这么一提，马上就想起那碧桃花里人面如玉，娉娉婷婷的一抹淡影，直如能刻在人心上似的。当下答应着，命人捧了那些衣料绫罗，向佟贵妃辞出。

她住长春宫，距储秀宫不远，一路走过去。琳琅最初本住在东厢，因地方狭窄，换到西厢暖阁里。锦秋本在廊下做针线，见宜嫔来了，忙丢开了迎上来请安。宜嫔问："你们主子呢？"锦秋不知是何事，惴惴不安道："主子在屋里看书呢。"一面打起帘子。

宜嫔见屋中处处敞亮，十分洁净。向南的炕前放了一张梨花大案，琳琅穿着碧色缎织暗花竹叶夹衣，头上一色珠翠俱无，只横绾着碧玉扁方，越发显得面容白净单薄。她本正低头写字，听见脚步声抬起头来，见是宜嫔进来，亦无意外之色，只从容搁下了笔。

宜嫔命人送上衣料，琳琅道了一声谢，命锦秋接了，却也殊无异色，仿佛那绫罗绸缎看在眼中便是素布白绢一般。宜嫔听人背后议论，说她久蒙圣宠，手头御赐的奇珍异玩不胜其数，瞧她这样子，倒不像是眼高见得惯了，反倒似真不待见这等方物，心中暗暗诧异。

她因见那纸上密密麻麻写满了字，既不识得，更不知什么叫簪花小楷，只觉得整齐好看而已。不由问："这写的是什么？"琳琅答："是庾子山的《春赋》。"知她并不懂得，稍停一停，便道，"就是写春天的词赋。"宜嫔见案上博山炉里焚着香，那炉烟寂寂，淡淡萦绕，她神色安详，眉宇间便如那博山轻缕一样，飘渺若无。衣袖间另一种奇香，幽幽如能入人骨髓。不由道："你焚的是什么香？这屋里好香。"琳琅答："不过就是寻常的沉水香。"目光微错，因见帘外繁花照眼，不自觉轻轻叹了口气，低声念道，"池中水影悬胜镜，屋里衣香不如花。"见宜嫔注目自己，便微微一笑，道，"这句话并无他意，不过是写景罢了。"

宜嫔只觉她平和安静，似乎帘外春光明媚、杂花乱莺皆若无物。她素来是极爽朗通透的一个人，对着她，直如对着一潭秋水，静得波澜不兴，自己倒无端端快快不乐。

从储秀宫回到自己所居的长春宫，又歇了午觉起来，因太阳甚好，命人翻晒大毛衣裳，预备收拾到箱笼里，等夏至那一日再翻出来大晒。正在检点，宫女突然喜滋滋地来报："主子，万岁爷来了。"皇帝已经由十余近侍的太监簇拥着，进了垂花门，宜嫔忙迎出去接驾。日常礼仪只是请了个双安，口中说："给皇上请安。"皇帝倒亲手扶她起来，微笑道："日子长了，朕歇了午觉起来，所以出来走一走。"宜嫔侍候着进殿中，皇帝往炕上坐了，自有宫女奉上茶来。她觉得满屋子皆有那种皮革膻腥，便命人："将那檀香点上。"

皇帝不由笑道："你素来不爱讲究那些焚香，今儿怎么想起来了。"

宜嫔道："才刚正检点大毛衣裳，只怕这屋子里气味不好。"皇帝因见帘外廊下的山茶杜鹃开得正好,花团锦簇,光艳照人,不由随口道:"池中水影悬胜镜,屋里衣香不如花。"谁想宜嫔笑道:"这个我知道,庚什么山的《春赋》。"皇帝略略讶异,道:"庚子山——庚信字子山。"问,"你读他的《春赋》?"

宜嫔璨然一笑:"臣妾哪里会去念这文绉绉的词,是适才往储秀宫去,正巧听卫常在念了这一句……"她性格虽爽朗,但人却机敏,话犹未完,已经自知失言,悄悄往皇帝脸上瞧了一眼,见他并无异色,便笑逐颜开道,"皇上答应过臣妾,要和臣妾一块儿放风筝。皇上是金口玉言,可不许赖。"皇帝笑道:"朕几时赖过你?"

宜嫔便命人取出风筝来,小太监们难得有这样的特旨,可以肆意说笑,一边奔跑呼喝,一边就在院中开始放起。皇帝命长春宫上下人等皆可玩赏,一时宫女们簇着皇帝与宜嫔立在廊下,见那些风筝一一飞起,渐渐飞高。一只软翅大雁,飞得最高最远,极目望去,只成小小黑点,依稀看去形状模糊,便如真雁一般。

皇帝只负手立在那里,仰着头望着那风筝,天气晴好,只淡淡几缕薄云。身畔宜嫔本就是爱说爱闹的人,一时嘈嘈切切,如大珠小珠落玉盘,只听她欢言笑语,如百灵如莺啭。那些宫女太监,哪个不凑趣,你一言我一句,这个说这只飞得高,那个讲那只飞得远,七嘴八舌说得热闹极了。宜嫔越发高兴,指点天上的数只风筝给皇帝看,皇帝随口应承着,目光却一瞬不瞬,只望着最远处的那只风筝。

天上薄薄的云,风一吹即要化去似的。头仰得久了,便有微

微的眩晕。这样的时节里，怎么会有雁？一只孤雁。天南地北双飞客，老翅几回寒暑？渺万里层云，千山暮雪，只影向谁去？定了定神，才瞧出原来只是风筝。风筝飞得那样高那样远，也不过让一线牵着。欢乐趣，伤别苦，就中更有痴儿女。连这死物，竟也似向往自由自在地飞去。

碧落见她立在风口上，便道："主子站了这半晌了，还是进屋里歇歇吧。"

琳琅摇一摇头："我不累。"碧落抬头见高天上数只风筝飞着，不由笑道："主子若是喜欢，咱们也做几只来放。做粗活的小邓最会糊风筝了，不论人物、禽鸟，扎得都跟活的似的。我这就叫他替主子去扎一只。"

琳琅轻轻叹口气，道："何必没的再去招人讨厌。"

碧落道："主子，这宫里都是您敬人一尺，人家倒欺您一丈，那些奴才越发会蹬鼻子上脸来。他们是最会捧高踩低，上回竟敢送了馊饭来，他们敢给宜主子送馊饭么？哪一位得宠，他们就和那西洋哈巴儿似的，最会讨好卖乖。"

琳琅微笑道："跟了我这个没时运的，你们也受了不少连累。"停了停又说，"上回的银子还剩了一点儿，你记得拿去给内务府的秦谙达，不然分给咱们的绢子只怕又是腐了，我倒罢了，你们换季的衣裳，可都在这上头了。"

到了下半晌，荣嫔却打发人来叫碧落去替她打络子，于是琳琅遣锦秋悄悄去了趟内务府，寻着广储司管做衣的秦太监。那秦太监听了她一番言语，似笑非笑，将那锭银子轻轻在手心掂了掂，说道："无缘无故，主子的赏我可不敢收。"锦秋赔笑道："公公素日里照应我们，日后仰仗公公的地方更多，还望公公不嫌少。"秦太监道："咱们做奴才的，主子赏赐，哪敢嫌多嫌少。不过卫主子只是常在位分，前几个月咱们奉了皇上的口谕，一律按着嫔位的份例开销。如今内务府却翻脸不认账，硬是不肯照单核销，这笔银子只得我们自己掏腰包贴出来。这可是白花花上千两银子，咱们广储司上上下下几百号人，每个人都填还了自己两个月的月钱，个个都只骂娘。卫主子的赏，咱们可不敢领。"说完，就将银子往锦秋手中一塞，扬长而去。

锦秋气得几乎要哭出来，走回宫去，不敢对琳琅直说，只说道秦太监不肯收银子。琳琅听了，说："难为你了，既不肯收银子，必有十分难听的话，连累你也跟着受气。"锦秋心中不忿："主子再怎么说，也还是主子。这帮奴才，前几月他们是什么样的嘴脸？每日都来殷勤小心地奉承，到了今天就是这样狗眼看人低，难道真欺主子翻不了身么？"

琳琅淡淡地说："他们捧高踩低，也是人之常情。"又安慰她，"不管说了什么话，你别往心里去就是了。既然他们有意为难，咱们再想法子。"锦秋道："眼瞧着就要到万寿节，咱们的衣裳可怎么办？"琳琅道："箱子里还有两匹绢子，先拿出来裁了，咱们自己缝制就是了。"锦秋道："他们送来的东西，没一样能用的，连胭脂水粉都是极粗劣的，样样都另外花钱买。不是这里勒克，就是那里填还，主子这个月的月钱，早用得一干二净。旁的不说，万寿节的寿礼，这偌大一样出项，主子可要早点拿主意才好。"琳琅轻轻叹了口气，并不答话。

本来万寿节并无正经寿礼这一说，因皇帝年轻，且朝廷连年对三藩用兵，内廷用度极力拮简。不过虽然并无这样的规矩，但是后宫之中，还是自有各宫的寿礼。有的是特贡的文房之物，有

的是精制日常器皿，亦有亲手替皇帝所制的衣袍，种种色色，不一而足。

碧落见琳琅日来只是读书写字，或是闲坐，或是漫步中庭，心中暗暗着急。这日天气晴好，春日极暖，庭中芍药初放，琳琅看了一回花，进屋中来，却见针黹搁在那炕桌上，便微微一停，说："这会子翻出这个来做什么？"

碧落赔笑道："各宫里都忙着预备万寿节的礼，主子若不随大流，只怕叫人觉得失礼。"琳琅随手拾起其间的一只平金荷包，只绣得一半，荷包四角用赤色绣着火云纹，居中用金线绣五爪金龙，虽未绣完，但那用黑珠线绣成的一双龙睛熠熠生辉，宛若鲜活。她随手又撂下了，碧落道："就这只荷包也是极好，针脚这样灵巧，主子何不绣完了，也是心意。"

琳琅摇一摇头，道："既然怕失礼，你去将我往日写的字都拿来，我拣一幅好的，你送去乾清宫就是了。"

碧落赔笑道："万寿节就送幅字给万岁爷，只怕……"琳琅望了她一眼，她素知这位主子安静祥和，却是打定了主意极难相劝，当下便不再言语，将往日积攒下的字幅统统都抱了来。

琳琅却正打开看时，锦秋从外头进来，琳琅见她脸色有异，只问："怎么了？"

锦秋道："听说万岁爷命内务府颁了恩诏，册画珠为宁贵人。"这句话一说，碧落诧异问："哪个画珠？乾清宫的画珠？"锦秋道："可不是她。"只说，"有谁能想到，竟然册为贵人。"说了这句，方想起这样议论不妥，只望了琳琅一眼。因向例宫女晋妃嫔，只能从答应、常在逐级晋封，画珠本只是御前的一名宫女，此时一跃册为贵人，竟是大大的逾制。

碧落道："总有个缘故吧。"锦秋道："我听人说，是因为新贵人有喜了，太后格外欢喜，所以皇上才有这样的特旨。"碧落不由自主望向琳琅。琳琅却是若无其事，阖上手中的卷轴，道："这些个字都写得不好，待我明儿重写一幅。"

皇帝对画珠的偏宠却是日日显出来，先是逾制册为贵人，然后赐她居延禧宫主位，这是嫔以上的妃嫔方能有的特权。这样一来，竟是六宫侧目，连佟贵妃都对其另眼相待，亲自拨选了自己宫中的两名宫女去延禧宫当差。

这日离万寿节不过十日光景了，宫里上上下下皆在预备万寿节的大宴。琳琅去给佟贵妃问安，甫进殿门便听见宜嫔笑声朗朗："贵妃姐姐这个主意真好，咱们小厨房的菜比那御膳房强上千倍万倍。到时咱们自己排了菜，又好吃又热闹。"

佟贵妃含笑盈盈，见琳琅进来行礼，命人道："请卫主子坐。"琳琅谢过方坐下来，忽听人回："延禧宫的宁贵人和端主子一块儿来了。"那端嫔是一身胭色妆花纳团福如意袍，画珠却穿着一身簇新宝蓝织金百蝶袍，头上半钿的赤金凤垂着累累的玉坠、翠环，真正是珠翠满头。因她们位分高，琳琅便站了起来。画珠与端嫔皆向佟贵妃请了安，又见过了宜嫔、德嫔、安嫔，大家方坐下来。

画珠因夸佟贵妃的衣裳，德嫔原是个老实人，便道："我瞧你这衣裳，倒像是江宁新进的织金。"画珠道："前儿万岁爷新赏的，我命人赶着做出来。到底是赶工，瞧这针脚，就是粗枝大叶。"

端嫔便道："你那个还算过得去，你看看我这件，虽不是赶工做出来，比你那针线还叫人看不进眼。"正说话间，奶子抱了五阿哥来了。佟贵妃微笑道："来，让我抱抱。"接了过

去。宜嫔自然近前去看孩子，德嫔本就喜欢孩子，也围上去逗弄。

胤祺方才百日，只睡得香甜沉酣。香色小锦被褓裸，睡得一张小脸红扑扑，叫人忍不住想去摸一摸他粉妆玉琢的小脸。琳琅唇边不由浮起一丝微笑来，忽听画珠道："宜姐姐真是好福气，五阿哥生得这样好，长大了也必有出息。"端嫔笑道："你倒不必急，等到了今年冬天，你定会替万岁爷再添个小阿哥。"画珠娇脸晕红，却轻轻啐了她一口。琳琅不觉望向她的腰腹，衣裳宽大，瞧不出来什么，她却觉得似有尖锐戳得刺心，只转过脸去，不愿再看。

大家坐了片刻，因万寿节将近，宫中事多，诸多事务各处总管皆要来请贵妃的懿旨，大家便皆辞出来。琳琅本走在最后，画珠却遥遥立住了脚，远远笑着说："咱们好一阵工夫没见了，一同逛园子去吧。"

琳琅道："琳琅住得远，又不顺路，下回再陪贵人姐姐逛吧。"

画珠却眼圈一红，问："琳琅，你是在怪我？"

她轻轻摇了摇头，画珠与她视线相接，只觉得她眼中微漾笑意，道："我怎么能怪你？"画珠急急忙忙地说："咱们当年是一块儿进宫，后来皇上待你那样，我真没别的想头，真的。可是后来……是皇上他……如今你可是要与我生分了？"

琳琅不觉微微叹了口气，道："我得回去了。"画珠无奈，只得目送她渐去渐远。那春光晴好，赤色宫墙长影横垣，四面里的微风扑到人脸上，也并不冷。

宫墙下阴凉如秋，过不多时，宜嫔从后头过来，见着她便笑道："你怎么才走到这里？我和德姐姐说了好一会子话呢。"她这几日常去储秀宫闲坐，琳琅知她心思豁朗，待她倒是不像旁人。两人一同回去，讲些宫中闲话，宜嫔自然话题不离五阿哥，琳琅一路只是静静含笑听着。

碧落见琳琅回来，膳后侍候她歇午觉，见她阖眼睡着，替她盖好了丝棉锦被，方欲退出去，忽听她轻轻说了一句："我想要个孩子。"碧落怔了一下，她睫毛轻轻扬起，便如蝶的翼，露出深幽如水的眼波。碧落道："主子还年轻，日后来日方长，必会替万岁爷添许多的小阿哥、小格格。"她"嗯"了一声，似是喃喃自语："来日方长……"又阖上眼去。碧落久久不闻她再言语，以为她睡着了，方轻轻站起身来，忽听她低低道："我知道是奢望，只当是做梦吧。"碧落心中一阵酸楚，只劝不得罢了。

琳琅歇了午觉起来，却命锦秋取了笔墨来，细细写了一幅字，搁在窗下慢慢风干了墨迹，亲手慢慢卷成一轴，碧落看她缓缓卷着，终究是卷好了，怔怔地又出了一回神，方转过脸交到她手中，对她道："这个送去乾清宫，对梁谙达说，是给万岁爷的寿礼，请他务必转呈。"想了一想，开了屉子，碧落见是明黄色的绣芙蓉荷包，知是御赐之物，琳琅却从荷包里倒出一把金瓜子给碧落，道："只怕梁谙达不容易见着，这个你给乾清宫的小丰子，叫他去请梁谙达。"却将那荷包给碧落，道，"将这个给梁谙达瞧，就说我求他帮个忙。"唇角慢慢倒似浮起凄凉的笑意来。

碧落依言去了，果然见着梁九功。梁九功接了这字幅在手里，不知上面写了什么，心中惴惴不安，斟酌了半晌，又将那荷包拿在手里细看，猛然就醒悟过来，心下不由一喜。晚间觑见皇帝得空，便道："各宫里主子都送了礼来，万岁爷要不要瞧

瞧？”皇帝摇一摇头，说："乏了，不看了。"梁九功寻思了片刻，赔笑道："宜主子送给万岁爷的东西倒别致，是西洋小琴。"皇帝随口道："那就拿来朕瞧瞧。"梁九功轻轻拍一拍手，小太监捧入数只大方盘。皇帝漫不经心地瞧去，不过是些玩器衣物之类，忽见打头的小太监捧的盘中有一幅卷轴，便问梁九功："难得还有人送朕字画。这是谁送的？"

梁九功赔笑道："各宫的主子陆陆续续打发人来，奴才也不记得这是哪位主子送来的，请万岁爷治罪。"皇帝"唔"了一声，说："你如今越发会当差了。"吓得梁九功赶紧请个安："奴才不敢。"皇帝一时倒未多想，只以为是哪位妃嫔为着投自己所好搜罗来的名人字画，于是示意小太监打开来。

这一打开，皇帝却怔在了那里，梁九功偷眼打量他的脸色，只觉得什么端倪都瞧不出来。皇帝的神色像是极为平静，他在御前多年，却知道这平静后头只怕就是狂风骤雨，心中一哆嗦，不禁暗暗有几分失悔。只见皇帝目光盯着那字，那眼神仿佛要将那洒金玉版纸剜出几个透明窟窿，又仿佛眼底燃起一簇火苗，能将那纸焚为灰烬。

皇帝却慢慢在炕上坐下了，示意小太监将字幅收起，又缓缓挥了挥手，命人皆退了下去，终究是一言未发。梁九功出来安排了各处当值，这一日却是他值守内寝，依旧在御榻帐前丈许开外侍候。

半夜里人本极其渴睡，他职守所在，只凝神细聆帐中的动静。外间的西洋自鸣钟敲过十二记，忽听皇帝翻了个身，问："她打发谁送来的？"梁九功吓了一跳，犹以为皇帝不过梦呓，过了片刻才反应过来是在问自己话，方答："是差了碧落送来的。"皇帝又问："碧落说了什么？"梁九功道："碧落倒没说什么，只说卫主子打发她送来，说是给万岁爷的寿礼。"

皇帝心中思潮反复，又翻了一个身，帐外远处本点着烛，帐内映出晕黄的光来。他只觉得胸中焦渴难耐，禁不住起身命梁九功倒了茶来，滚烫的一盏茶吃下去，重新躺下，仍是没有半分睡意。

去去复去去，凄恻门前路。行行重行行，辗转犹含情。含情一回首，见我窗前柳；柳北是高楼，珠帘半上钩。昨为楼上女，帘下调鹦鹉；今为墙外人，红泪沾罗巾。墙外与楼上，相去无十丈；云何咫尺间，如隔千重山？悲哉两决绝，从此终天别。别鹤空徘徊，谁念鸣声哀！徘徊日欲绝，决意投身返。手裂湘裙裾，泣寄稿砧书。可怜帛一尺，字字血痕赤。一字一酸吟，旧爱牵人心。君如收覆水，妾罪甘鞭捶。不然死君前，终胜生弃捐。死亦无别语，愿葬君家土。傥化断肠花，犹得生君家。

她的字虽是闺阁之风，可是素临名家，自然带了三分台阁体的雍容遒丽，而这一幅字，却写得柔弱软沓，数处笔力不继。皇帝思忖她写时不知是何等悲戚无奈，竟然以致下笔如斯无力。只觉心底汹涌如潮，猛然却幡然醒悟，原来竟是冤了她，原来她亦是这样待我，原来她亦是——这个念头一起，便再也抑不住，就像突然松了一口气。她理应如此，她并不曾负他。倒是他明知蹊跷，却不肯去解那心结，只为怕答案太难堪。如今，如今她终究是表露了心迹，她待他亦如他待她。

心底最软处本是一片黯然，突然里却似燃起明炬来。仿佛那年在西苑行围突遇暴雪，只近侍的御前侍卫扈从着，寥寥数十骑，深黑雪夜在密林走了许久许久，终于望见行宫的灯火。又像

222

是那年擒下鳌拜之后，自己去向太皇太后请安，遥遥见着慈宁宫庑下，苏茉尔嬷嬷熟悉慈和的笑脸。只觉得万事皆不愿去想了，万事皆是安逸了，万事皆放下来了。

琳琅本来每日去慈宁宫向太皇太后请安，太皇太后正命苏茉尔在检点庄子的春贡，见她来了，太皇太后便微笑道："我正嘴馋呢，方传了这些点心。你替我尝尝，哪些好。"琳琅听她如是说，便先谢了赏，只得将那些点心每样吃了一块。太皇太后又赐了茶，方命她坐下，替自己抄贡单。

琳琅方执笔抄了几行，忽听宫女进来禀报："太皇太后，万岁爷来了。"她手微微一抖，笔下那一捺拖得过软，便搁下了笔，依规矩站了起来。近侍的太监簇拥着皇帝进来，因天气暖和，只穿着宝蓝宁绸袍子，头上亦只是红绒结顶的宝蓝缎帽，先给太皇太后请下安去，方站起来。琳琅屈膝请了个双安，轻声道："琳琅见过皇上。"听他"嗯"了一声，便从容起立，抬起头来。她本已经数月未见过皇帝，此时仓促遇上，只觉得他似是清减了几分，或许是时气暖和、衣裳单薄之故，越发显得长身玉立。

太皇太后笑道："可见外头太阳好，瞧你这额上的汗。"叫琳琅，"替你们万岁爷拧个热手巾把子来。"琳琅答应去了，太皇太后便问皇帝："今儿怎么过来得这么早？"皇帝答："今儿的进讲散得早些，就先过来给皇祖母请安。"太皇太后笑道："你可真会挑时辰。"顿了一顿，道，"可巧刚传了点心，有你最喜欢的鹅油松瓤卷。"皇帝便道："谢太皇太后赏。"方拣了一块松瓤卷在手中，慢慢尝了一口。太皇太后抿嘴笑道："上回你不是嫌吃腻了么？"皇帝若无其事地答："这会子孙儿又想着它了。"太皇太后笑道："我早就知道你撂不下。"

琳琅拧了热手巾进来，侍候皇帝擦过脸，皇帝这才仓促瞧了她一眼，只觉得她比病中更瘦了几分，脸色却依旧莹白如玉，唯纤腰楚楚，不盈一握，心中忆起前事种种，只觉得五味杂陈，心思起伏。

皇帝陪太皇太后说了半晌话，这才起身告退。琳琅依旧上前来抄贡单。太皇太后却似是忽想起一事来，对琳琅道："去告诉皇帝，后儿就是万寿节，那一天的大典、赐宴必然忙碌，叫他早上不必过来请安了。"琳琅答应了一声。太皇太后又道："这会子御驾定然还未走远，你快去。"

琳琅便行礼退出，果然见着太监簇拥着的御驾方出了垂华门，她步态轻盈上前去，传了太皇太后的懿旨。皇帝转脸对梁九功道："你去向太皇太后复旨，就说朕谢皇祖母体恤。"梁九功答应着去了，皇帝便依旧漫步向前，那些御前侍候的宫女太监，捧着巾栉、麈尾、提炉诸物迤逦相随，不过片刻，梁九功已经复旨回来。皇帝似是信步走着，从夹道折向东，本是回乾清宫的正途，方至养心殿前，忽然停下来，说："朕乏了，进去歇一歇。"

养心殿本是一处闲置宫殿，并无妃嫔居住，日常只作放置御用之物，正殿中洒扫得极干净。皇帝跨过门槛，回头望了梁九功一眼，梁九功便轻轻将手一拍，命人皆退出院门外侍候，自己亲自在那台阶上坐下守着院门。

琳琅迟疑了一下，默默跨过门槛，殿中深远，窗子皆是关着，光线晦暗，走得近了，才瞧见皇帝缓缓伸出手来。她轻轻将手交到他手里，忽然一紧，已经让他攥住了。只听他低声问："那如意……"

"那如意是端主子送给我的。"她的眼睛在暗沉沉的光线里似隐有泪光闪烁，极快地转过脸去。皇帝低声道："你不要哭，只要你说，我就信你。"

他这样一说，她的眼泪却簌簌地落下来。他默默无声将她揽入怀中，只觉得她微微抽泣，那眼泪一点一点，浸润自己的衣襟。满心里却陡然通畅，仿佛窒息已久的人陡然呼吸到新鲜的空气，心中欢喜之外翻出一缕悲怆，漫漫地透出来，只不愿再去想。

第十四章
当时只道

　　暖护樱桃蕊，寒翻蛱蝶翎。东风吹绿渐冥冥，不信一生憔悴，伴啼莺。素影飘残月，香丝拂绮棂。百花迢递玉钗声，索向绿窗寻梦，寄余生。

——纳兰容若《南歌子》

因着办喜事，明珠府上却正是热闹到了极处。他以首辅之尊，圣眷方浓，府上宾客自是流水介涌来。连索额图亦亲自上门来道贺，他不比旁人，明珠虽是避客，却也避不过他去，亲自迎出滴水檐下。宾主坐下说了几句闲话，索额图又将容若夸奖了一番，道：“公子文武双全，甚得皇上器重，日后必是鹏程万里。”明珠与他素来有些心病，只不过打着哈哈，颇为谦逊了几句，又道：“小儿夫妇此时进宫谢恩去了，不然怎么样也得命小儿前来给索相磕头，以谢索相素来的照拂。”

　　纳兰与新妇芸初入宫去谢恩，至了宫门口，纳兰候旨见驾，芸初则入后宫去面见佟贵妃。佟贵妃因为是皇帝赐婚，而明珠又是朝中重臣，所以倒是格外客气，特意命惠嫔与琳琅都来相见。芸初知琳琅新晋了良贵人，所以一见面便插烛似的拜下去：“芸初给佟主子、惠主子、良主子请安。"

佟贵妃忙道："快起来。"惠嫔满脸春风，亲手搀了她起来，紧紧执了她的手笑道："你如今也是朝廷的诰命夫人，再说了，咱们如今是一家人。"

佟贵妃笑道："这里没有外人，我特意叫她们来陪你，就因为你们是亲戚，是一家人，不要生分才好。"接着又命人赐座。芸初再三地不肯，最后方斜着身子坐下。佟贵妃问："你们老太太、太太都还好吗？"芸初忙站起来，请了个安方道："谢主子垂问，老太太、太太都安好，今日奴才进宫来，还特意嘱咐奴才，要奴才替她们向贵妃主子还有宫里列位主子请安。"

佟贵妃点点头："烦老人家惦记，我还是今年春上，命妇入宫朝贺时见着过她，她老人家身子骨倒是极硬朗的。"芸初又请了个安："都是托赖主子洪福。"佟贵妃笑道："你们太太倒是常常入宫来，我们也是常常见着的。日后你也要常来，你可既是惠嫔的娘家人，又是良贵人的娘家人。"芸初笑道："主子恩典能让奴才常常进宫来，给列位主子请安，那就是奴才的福分了。"

略坐了一坐，佟贵妃便道："你且去她们两个宫里坐坐，说两句体己话。"芸初知佟贵妃署理后宫，琐事极多，亦是不敢久留，便磕头谢恩了出来，先随惠嫔回她的宫中去。

惠嫔待她倒是格外亲热，坐着说了好一会子的话，又赐了茶点，最后芸初告辞，又赏了诸多东西。芸初从她宫中出来，又往储秀宫去见琳琅。

待到了储秀宫里，锦秋笑吟吟迎上来，请了个双安。芸初原曾在乾清宫当差，与锦秋是旧识，更因是琳琅面前的宫女，不敢怠慢，连忙搀住了不让行礼，见着锦秋的穿戴神色，已经觉得不

凡。待进了屋子，只见琳琅已经换了家常六合长春宫缎夹衣，头上亦只是白玉攒珠扁方，不过疏疏几点珠翠。琳琅见芸初磕下头去，忙亲手搀起来，一直拉着她的手，必要让她到炕上坐。芸初诚惶诚恐："奴才不敢。"琳琅心中酸楚，勉强笑道："当日咱们怎么好来着，如今你好容易来看我，咱们别拘那些虚礼，坐着好生说说话。"

芸初见她执意如此，只得谢恩后陪她坐下。一时碧落掛上茶来，她原是当过上差的人，只尝了一口，便知是今春杭州新贡的雨前龙井。这茶少产珍贵，每年进贡的不过区区数十斤，向例宫里除了太皇太后、太后、皇帝赏用之外，后宫之中罕少能得蒙赏赐。

琳琅道："今儿是你大喜的日子，你出宫的时候，我正病着，没有去送你。今日能见着，也不枉咱们相好一场。"芸初听她这样说，心中感触，勉强笑道："主子当日对芸初就好，如今……"一句未完，琳琅已经执了她的手："我说了别拘那些虚礼。"芸初只觉得她指尖微冷，紧紧攥着自己的手，脸上恍惚是笑容，可是眼睛里却是自己看不懂的神色。她虽有满腔的话，亦不知从何说起。

过了片刻，琳琅终于道："大哥哥他是至情至性之人，必然会对你好。"芸初听到她提及新婿，脸上不由微微一红。琳琅道："往日咱们两个总在一块儿淘气，如今竟成了一家人了……"说到这里，忽然又笑了，道，"好难得的，你进来一趟，可我竟不晓得该说什么才好。"芸初心中亦是感伤，琳琅却就此撇开了话题，问了家里人好，又说了数句闲话。因着天色已晚，怕宫门下钥，琳琅含笑道："好在日后总有机会进来，今天是大喜的好日子，我不留你了。"一面说，一面就从头上拔了一支白玉簪子下来，那簪子是羊脂白玉，温滑细腻通体莹亮，竟无半分瑕疵。芸初忙行礼道："不敢受主子的赏。"琳琅却亲手替芸初簪在发间："我原也没有什么好东西送你，这支簪子原是老太太旧时给我的，跟了我十几年了。我虽万分舍不得，你的那支既给了我，我这支便给你吧，也算是完璧归赵。"

芸初念及出宫之时，自己曾将一支旧银钗相赠琳琅留作念想，如今世事变幻，心中感慨万分，只得谢过恩。待告辞出来，琳琅另有赏家中女眷的表礼，皆是绸缎之物，物饰精美，上用的鹅黄签都并未拆去。小宫女一路捧了随她出了宫门，方交与芸初带来的丫头慧儿。

纳兰虽蒙皇帝召见，但君臣奏对极是简单，谢过恩便让跪安了，此时便在宫门外等候妻子。待芸初出来，依旧是纳兰骑了马，芸初和丫头乘了朱轮华盖车回府去。明珠府邸还在后海北沿，一路上只闻车轮辘辘。芸初自昨日起到现在，已经是十几个时辰没有合眼，兼之进宫又时时警醒礼仪，此刻悬着的一颗心才算放了下来。

这慧儿原是纳兰夫人房里的大丫头，为人极是机灵，自从芸初过门，纳兰夫人特意指派她去侍候新人。今日进宫谢恩，她自然跟来侍候。慧儿见芸初精神倦怠，忙从车内带的衣盒里取出抿子来，替芸初抿一抿头发，又赞："大奶奶这支钗真好。"芸初不觉摸了摸那支簪子，笑道："是适才良贵人赏的。"慧儿笑道："奴才们在外头茶房里闲坐，几位公公都说，咱们府里出的两位主子都是大福之人。惠主子自不必说了，良主子竟也是这样得脸。"

芸初想起今日所见，不觉亦点了点头，亦觉得眼下琳琅的圣眷，只怕犹在皇长子的生母惠嫔之上。待回到府中，先去上房见

过老太太、纳兰夫人并几位太太，将宫中赏赐之物呈上。老太太忙命丫头取了西洋的水晶眼镜来看，那些绫罗绸缎、妆花一经展开，金银丝线耀眼，映得满室生辉。老太太笑着点点头，说道："宫里出来的东西，到底不一般。"又细看了衣料，说道，"这只怕是江宁织造今年的新花样子，难得惠主子这样疼你。"芸初笑道："回老太太的话，这几样是良主子赏的，那几匹宫缎是惠主子赏的。"老太太"喔"了一声。纳兰夫人笑道："不管是谁赏的，一样都是咱们家娘娘，都是孝敬老太太的一片心。"老太太一面摘了眼镜，一面笑道："我也不怕你们说我偏心，琳琅这孩子虽只是我的外孙女，可是打小在我们家里长大，就和我的亲孙女一样。你们也看到了，或多或少，总归是她的一片心意。"

一时大家又坐着说了几句话，已经是掌灯时分，外头的喜宴并未散，老太太留芸初在这边用晚饭，道："可怜见儿的，自打昨天进了门，今天又一早起来预备入宫，好生跟着我吃顿饭吧。"纳兰夫人笑道："我们都要出去陪客，老太太这样疼她，留她侍候老太太亦是应该。"又嘱咐芸初，"就在这边跟老太太吃饭吧。"芸初便应了个"是"。

纳兰夫人与妯娌几个皆退出来，刚走到廊上，四太太就冷笑道："掌心掌背都是肉，没得就这样偏心，不过就多赏了几匹缎子，倒夸了她一大篇话。论到赏东西，难道这些年来惠主子赏的还少吗？"纳兰夫人笑道："老太太不过白夸两句，再说了，这么些年来，老太太夸惠主子，夸得还少吗？"大太太亦笑道："我瞧老太太并不是偏心，不管哪位主子得宠，咱们家还不是都一样跟着得脸。连上回我进宫去请安，宫里的公公们一听说是良主子娘家人，都好生巴结。"这么一说，自然更如火上浇油一般。四太太哼了一声，并不作声。纳兰夫人知道大太太素来与四

231

太太有些嫌隙，这么些年来因为惠主子的缘故，零零碎碎受了不少气，今日果然幸灾乐祸发作出来，忙忙地乱以他语，才算揭过不提。

芸初前一日过门，虽是洞房花烛夜，可是几乎整夜未睡，不过和衣躺了一个更次。这日又是亥末时分才回房去，纳兰容若却是过了子时方进来。荷葆见他双颊微红，眼眉惝涩，问了方知在前头被逼迫不过，酒喝得沉了，忙与慧儿服侍他换了衣裳。慧儿见房内一切妥当，便低低地道："大爷与新奶奶早些歇着，明日还要早起。"与荷葆一起率了众人退了出去，倒拽上门。

容若酒后口渴，见桌上有茶，便自己斟了一杯来吃。夜深人静，芸初乍然与他独处一室，犹觉有几分不自在，因见他喝茶，便道："那茶是凉的，大爷仔细伤了胃。"便走过来，另倒了热的给他。容若接过茶去，忽见她头上插着一支白玉簪，心中一恸，便如失魂落魄一般，只是怔怔地望着她。芸初倒让他瞧得难为情起来，慢慢低下头，低声问："大爷瞧什么呢？"

容若这才骤然回过神来，又过了片刻，方才道："你头上的白玉簪子是哪里来的？"芸初这才抬头道："是今天进宫去，良主子赏的。"容若又隔了好一会儿，才问："良主子还赏了你些什么？"芸初笑盈盈地道："除了这个，还赏了时新的织锦、宫缎，另外还赏给家里老太太、太太们好些东西。"容若道："她待你倒真好。"芸初答："原先在宫里的时候，我就和她要好。今日良主子还说笑话，说我们不是一家人，不进一家门。"容若听到"不是一家人，不进一家门"十个字，心中便如刀割一般，痛楚难当。原以为此生情思笃定，谁知造化弄人，缘错至此。思潮起伏，道："原先你在宫里，就和她

要好？"芸初答："我和她原是一年进的宫，在内务府的时候，又分在一间屋子里，所以特别亲厚些。如今她虽是主子，可今儿见了我，还是极亲和待人。"见容若目不转睛地望着自己，不禁脸上一红，脉脉地看着他。容若却是极力自持，终于难以自禁，问："她如今可好？"

芸初道："我倒觉得样貌比原先仿佛清减了些。宫里都说良贵人如今最得皇上宠爱，照今儿的情形看，一应吃的穿的用的，皆是天下顶好的，那可是真没的比了。"

容若听她这样说，慢慢又喝了一口茶，那茶只是温热，只觉得又苦又涩，缓缓地咽下去。仿佛是自言自语："一应吃的穿的用的，皆是天下顶好的，那可是真没的比了……"

过了良久，方才道："歇着吧，明儿还要早起呢。"

第三日是新妇回门之期，所以两人极早就起身，预备回门，方修饰停当，又去上房向老太太请安。老太太才刚起身，丫头正在待候梳洗，见了芸初便笑道："今儿是回门，家去可要欢欢喜喜的。"芸初笑道："老太太和太太们都待孙媳妇这样好，孙媳妇自然每日都欢欢喜喜的。"正说笑时，却有丫头慌慌张张地进来回道："老太太，二门上传进话来，说是宫里打发人来，说咱们家娘娘不好了。"老太太是上了年纪的人，听到这话，不觉像半空里打了个焦雷，吓得半晌说不出话来。一旁老成的许嬷嬷忙斥责那丫头："到底怎么回事，别一惊一乍的，慢慢说，别吓着老太太。"那丫头道："二门上只说，宫里来的公公在门上立等，说咱们家娘娘病了。"老太太急道："咱们家两位娘娘，究竟是哪一位娘娘病了？"

那丫头亦不知晓，纳兰夫人亦听得了信儿，忙过来待候，传了宫里来的人进来。那太监神色极是恭谨，亦只道："奴才是内务府打发来的，因良主子身子不豫，所以传女眷进宫去。"老太太见问不出个究竟，只得命人请下去用茶，这厢忙忙地装束起来，预备进宫去。芸初见老太太神色焦虑，便道："老祖宗且放宽心，昨儿孙媳妇进宫去，还见着良主子气色极好，想是不碍事的。"老太太不由牵了她的手，含泪道："我的儿，你哪里知道，那孩子打小儿三灾八难的。我虽有心疼她，禁不住如今君臣有别，如今她是主子，反不得经常相见，我这里实实惦记。况且上回传咱们进宫去，我听说是小产，心里难过得和什么似的……"纳兰夫人忙忙地道："贵人乃是有大福的人，吉人自有天相，老太太且不必多想。"一时侍候了老太太大妆，纳兰夫人妯娌自然亦要随着入宫去。

一列五乘轿子，从神武门入顺贞门，便下轿换了宫中的车子，走了许久，方又下车。早有一位内监率着小太监迎上来，方请下安去。纳兰夫人因见是皇帝身边的赵昌，吓了一大跳，忙忙亲手去搀，道："公公如何这样多礼。"赵昌满脸笑容，到底请了个安，道："奴才给老太太、列位太太道喜。"

见众人尽皆怔住，赵昌便笑道："太医已经请了脉，说良主子原是喜脉。"老太太禁不住笑容满面，一时喜不自胜，禁不住连连念佛。赵昌笑道："良主子昨儿夜里起来，突然发晕倒在地下。哎哟喂，当时可把奴才们给吓坏了，万岁爷急得连脸色都变了，特旨开宫门，黄夜传了当值的太医进来。听说是喜脉，万岁爷十分欢喜，今儿一早便叫传列位太太进来陪良贵人说话解闷，命奴才这几日哪儿也不去，只在这里侍候良贵人。还说日后凡是良贵人想见家里人，便叫传列位太太进来呢。"

老太太欢喜得只顾念佛，纳兰夫人笑道："有劳公公。"赵

昌道："请诸位太太随奴才来。"便引着她们，自垂花门进去，入宫去见琳琅。

却说这日梁九功奉了皇帝的差使去给太后送东西，太后所居的宫中多植松柏，庭院之中杂以花木，因着时气暖和，牡丹芍药争奇斗妍，开了满院的花团锦簇。端嫔与惠嫔陪着太后在院子里赏花，正说笑热闹，宫女禀报梁九功来了，太后便命他进来。梁九功磕头请了安，太后便问："你们万岁爷打发你来的？"梁九功满脸堆笑，道："今儿福建的春贡到了，万岁爷惦记着太后爱吃红茶，特意巴巴儿地打发奴才给太后送过来。"

太后听了，果然欢喜，小太监们忙捧着漆盘呈上来。太后见大红漆盘中一色尺许高的锡罐，映着日头银晃晃的，十分精致好看。随口又道："太皇太后倒不爱吃这茶，难为皇帝总惦记着我喜欢，每年总是特意命人进贡——我也吃不了这许多，叫皇帝看着也赏些给后宫里吧。"梁九功便道："万岁爷吩咐奴才，说是先进给太后，余下的再分赏给诸宫里的主子呢。"太后点点头，从专管抱狗的宫女手里接过那只西洋哈巴儿，抱在膝上逗弄着，又道："她们有的人爱吃这个，有的不爱吃，其实爱吃的倒不妨多赏些，反正搁在那里，也是白搁着。"梁九功赔笑道："万岁爷也是这样吩咐的，万岁爷说，延禧宫的宁贵人就爱吃这个，命奴才回头就给多送些去呢。"

太后听了，犹未觉得什么，一旁的惠嫔不由望了端嫔一眼，果然端嫔手指里绞着手绢，结成了个结，又拆散开来，过不一会儿，又扭成一个结，只管将手指在那里绞着。太后已经命梁九功下去了，端嫔心中不忿，转念一想，对太后道："皇额娘，说到宁贵人，这几日好像老没看见她来给您请安。"太后漫不经心地抚着怀中的狗，道："许是身上不爽快吧，她是有身子的人，定是懒怠走动。"惠嫔道："别不是病了吧。"端嫔笑了一声，道："昨儿我去给太皇太后请安，还在慈宁宫里瞧见她，有说有笑地陪太皇太后解交绳玩儿呢，哪里就会病了。"太后"哦"了一声，手里有一下没一下抚摸着那哈巴儿，谁知手上的玳瑁米珠团寿金护甲挂住了一绺狗毛，那狗吃痛，突然回过头来，就向太后手上狠狠咬去。太后"哎哟"了一声，那狗"汪汪"叫着，跳下地去跑开了。惠嫔与端嫔忙围过来，端嫔见伤口已经沁出血来，忙拿自己的绢子替太后按住，惠嫔忙命人去取水来给太后净手，又命人快去取药来。

太后骂道："这作死的畜生，真不识抬举。"惠嫔道："就是因为太后平日对它恩宠有加，它才这样无法无天。"端嫔在一旁道："皇额娘平日就是对人的心太实了，对人太好了，好得那起不识好歹的东西竟敢忘恩负义，猖狂得一时忘了形。"太后听了这句话，倒似是若有所思。传了御医来看了手伤，幸而不要紧，又敷上了药。自然已经传得皇帝知晓，连忙过来请安，连太皇太后亦打发人来问，各宫里的主位亦连忙前来问安。

到了黄昏时分，宫女方进来通传："宁贵人来给太后请安了。"端嫔笑道："可真便宜了她，晨昏定省，如今可又省了一头。"太后哼了一声，道："叫她进来吧。"画珠已经进来，恭恭敬敬向太后请了安。太后素来待她极亲热，这时却只淡淡地说："起来吧。"惠嫔却笑盈盈地道："妹妹今儿的气色倒真是好，像这院子里的芍药花，又白又红又香。"端嫔道："珠妹妹的气色当然好了，哪里像我们人老珠黄的。"

画珠笑道："姐姐们都是风华正茂，太后更是正当盛年，就好比这牡丹花开得正好，旁的花花草草，哪里及得上万一？"太

后这才笑了一声，道："老都老喽，还将我比什么花儿朵儿。"
端嫔笑道："妹妹这张嘴就是讨人喜欢，怨不得哄得万岁爷对妹
妹另眼相看，连万寿节也翻妹妹的牌子。可见在皇上心里，妹妹
才是皇上最亲近的人。"画珠嘴角微微一动，终于忍住，只是默
然。惠嫔向太后笑道："您瞧端妹妹，仗着您老人家素来疼她，
当着您的面连这样的话都说出来了。"端嫔晕红了脸，嗔道：
"太后知道我从来是口没遮拦，想到什么就说什么。"太后道：
"这才是皇额娘的好孩子，心事都不瞒我。"

　　惠嫔又指了花与太后看，端嫔亦若无其事地赏起花来，一时
说这个好，一时夸那个艳。过了片刻，太后微露倦色，说："今
儿乏了，你们去吧，明儿再来陪我说话就是了。"三人一齐告退
出来，惠嫔住得远，便先走了。端嫔向画珠笑道："还没给妹妹
道喜。"画珠本就有几分生气，面带不豫地问："道什么喜？"
端嫔道："皇上又新赏了妹妹好些东西，难道不该给妹妹道
喜？"画珠笑道："皇上今儿也在赏，明儿也在赏，我都不觉得
是什么大不了的事了。"端嫔听了，自然不是滋味，忍不住道：
"妹妹，皇上待你好，大家全能瞧见。只可惜这宫里，从来花无
百日红。"画珠听她语气不快，笑了一声，道："姐姐素来是知
道我的，因着姐姐一直照拂画珠，画珠感激姐姐，画珠得脸，其
实也是姐姐一样得脸啊。咱们是一条船上的人，姐姐若将画珠当
了外人，画珠可就不敢再替姐姐分忧解难了。"

　　端嫔轻轻地咬一咬牙，过了半晌，终于笑了："好妹妹，我
逗你玩呢。你知道我是有口无心。"画珠也笑逐颜开，说："姐
姐，我也是和你闹着玩呢。"

　　画珠回到宫中，坐在那里只是生闷气，偏生宫女小吉儿替她
斟茶，失手打破了茶碗，将她吓了一跳，她一腔怒气正好发作出

来，随手拿了炕几上的犀拂劈头盖脸地就朝小吉儿打去，口里骂："作死的小娼妇，成心想吓死我来着？我死了你们可都称心如意了！"另外的宫女们皆不敢劝，几个人都跪在地下。画珠却是越想越生气，下手越发使力，小吉儿被打得呜呜直哭，连声求饶："主子，主子息怒，奴才再不敢了，再不敢了！"那犀拂小指来粗的湘妃竹柄，抽在人身上顿时一条条的红痕，小吉儿被打得满头满脸是伤。另一个宫女容香原和小吉儿要好，见打得实在是狠了，大着胆子劝道："主子且消消气，主子自己的身子要紧，没得为个奴才气坏了，主子可仔细手疼。"

画珠犹发狠道："我告诉你们，你们谁也别想翻到天上去，就算我死了，我做鬼也不能让你们舒坦了！"几个人皆苦苦相劝，正在此时，门外有人道："哟，这是闹的哪一出啊？"跟着帘子一挑，进来位衣饰整洁的太监。画珠见是敬事房的大太监刘进忠，怔了一怔，容香忙接过犀拂去。画珠方才笑了一笑："倒叫谙达见笑了，奴才不听话，我正教训着呢。"刘进忠打了个千儿，满脸笑容地道："恭喜宁主子，今儿晚上，万岁爷又是翻的主子您的牌子。"画珠嘴角微微一动，似是欲语又止。刘进忠便道："宁贵人，赶紧拾掇拾掇，预备侍候圣驾啊。"

容香连连向小吉儿使眼色，小吉儿这才躲出去了，容香忙上前来替画珠梳洗。刘进忠退出宫外相候，同来的小太监不解地问："刘谙达，旁的主子一听说翻牌子，都欢喜得不得了，怎么这宁贵人听说翻了牌子，倒是一脸的不快活？"

刘进忠嗤笑一声，道："你们知道什么？"另一位小太监道："谙达当着上差，自然比我们要知道得多，谙达不指点咱们，咱们还能指靠着谁呢？"刘进忠便笑道："小猴儿崽子，算

你小子会说话，这中间当然有缘故的——咱们当奴才的，最要紧的是什么？是知道上头的风向。在这宫里，同样是主子，是娘娘，可是得宠和不得宠，那可就是一个天上，一个地下了。我倒问问你们，如何看得出来哪位主子最得宠？"

小太监嘴快，道："要照记档来看，宁贵人最得宠了，一个月三十天，万岁爷倒有二十天是翻她的牌子。赏她的东西也多，今儿也在赏，明儿也在赏。宫里都说，连新近得宠的良贵人也夺不了宁贵人的风头。"刘进忠哈哈一笑，道："光看记档能明白个屁。"小太监听他话里有话，便一味地缠着他，但刘进忠露了这么一下子，却再也不肯说了。

待他们回到乾清宫，梁九功正领着人等在暖阁之外，见他们送了画珠进来，便双掌互击，四名小监便上前来，接过包裹着画珠的锦被去，梁九功将嘴一努，他们便将画珠送入大殿之后的围房。梁九功这才返身进了暖阁，皇帝盘膝坐在炕上看折子，梁九功悄悄上前，替换下侍候笔墨的小太监，觑见皇帝稍稍顿笔，便道："已经起更了，请万岁爷的示下，万岁爷是就歇着呢，还是往储秀宫去？"

皇帝想了一想，道："就歇着吧。"梁九功"嗻"了一声，问："那奴才打发人去接良主子？"皇帝道："如今战事正紧，只怕夜里又有折子来，她这几日老歇不好，今儿就不接她过来了，且让她安安心心睡一觉。"梁九功赔笑道："每日里万岁爷若是不过去，便必打发人接她过来的，今儿要是不去，主子必要记挂着。上回万岁爷召见大臣，会议了一整夜，结果主子等到后半夜里才睡下，后来万岁爷知道了，将奴才一顿好骂，奴才可不敢忘了教训。"皇帝便道："偏你有许多啰唆。"虽这样说，随手却摘下腰上的荷包，道，"拿这个去给她，就说是朕说的，叫她今日早些睡。"又叮嘱道,"她是有身子的人,叫她不必磕头谢恩了。"

按例接到御赏之物,皆要面北磕头谢恩,故而皇帝特意这样叮嘱。梁九功捧着荷包,"嗻"了一声,退出来亲自送往储秀宫。待得他回来时,皇帝的折子亦瞧得差不多了,见到他便问:"她说了什么没有?"梁九功道:"主子并没有说旁的话,只命奴才请万岁爷也早些安置。"皇帝点一点头,说:"朕也倦了,就歇着吧。"梁九功击掌命人进来侍候皇帝安置,因这日轮到魏珠守夜,梁九功率人一一检点了门窗,最后才退出去。

方退出暖阁,却见小太监小和子正等在那里,见着他,便如见着救星一般,悄悄地对他道:"围房里的宁贵人闹着要见万岁爷呢。"梁九功道:"告诉她万岁爷歇下了,有话明天再回奏吧。"小和子哭丧着脸道:"宁贵人发了脾气,又哭又闹,谁劝就骂谁,她还怀着龙种呢,咱们可不敢去拉她。"梁九功恨声道:"一帮无用的蠢材。"话虽这样说,到底怕闹出事来,于是跟着他往后面围房里去见画珠。

老远便见到围房之外,几名小太监在门口缩头缩脑,见着梁九功,纷纷地垂手侍立。梁九功呵斥道:"都什么时辰了,还不去睡?只管在这里杵着,等着赏板子不成?"小太监忙不迭都退走了。梁九功踏进房内,只见地下狼藉一片,连茶壶茶杯都摔了,画珠坐在炕上抱膝流泪。梁九功却请了个安,道:"夜深了,奴才请宁贵人早些歇着。"

画珠猛然抬起头来,直直地盯着他,一双眼睛虽然又红又肿,灯下只觉目光中寒意凛冽:"我要见皇上。"梁九功道:"回主子的话,万岁爷已经歇着了。"画珠却失了常态,连声音都变了调子:"万岁爷歇着了,那他翻我的牌子做什么?"梁九

240

功微微一笑，慢吞吞地道："宁主子不妨拿这话去问万岁爷，奴才可不敢乱猜测万岁爷的意思。"画珠冷笑道："打量着我傻么？他只管拿我来顶缸，我凭什么要枉担了这个虚名？"说到这里，眼泪不禁又流了下来。

梁九功赔笑道："宁主子向来聪明，怎么今儿反倒说起傻话来。您犯这样的糊涂不打紧，可这三更半夜，夜深人静的，您这么嚷嚷，搁着外人听见了，您可多没体面。"画珠身体剧烈地颤抖着，半晌说不出一句话来。梁九功道："跟万岁爷撕破脸面，宁主子您有什么好处？您还是安心歇着吧，万岁爷早歇下了，您闹也没有用。"

画珠热泪滚滚，哭道："我要见皇上，我什么都不要，我只要见皇上。"

梁九功道："宁主子，您怎么就不明白呢。万岁爷待您，已经是恩宠有加了，后宫里的主子们谁不想日日见到万岁爷，不独您一个儿。不过就是让您睡了几夜围房，现下万岁爷可是处处优待着主子您，吃的用的，一应儿皆是最好的分子，隔三岔五的另有赏赐，后宫里其他的主子们，眼红您还来不及呢，您干吗要和这福气过不去？"

画珠怔怔地只是流泪。梁九功见她不再吵嚷，便道："您还是早些歇着吧，看哭肿了眼睛，明儿可见不了人了。"画珠闻言，果然慢慢地拿绢子拭了眼泪。梁九功便道："奴才告退了。"打了个千儿，便欲退出去。画珠却道："梁谙达，我有一句话请教您。"

梁九功忙道："不敢当。"画珠眼中幽幽闪着光，声音里透着森冷的寒意："求谙达让我死也做个明白鬼——皇上到底是不是因为琳琅？"

梁九功"哟"了一声，满脸堆笑，道："宁主子，可不兴说这样不吉利的词儿，您还怀着身子，将来诞育了小格格、小阿哥，您的福气还在后头呢，可不兴说那个字。"

画珠死死地盯着他，问："我只问你，是不是因为琳琅？"

梁九功道："宁贵人这话奴才听不明白。奴才劝宁贵人别胡思乱想，好生将养着身子才是。"画珠冷笑一声，答："我自然会好好将养着身子。"梁九功不再多说，告退出来。走到门外，招手叫过小和子，嘱咐道："好生侍候着，留意夜里的动静，如果出了事，别怪我一顿板子打死你们算完。"小和子连连应是。梁九功又问："宁贵人宫里是哪几个人在侍候？"小和子道："这可记不得，要去查档。"梁九功道："明儿打发人去回安嫔，就说我说的，听说宁贵人宫里几个使唤的人太笨，老是惹得贵人生气，请安嫔将他们都打发去别处，另外挑人来侍候宁贵人。"

第十五章
脉脉斜阳

　　燕归花谢，早因循、又过清明。是一般
风景，两样心情。犹记碧桃影里、誓三生。
乌丝阑纸娇红篆，历历春星。道休孤密约，
鉴取深盟。语罢一丝香露、湿银屏。

　　　　　　　　　　——纳兰容若《红窗月》

因着天气一日暖和过一日，琳琅精神一日比一日倦怠，锦秋便劝道："这会子已经是申末时分，主子才歇了午觉起来，不如奴才陪主子去宜主子那里坐坐，说一会儿话，回来再用膳。"琳琅记得太医的嘱咐，要她平日里多散散，不可思虑太过，于是便也答应了。天气渐热，园子里翠柳繁花，百花开到极盛，却渐渐有颓唐之势。锦秋陪着她慢慢看了一回花，又逗了一回鸟，不知不觉走得远了，时值黄昏，起了微微的东风，吹在人身上颇有几分凉意。锦秋便道："这风吹在人身上寒浸浸的，要不奴才去给主子拿件氅衣来。"琳琅道："也好，顺便将里屋炕桌上那匣子里的花样子也拿来，原是我答应描了给宜主子的，刚才出来偏生又忘了。"锦秋便答应着去了。琳琅因见假山之下那一带芍药开得正好，斜阳余晖之下如锦如霞，一时贪看住了，顺脚随着青石

子道一路走了下去。

其实天色渐晚，各宫里正传膳，园中寂静并无人行，只见群鸟归林，各处神鸦啊啊有声。琳琅看了一会儿花，回头又见落霞正映在宫墙之上，如浸如染，绚红如血，她走着走着，不觉转到了假山之后。这里本有一所小小两间屋子，原是专管打扫花园的花匠们放置锄锹畚箕之属的仓房所在，极是幽僻，素日甚少有人来。她见走得远了，怕锦秋回来寻不着自己，正待顺路返回去，忽听那山墙之外有女子的声音嘤嘤地哭泣。跟着有人劝道："咱们做奴才的，挨打受骂，那又有什么法子。"

琳琅料想必是有宫女受了委屈，故而躲在这里向同伴哭诉，心下不以为意，正待要走开，忽听那人哭道："她的心也忒狠毒了，怨不得良主子那条命都几乎送在她手里。"琳琅听到这句话，宛若晴天里一个霹雳，不知不觉就怔在那里。但听另一个声音呵斥道："你可别犯糊涂了，这话也是胡乱说得的？"先前哭的那人似是被吓住了，过了半晌，才道："好姐姐，我也只给你一个人说。那日端主子来瞧她，我在窗户外头听得的，原是她和良主子都还在乾清宫的时候，她和端主子商议好了，做下什么圈套陷害良主子，叫万岁爷恼了良主子，将良主子赶出了乾清宫，这才有后来的事。"哭道，"她一直疑心我听着了什么，借机总是又打又骂，如今我被放出来种花，她还不放过我，硬诬我偷了她的镯子，要赶我出去。好姐姐，我可该怎么办？"

另一人道："快别说了，这样无凭无据的事情，谁敢信你，都只当你是胡说罢了。你快快将这事给忘了，忘得一干二净，我也只当从来没听说过。要叫别人听见，这可是抄家灭门的大祸。"那人似被吓住了，只是嘤嘤地哭着。琳琅身上寒一阵，热一阵，风扑在身上，便如害着大病一样，手足一阵阵只是发冷，过了好一阵子，才有力气转身往回走去。她脚下虚浮，慢慢走了好半晌，才随着假山走下来，一路走到了青石板的宫道上。锦秋正在那里满面焦灼地东张西望，见着她便如得了凤凰一般，道："主子往哪里去了，可叫奴才好找。园子里人少，连个问的人都没有，眼瞧着天色都黑下来了，可急死奴才了。"一面说，一面将手里的氅衣抖开，替琳琅穿上，一时触到她的手，吓了一跳，"主子的手怎么这样冷冰冰的，可别是受了凉寒。"琳琅轻轻摇一摇头。锦秋见她脸上半分血色都没有，心里害怕，道："天晚了，要不奴才先侍候主子回去，明儿再去长春宫吧。"琳琅并不答话，随着青石板的大路，慢慢地往回走。锦秋搀扶着她，心里只是七上八下。

待回到储秀宫中，天色已晚，碧落正招呼了小太监传灯。灯下骤然见着琳琅进来，一张面孔雪白，神魂不属的样子，碧落亦吓了一跳，忙忙上前来侍候，拿热毛巾把子擦过脸，又问："主子可饿了，可想用点什么？"琳琅轻轻摇一摇头，道："我倦了，想歪一歪。"碧落见她声气不同寻常，忙收拾了炕上，服侍她睡下。又命小宫女进来，将地下的大鼎里换了安息香，这才蹑手蹑脚地走出去，寻着锦秋，劈面就问："我的小祖宗，你引主子到哪里去了？梁谙达千交待万嘱咐，你全都当成耳旁风？我告诉你，你倘若是不想活了，可别连累着大家伙儿。"锦秋几乎要哭出来，道："并没有往哪里去，就是说去宜主子那里坐坐，走到园子里，主子叫我回来拿氅衣和花样子，我拿了回去，半晌就没寻见主子，过了好一阵子，才瞧见主子从假山那头下来，便是这样子了。"

碧落道："你竟敢将主子一个人撇在园子里头，万一冲撞上

什么，你担当得起吗？"锦秋道："我也是一时没想得周全，原说快去快回的，不过一盏茶的工夫，而且平日里园子里人来人往的，总觉得不打紧的。"碧落恨声道："不打紧？你瞧瞧主子的样子，这还叫不打紧？看让万岁爷知道了，梁谙达能饶得了谁？"锦秋又怕又悔，抽泣着道："我也不是成心，谁知道就那么一会儿工夫，就出了差池……"碧落见她这样子，也不好再埋怨，又怕琳琅有事叫自己，只得返身进去。

碧落坐在小杌子上，见琳琅一动不动面朝里躺着，心里只是害怕。等起了更，乾清宫的小太监悄悄地来回话："万岁爷就过来了，请主子预备接驾。"碧落不敢说实话，只得进去炕前，轻声唤了声："主子。"只见琳琅眸子清炯炯地望着帐顶，原来并未曾睡着，见她来，只说："我什么都不想吃。"碧落只得道："那主子可觉得好些了？乾清宫说万岁爷就过来，若是主子身上不爽快，奴才就打发人去回万岁爷。"琳琅知道若是回了皇帝，必要害得他着急，若不亲来瞧自己，必又打发人来，总之是不安心，于是挣扎着坐起来，道："不，不用。"说，"将镜子拿来我看看。"

碧落忙拿了镜子过来，琳琅照了一照，只觉得脸颊上皆是绯红的，倒比方才有了些颜色，又命锦秋进来替自己梳头，方收拾好了，皇帝已经到了。

皇帝的心情倒甚好，就着灯望一望她的脸上，说："你今儿精神像是不错。"琳琅含笑道："我睡了大半晌，适才又歪了一会儿，这会子倒饿了。"皇帝道："朕也饿了，今儿有南边贡来的糟鹌鹑，我已经打发人给你的小厨房送去了，叫他们配上粥，咱们一块儿吃。"

碧落便率人收拾了炕桌，又侍候皇帝宽了外头的衣裳，在炕上坐了，琳琅打横陪着他。一时小厨房送了细粥来，八样小菜，糟鹌鹑、五丝鸡丝、胭脂鹅脯、炸春卷、熏干丝、风腌果子狸、熏肘花小肚、油盐炒枸杞芽儿，另外配了四样点心，倒是满满一桌子。琳琅就着油盐炒枸杞芽儿，勉强吃了半碗粥，只觉得口中发苦，再咽不下去，就搁了筷子。皇帝因见她双颊鲜红，说道："是不是吃得发了热，可别脱衣裳，看回头着了风。"一面说，一面搁下筷子，摸了摸她的手，不禁脸上就变了颜色，"怎么这样滚烫？"琳琅也觉得身上无力，连肌肤都是焦痛的，知道自己只怕是在发热，勉强笑道："我真是不中用，大抵是后半晌起来吹了风，受了凉。"

皇帝一面命人去传太医，一面就打发她躺下。碧落等人早着了忙，忙上来侍候。皇帝道："你们如今当差也太不用心了，主子病了还不知道，可见有多糊涂。"琳琅道："不怨她们，我也是这会子才有些觉得。"皇帝一直等到太医来了，又开了方子，看着她吃下药去，这么一折腾，已经是二更天的工夫了。皇帝心中着急，嘴上却安慰她道："不打紧，太医说只是受了风寒，吃一剂药就好了。"琳琅勉强笑道："我这会子也觉得身上松快了些，皇上还是回乾清宫去早些歇着吧，明儿还得上朝呢。"

皇帝也知自己在这里，必然令她不能安睡，便道："也好，你且养着，我先回去。"走至门口，终究不忍，回过头来，却见她正望着自己，眼中泪光盈然，见他回头，忙仓促转过脸去。皇帝便返身回来，握了她的手，低声道："你今儿是怎么了？"她似乎悚然回过神来，眼睛里依旧是那种惶然惊惧的神气，嘴里却答非所问："这夜里真安静。"皇帝爱怜万分，说道："可不是累着了，如今不比往日，你要替我好好保

重自己才是。"她心底微微一热，抬起头来见皇帝目不转睛地望着自己，那双乌黑深邃的眼眸，明亮而深沉。她不由自主转开脸去，低低地道："我害怕……"皇帝只觉得她声音里略带惶恐，竟在微微发颤，着实可怜，情不自禁将她揽入怀中，说道："别怕，我都布置好了，她们自顾不暇，料来不能分神跟你过不去。再说有皇祖母在，她答应过我要护你周全。"只觉得她鬓发间幽香馥郁，楚楚可怜。却不想她轻轻叹了口气，说："琳琅不是害怕那些。"皇帝不由"唔"了一声，问："那你是怕什么？"

她的声音更加低下去，几乎微不可闻："我不知道。"皇帝听她语气凄凉无助，自己从来未曾见过她这样子，心中爱怜，说："有我在，你什么都不必怕。"桌上点着红烛结了烛花，火焰跳动，璨然大放光明，旋即黯然失色，跳了一跳，复又明亮，终不似以前那样光亮照人。她低声道："你瞧这蜡烛，结了烛花燃得太亮，只怕就会熄了。"皇帝听她语意里隐约有几分凄凉，念及她所受之种种苦楚，心中更是难过。随手抽下她发间一支碧玉钗，将烛光剔亮，说："这世上万事你俱不用怕，万事皆有我替你担当。"她眼中依稀闪着淡薄的雾气，声音渐渐低下去："红颜未老恩先断——"皇帝一腔话语，不由都噎在那里，过了半晌，方才道："你原是这样以为。"她终于抬起头来，他的眉头微皱，眉心里便拧成川字，她缓缓道："琳琅其实与后宫诸人无异，我怕失宠，怕你不理我，怕你冷落，怕你不高兴。怕老，怕病，怕死……怕……再也见不着你。"

皇帝伸手将她揽入自己怀中，两人相依相偎良久，她低声道："只咱们两个人在这里，就像是在做梦一样。"皇帝心底不知为何泛起一丝酸楚，口中道："怎么说是做梦，你身上不好，可别说这样的话。我打算过了，待得天下大定，我要将西苑、南苑、北海子全连起来，修一座大园子起来。到了那时候，咱们就上园子里住去，可以不必理会宫里那些规矩，咱们两个人在一块儿。"她"嗯"了一声。皇帝又道："京里暑气重，你素来怕热，到时我在关外挑个地方，也盖园子起来，等每年进了六月，我就带你出关去避暑，行围猎鹿。咱们的日子长久着呢。"

又劝慰她良久，方才亲自打发她睡下，终于出来。碧落率着人皆在外头预备送驾，一时皇帝上了肩舆，一溜八盏宫灯簇拥了御驾，回乾清宫去。梁九功随在后头，转身向碧落招了招手，碧落只得上前来，梁九功道："你也来，万岁爷有话问你。"

碧落便随在后头，跟着皇帝回了乾清宫。皇帝换了衣裳，在炕上坐了，碧落静静地跪在那里，却不敢作声。皇帝默然良久，方才道："太医的话，你也听见了。朕平日是怎么嘱咐你们的？"碧落连连磕头，道："奴才该死。"皇帝淡然道："太医说你们主子是受了极大的惊吓，以致心神不属，风邪入脉，万幸没有动到胎气。你老老实实地告诉朕，你们主子是遇上了什么人，还是遇上了什么事？"碧落无奈，只得将锦秋的话从头到尾复述了一遍，道："奴才们实实不知道，奴才已经狠狠责骂过锦秋，她急得也只会哭，求万岁爷明察。"梁九功便去传了锦秋来，皇帝问过，果然实情如此，并无人知晓。皇帝沉吟片刻，道："园子里冷清，不定是撞上了什么，总归是因为跟的人少的缘故，此后你们主子出去，必要着两个人跟着。你们主子待你们不薄，你们也要尽心尽力地侍候。"碧落与锦秋皆磕头称"是"，皇帝便命她们回去了。梁九功上来侍

候皇帝安置，皇帝嘱咐他道："你挑一个得力的人去储秀宫小厨房当差，凡是良贵人的一应饮食，都要特别仔细侍候。"梁九功"嗻"了一声，皇帝淡然道，"朕倒要好生瞧着，看谁敢再算计朕的人。"

琳琅吃了几剂药，终于一日日调养起来，皇帝这才放了心。梁九功派去储秀宫的人叫张五宝，原在御膳房当差，最精于饮馔之道，为人又极踏实勤勉。凡是琳琅入口之物，不论是茶水点心，还是早晚二膳，皆先由他细细尝过。这日琳琅去了景仁宫给佟贵妃请安，宫里只留下几个不相干的小太监，大家便奉承着张五宝，与他在直房里喝茶，央他讲些御膳房的掌故来听。正在闲话的当儿，一名宫女走进来，手里提着雕漆食盒，笑道："各位谙达宽坐。"张五宝原识得她，便赶着她的名儿叫："晓晴妹妹，今儿怎么得空到这里来？是不是端嫔打发你来的？"晓晴捞了辫梢在手里，笑道："谁是你的妹妹？如今我可不在端主子那里，眼下分派我去了延禧宫里当差呢。"将食盒交给张五宝，道，"这个是桃仁馅山药糕，我们宁主子说良贵人素来爱吃这个，所以送来给良主子尝尝新。"

各宫里皆有小厨房，妃嫔相互馈赠吃食，原也寻常，张五宝并没有在意，便接了过去，口里说："有劳有劳，替我们主子多谢宁贵人。"又留晓晴吃茶，晓晴道："我可不像你们这样轻闲，主子还打发我往别处去送糕呢。"

待得晓晴走后，张五宝打开食盒看了一看，见盒中果然是一大盘新蒸的桃仁馅山药糕，几名小太监便笑道："闻着真是喷鼻的香，怪馋人的。平日里只说尝膳尝膳，主子吃什么好东西，谙达您总得先尝了，可真是天下头一份的好差事。"张五宝笑骂道："你们以为尝膳是好玩的差事么？出了半点差池，那可是要掉脑袋的。"

一时将糕收了，待得琳琅回来，碧落果然命传点心，小厨房便预备了建莲红枣汤、糖蒸酥酪并那桃仁馅山药糕。张五宝用清水漱了口，一样样地尝过。每尝过一样，便再漱一次口。等尝到桃仁馅山药糕，忽觉得微有苦味，隐约夹杂着一种辛香之气。心下暗暗诧异，不敢马虎，又拿了一块，掰开了桃仁馅，对着亮光细看了好一会儿，方又再细细地放在口里嚼了。碧落见了他的举止，知道事情有异，不觉一颗心都提了起来。张五宝的脸色沉下来，对碧落道："打发人去回梁谙达，这糕里有毛病。"

梁九功行事最是利落，立刻传了太医院当值的李太医进来。李太医掰开了糕馅子，细细地拿手指碾开，又闻了气味，细细地尝了味道，知道兹事体大，不敢隐瞒，对梁九功道："谙达，依下官看，这桃仁里头似搀了一味中药红花，到底是与不是，还要待下官与同事公议。"梁九功道："李大人，这红花是味什么药？"李太医道："红花别名草红、刺红花、杜红花、金红花，如果红花配桃仁，破血祛淤之力更甚，通经散淤而止痛，治妇人各种淤血病症、经闭、症瘕、难产、死胎、产后恶露不行，民间亦有用此方堕胎的。"梁九功倒吸了一口凉气，立刻命人连盒子带糕一块儿封了。一面亲自去回禀皇帝，一面打发人去回禀佟贵妃。佟贵妃正在病中，听说出了这样的事情，大是震惊，立刻命安嫔打发人将送糕的宫女晓晴看管起来。

皇帝自然震怒非常："前明宫中秽乱，故此等事层出不穷，本朝自入关以来宫闱清严，简直是闻所未闻。此事朕听着就觉得脏了朕的耳朵，你告诉佟贵妃，叫她依律处置。不管是谁的指

252

使，都得替朕查得清楚，朕绝不容六宫之中有此等阴毒之人。"梁九功便亲自去回禀了佟贵妃。

偏生这几日佟贵妃犯了旧疾，一直在吃药调养，只得将此事依旧交待安嫔去办。安嫔不忿画珠已久，听到这样的事情，哪有不雷厉风行的，立时带了人去延禧宫。

未至垂花门口，已经瞧见画珠领着阖宫的宫女太监站在宫门之外，安嫔笑吟吟道："哟，好容易得空来陪妹妹说几句，倒劳贵人妹妹出来接我，真是不敢当，不敢当。"画珠冷笑一声，道："原来姐姐是来陪我说话的，我瞧这阵仗，还以为姐姐是率人来拿我的。"安嫔笑道："妹妹又没做亏心事，怎么会以为我是来拿人的？"画珠道："才刚打发两个人来，二话不说，绑了我的宫女就走，我倒要问问你，皇上是不是有旨意，要褫夺我的贵人位分，或者是干脆三尺白绫子赐我一个了断？"

安嫔心里一动，笑道："妹妹猜得不错，万岁爷有旨意。"便面南站了，道，"传万岁爷口谕。"画珠怔了一怔，只得由宫女搀扶着，面北跪了下来。安嫔慢条斯理地道："万岁爷说，叫宁贵人明白回话，钦此。"画珠只得忍气吞声，磕头谢恩。安嫔道："妹妹不必气恼，姐姐只是奉了旨意，来问妹妹几句话，妹妹只要老实答了，万岁爷自有明鉴。"画珠冷笑道："我老实答了，你们肯信么？"安嫔微微一笑，道："我肯不肯信都不要紧，只要万岁爷肯信妹妹就成。"画珠听了此句，忽然怔怔地流下泪来。安嫔道："站在这里像是什么样子呢，还请妹妹进去说话吧。"画珠拭一拭眼泪，仿佛一下子镇定下来，挺直了身子，神色自若地扶着宫女转身进到宫中去。

待进了殿中，安嫔居中坐了，便道："请问宁贵人，今儿晌午是不是打发宫女晓晴送给良贵人一盘桃仁馅的山药糕？"画珠道："是又怎么样？"安嫔微微一笑，道："那再请问宁贵人，那山药糕的馅里，除了桃仁，宁贵人还叫人搁上了什么好东西？"画珠连声冷笑："我道是什么泼天大祸，原来是为了那盘山药糕。不过是我厨房里新做了一些，想起她原先爱吃这个，打发人送了她一盘。不独送了她，还送了佟贵妃、端嫔、德嫔、荣嫔。难道说我这糕里头倒搁了毒药不成？"

安嫔笑道："太医可没说里头搁了毒药，太医只说，里头搁的是堕胎药。"

画珠听了此话，宛若半空里一个焦雷，好半晌说不出话来，末了方才喃喃道："原来如此……"抬起头来，厉声道，"不是我做的，我并不知情。"安嫔坐在那里，翘起水葱似的手指，打量尾指上套的金护甲上嵌着殷红如血的珊瑚珠子，闲闲地道："妹妹此时当然要说不知情了，换作是我，也要推个一干二净啊，这可是抄家灭族的大祸。"画珠连连冷笑，道："你想要落井下石，坐实了我这罪名，没这么容易。皇上英明睿智，断不会被你们蒙蔽了去。"安嫔抽出肋下的绢子，拭一拭鼻翼上擦的粉，说道："知道皇上往日里待你好，可惜这回连皇上也不能徇情私饶了你。"起身吩咐左右道，"好生侍候宁贵人，贵人还怀着皇上的血脉呢，若有个闪失，你们可担当不起。"

那些宫女太监早已经跪了一地，安嫔便道："这里的人统统不留了，关到北五所去听候发落，我另外再派人来侍候贵人。从即日起，延禧宫不许人进出，更不许往外传递东西，一切再听佟贵妃懿旨。"她说一句，延禧宫的首领太监便"嗻"一声，她一离开延禧宫，便将宫女太监全部带走，另外派了四名嬷嬷来，名

为侍候，实为监视，将画珠软禁起来。

安嫔去向佟贵妃复命，到了景仁宫方知佟贵妃给太后请安去了，忙忙又赶过去。佟贵妃是先往慈宁宫太皇太后处去了，方才转过来，故而安嫔至太后宫外，远远只见数人簇拥着一乘舆轿过来，正是佟贵妃的舆轿，忙亲自上前侍候佟贵妃下了舆轿，早有人打起帘子。佟贵妃知太后无事喜在暖阁里歪着，所以扶着宫女，缓步进了暖阁，果见太后坐在炕上，嗒嗒地吸着水烟。她与安嫔请下安去，太后叹了一口气，说："起来吧。"她谢恩未毕，已经忍不住连声咳嗽，太后忙命人赐坐，却并不理睬安嫔，安嫔只得站着侍候。佟贵妃明知太后叫自己过来是何缘由，待咳喘着缓过气来，道："因连日身上不好，没有挣扎着过来给皇额娘请安，还请皇额娘见谅。"

太后撂下烟袋，自有宫女奉上茶来，太后却没有接，只微微皱着眉说："我都知道，你一直三灾八难的，后宫里的事又多，额娘知道你是有心无力。"顿了一顿，问，"画珠的事，究竟是怎么回事？"

佟贵妃见她问及，只得道："此事是安妹妹处置，我也只知是宁贵人身边的宫女，已经认了罪。"太后见她并不知道首尾，只得转脸对安嫔道："听说宁贵人叫你给关起来了，到底是怎么一回事？"

安嫔便将事情首尾原原本本讲了一遍。太后听说李太医说糕点馅子里竟夹着堕胎药，只觉得太阳穴突突乱跳，半晌说不出话来。

安嫔道："这等阴狠恶毒的行事，历来为太皇太后和太后所厌弃。宁贵人素蒙圣眷，没想到竟敢谋算皇嗣，实实是罪大恶极。臣妾不敢擅专，奉了贵妃的懿旨，与荣嫔、德嫔、宜嫔、端嫔几位姐姐商议后，才命人将她暂时看管起来。如何处置，正要请太后示下。"

暖阁中极静，只听铜漏滴下，泠泠的一声。佟贵妃坐在太后近前，只听她呼吸急促，两眼直勾勾地盯着自己，忙道："皇额娘别生气，您身子骨要紧。"安嫔也道："太后不必为了这样忘恩负义的小人气坏了自个儿的身子。"

太后久久不说话，最后才问："你们打算如何处置？"

安嫔道："事关重大，还要请太后示下。不过祖宗家法……"稍稍一顿，道，"是留不得的。是否株连亲族，就看太后的恩典了。"谋害皇嗣，乃十恶不赦之大罪，以律例当处以极刑，并株连九族。太后只觉烦躁莫名，道："人命关天，你口口声声说她谋害皇嗣，难道画珠肚子里的不是皇上的血脉？"

佟贵妃听说要人性命，心下早就惴惴不安，亦道："皇额娘说的是，事关重大，总得等皇上决断，请了圣旨才好发落。"

安嫔不由抿嘴一笑，道："虽然宁贵人现在身怀有孕，可她半分也不替肚子里的孩子积德，竟敢谋害皇嗣，十恶不赦，料想皇上亦只能依着祖宗家法处置。"

太后冷冷道："皇帝素来爱重宁贵人，等弄清了来龙去脉，你们再讲祖宗家法也不迟。"

安嫔道："皇上素来处事严明，从不挟私偏袒。依臣妾愚见，妄测圣意必也遵祖宗家法行事。"话音方落，只听"砰"一声，却是太后将手中的茶碗重重撂在炕桌上，吓得佟贵妃连忙站起来了。英嬷嬷忙道："太后，宁贵人有负皇恩，着实可恶，您别气坏了身子。"太后被她这么一提醒，才缓缓道："总之此事等皇帝决断吧。"

佟贵妃恭声应"是"，她是副后身份，位分最高，虽在病

中，但六宫事务名义上仍是她署理，她既然遵懿旨，安嫔只得缄然。

皇帝这日在慈宁宫用过晚膳，方去向太后请安。方至宫门，英嬷嬷已经率人迎出来，她是积年的老嬷嬷，见驾只请了个双安，悄声道："万岁爷，太后一直说心口痛，这会子歪着呢。"

皇帝迟疑了一下，说："那我明儿再来给太后请安。"只听暖阁里太后的声音问："是皇帝在外头？快进来。"皇帝便答道："是儿子。"进了暖阁，只见太后斜倚在大迎枕上，脸上倒并无病容，见着他，含笑问："你来了。"皇帝倒规规矩矩行了请安礼，太后命人赐了坐。皇帝道："太后圣躬违和，儿子这就命人去传太医。"太后道："不过是身上有些不耐烦，歪一会子也就好了。有桩事情，我想想就生气——那可是你心爱的人。"

皇帝听她说自己心爱的人，心中不由微微一跳，赔笑道："皇额娘，六宫之中，儿子向来一视同仁，自觉并无偏袒。"太后不觉略带失望之色，道："连你也这么说？那画珠这孩子是没得救了。"

皇帝听她提到画珠，才知道是自己想错了，一颗心不由顿时放下了。旋即道："宁贵人的事，儿子还在命人追查，待查得清楚，再向太后回奏。"皇帝行事素来敏捷干脆，从太后宫中出来后即起驾去景仁宫。佟贵妃病得甚重，勉强出来接驾。皇帝见她弱不禁风，心下可怜，说："你还是歪着吧，别强撑着立规矩了。"佟贵妃谢了恩，终究只是半倚半坐。皇帝与她说了些闲话，倒是佟贵妃忍不住，道："宁贵人之事如何处置，还请皇上示下。"稍一迟疑，又说，"太后的意思，宁贵人素得皇上爱重……"

皇帝道："国有国法，家有家规，这六宫之中，你们哪一个人朕不爱重？"语气一转，"只是朕觉得此事蹊跷，朕自问待她不薄，她不应有怨怼之心，且明知事发之后她脱不了干系，如何还要做这样的蠢事？"佟贵妃素知皇帝心思缜密，必会起疑心，当下便道："臣妾也是如此想，皇上待宁贵人情深义重，她竟然枉顾天恩，行此大逆不道之事，着实令人费解。"皇帝说："那个送糕的宫女，你再命人细细审问明白。"

　　佟贵妃怕皇帝见疑，当下便命人去传了宫女晓晴来，语气严厉地吩咐身边的嬷嬷："此事关系重大，你们仔细拷问，她若有半点含糊，就传杖。你们要不替我问个明白，也不必来见我了。"她素来待下人宽和，这样厉言警告是未曾有过的事，嬷嬷们皆悚然惊畏，连声应是。

第十六章
此身良苦

而今才道当时错，心绪凄迷。红泪偷垂，满眼春风百事非。情知此后来无计，强说欢期。一别如斯，落尽梨花月又西。

——纳兰容若《采桑子》

那些嬷嬷，平日里专理六宫琐事，最是精明能干，并不比外朝的刑名逊色，既然有贵妃懿旨许用刑，更是精神百倍。连夜严审，至第二日晌午，方问出了端倪。佟贵妃看了招认的供词，一口气换不过来，促声急咳。宫女们忙上来侍候，好容易待得咳喘稍定，她微微喘息："我……我去乾清宫面见皇上。"

皇帝却不在乾清宫，下朝后直接去了慈宁宫。佟贵妃只得又往慈宁宫去，方下了舆轿，崔邦吉已经率人迎出来，先给佟贵妃请了安，低声道："贵主子来得不巧，太皇太后正歇晌午觉呢。"佟贵妃不由停下脚步，问："那皇上呢？"崔邦吉怔了一下，立刻笑道："万岁爷在东头暖阁里看折子呢。"佟贵妃便往东暖阁里去，崔邦吉却抢上一步，在槛外朗声道："万岁爷，贵主子给您请安来了。"这才打起帘子。

琳琅本立在大案前抄《金刚经》，听到崔邦吉通传，忙搁下笔迎上前来，先给佟贵妃行了礼。佟贵妃不想在这里见着她，倒是意外，不及多想。皇帝本坐在西首炕上看折子，见她进来，皇帝倒下炕来亲手挽了她一把，说："你既病着，有什么事打发人来回一声就是了，何必还挣扎着过来。"

佟贵妃初进暖阁见了这情形，虽见皇帝与琳琅相距十余丈，但此情此景便如寻常人家夫妻一般，竟未令人觉得于宫规君臣有碍。她忍不住心中泛起错综复杂的滋味，听皇帝如斯说，眼眶竟是一热。她自恃身份，勉力镇定，说："药糕之事另有内情，臣妾不敢擅专，所以来回禀皇上。"又望了琳琅一眼，见她微垂蟒首立在窗下。那窗纱明亮透进春光明媚，正映在琳琅脸上，虽非艳丽，但那一种娴静婉和，隐隐如美玉光华。耳中只听皇帝道："你先坐下说话。"转脸对琳琅道，"去沏茶来。"

佟贵妃与他是中表之亲，如今中宫之位虚悬，皇帝虽无再行立后之意，但一直对她格外看顾，平日里相敬如宾。她到了此时方隐隐觉得，皇帝待她虽是敬重，这敬重里却总仿佛隔了一层。听他随意唤琳琅去倒茶，蓦然里觉得，在这暖阁之中，这个位分低下的贵人竟比自己这个贵妃，似乎与皇帝更为亲密，自己倒仿佛像是客人一般，心中怅然若失。

琳琅答应一声去了，佟贵妃定了定神，缓缓道："事情倒真如皇上所说，另有蹊跷。那宫女招认，说是端嫔指使她攀污宁贵人，那味红花之药，亦是端嫔命人从宫外夹带进来。臣妾已经命人将夹带入宫私相传递药材的太监、宫女皆锁了起来，他们也都招认了。臣妾怕另生事端，已经命两名嬷嬷去陪伴端嫔。如何处置，还请皇上示下。"

皇帝缄默良久，佟贵妃见他眉头微蹙，眉宇间却恍惚有几分倦怠之意。她十四岁入侍宫中，与皇帝相处多年，甚少见他有这样的倦色，心下茫然不知所措。皇帝的声音倒还是如常平静："审，定要审问清楚。你派人去问端嫔，朕哪里亏待了她，令她竟然如此阴狠下作。你跪安吧，朕乏了。"

琳琅端了茶盘进来，佟贵妃已经退出去了。她见皇帝倚在炕几之上，眼睛瞧着折子，那一支上用紫毫搁在笔架上，笔头的朱砂已经渐渐涸了。她便轻轻唤了声："皇上。"皇帝伸手握住她的手，微微叹了口气："她们成日地算计，算计荣宠，算计我，算计旁人。这宫里，一日也不叫人清净。"

她就势半跪半坐在脚踏上，轻声道："那是因为她们看重皇上，心里惦记皇上，所以才会去算计旁人。"皇帝"唔"了一声，问："那你呢，你若是看重我，心里惦记我，是否也会算计我？"

她心里陡然一阵寒意涌起，见他目光清冽，直直地盯着自己，那一双瞳仁几乎黑得深不可测，她心中怦怦乱跳，几乎是本能般脱口道："琳琅不敢。"皇帝却移开目光去，伸出手臂揽住她，轻声道："我信你不会算计我，我信你。"

她心底一阵难以言喻的痛楚，皇帝的手微微有些发冷，轻而浅的呼吸拂过她的鬓边，她乌发浓密，碎发零乱地绒绒触动在耳畔。她想起小时候嬷嬷给自己梳头，无意间碎碎念叨："这孩子的头发生得这样低。"后来才听人说，头发生得低便是福气少，果然的，这一生福薄命舛。到了如今，已然是身在万丈深渊里，举首再无生路，进退维谷，只是走得一步便算一步，心下无限哀凉，只不愿意抬起头。紫檀脚踏本就木质坚硬，她一动不动地半跪在那里，只是懒怠动弹。脚蜷得久了，酥酥的一阵麻意顺着膝

头痛上来。皇帝却亦是不动，他腰际明黄佩带上系着荷包正垂在那炕沿，御用之物照例是绣龙纹，千针万线纳绣出狰狞鲜活。她不知为何有些怅然，就像是丢了极要紧的东西，却总也记不得是丢了什么一样，心里一片空落落的难过。

太皇太后歇了午觉起来，皇帝已经去了弘德殿。晌午后传茶点，琳琅照例侍候太皇太后吃茶。太皇太后论了茶砖的好坏，又说了几句旁的话，忽然问："琳琅，此回药糕之事你怎么看？"琳琅微微一惊，忙道："琳琅位分低微，不敢妄议六宫之事。况且此事由琳琅而起，如今牵涉众人，琳琅心中实实不安。"太皇太后微微一笑，说："你的位分，我早就跟皇帝说过了，原本打算万寿节晋你为嫔位，偏生你一直病着。赶明儿挑个好日子，就叫内务府去记档。"琳琅听她误解，越发一惊，说道："太皇太后，琳琅并无此意，太皇太后与皇上待琳琅的好，琳琅都明白，并不敢妄求旁的。"

太皇太后道："好孩子，我知道你并不看重位分虚名，可是旁人看重这些，咱们就不能让她们给看轻了。皇帝是一国之君，在这六宫里，他愿意抬举谁，就应该抬举谁。咱们大清的天子，心里喜欢一个人，难道还要偷偷摸摸的不成？"

琳琅心下一片混乱，只见太皇太后含笑看着自己，眼角的浅浅淡淡纹，显出岁月沧桑，但那一双眼睛却并没有老去，光华流转似千尺深潭，深不可测，仿佛可以看进人心底深处去。她心下更是一种惶然的惊惧，勉强镇定下来，轻声道："谢太皇太后恩典，琳琅知道您素来疼惜琳琅，只是琳琅出身卑贱，皇上对琳琅如此眷顾，已经是琳琅莫大的福气。太皇太后再赏赐这样的恩典，琳琅实实承受不起，求太皇太后体恤。"

太皇太后向苏茉尔笑道："你瞧这孩子，晋她的位分，旁人求之不得，独独她像是唯恐避之不及。"转过脸对琳琅道，"你前儿做的什么花儿酪，我这会子怪想着的。"琳琅答："不知太皇太后说的是不是芍药清露蒸奶酪？"太皇太后点头道："就是这个。"琳琅便微笑道："我这就去替老祖宗预备。"福了一福，方退了出去。

太皇太后注视她步态轻盈地退出了暖阁，脸上的微笑慢慢收敛了，缓缓对苏茉尔道："她见事倒还算明白。"苏茉尔缄默不言，太皇太后轻轻叹了一口气，"你还记不记得，那年福临要废黜皇后，另立董鄂氏为后，董鄂说的那一句话？"苏茉尔答道："奴才当然记得，当时您还说过，能说出这句话，倒真是个心思玲珑剔透的人儿。先帝要立董鄂皇贵妃为后，皇贵妃却说：'皇上欲置臣妾炭火其上？'"

太皇太后微微一笑："她们百般算计，哪里知道在这后宫里，三千宠爱在一身，其实就好比架在那熊熊燃着的火堆上烤着。捧得越高，嫉妒的人就越多，自然就招惹祸事。"顿了一顿，说，"皇帝就是深知这一点，才使了这招'移祸江东'，将那个宁贵人捧得高高儿的，好叫旁人全去留意她了。"

苏茉尔道："皇上睿智过人。"

太皇太后又长长叹了一口气，淡然反问："还谈什么睿智？竟然不惜以帝王之术驾驭臣工的手段来应对后宫，真是可哀可怒。"苏茉尔又缄默良久，方道："万岁爷也是不得已，方出此下策。"

太皇太后道："给她们一些教训也好，省得她们成日自作聪明，没得弄得这六宫里乌烟瘴气的。"脸上不由浮起忧色，"现如今叫我揪心的，就是玄烨这心太痴了。有好几回我眼睁着，他明明瞧出琳琅是虚意承欢，却若无其事装成浑然不知。他如今竟

然在自欺欺人，可见已经无力自拔到了何种地步。”

苏茉尔低声道："这位卫主子，既不是要位分，又不是想争荣宠，她这又是何苦。"

太皇太后道："我瞧这中间定还有咱们不知道的古怪，不过依我看，她如今倒只像想自保。这宫里想站住脚，并不容易，你不去惹人家，人家自会来惹你。尤其皇帝又撂不下她，她知道那些明枪暗箭躲不过，所以想着自保。"叹了口气，"这虽不是什么坏事，可迟早我那个痴心的傻孙儿会明白过来。等到连自欺欺人都不能的那一天，还保不齐是个什么情形。"

苏茉尔深知她的心思，忙道："万岁爷素来果毅决断，必不会像先帝那样执迷不悟。"

太皇太后忽然轻松一笑："我知道他不会像福临一样。"她身后窗中透出晌午后的春光明媚，照着她身上宝蓝福寿绣松鹤的妆花夹袍，织锦夹杂的金线泛起耀眼的光芒。她凝望着那灿烂的金光，慢条斯理伸手将顺了襟前的流苏："咱们也不能让他像福临一样。"

皇帝这一阵子听完进讲之后，皆是回慈宁宫陪太皇太后进些酒膳，再回乾清宫去。这日迟迟没有过来，太皇太后心生惦记，打发人去问，过了半晌回来道："万岁爷去瞧端主子了。"

太皇太后"哦"了一声，像是有些感慨，说："一日夫妻百日恩，去见一面也是应该。"转过脸来将手略抬，琳琅忙奉上茶碗。窗外斜晖脉脉，照进深广的殿里，光线便暗淡下来，四面苍茫暮色渐起，远处的宫殿笼在霭色中，西窗下日头一寸一寸沉下去。薄薄的并没有暖意，寒浸浸的倒凉得像秋天里了。她想着有句云：东风临夜冷于秋。原来古人的话，果然真切。

其实皇帝本不愿去见端嫔，还是佟贵妃亲自去请旨，说："端嫔至今不肯认罪，每日只是喊冤。臣妾派人去问，她又什么都不肯说，只说要御前重审，臣妾还请皇上决断。"皇帝本来厌恶端嫔行事阴毒，听佟贵妃如此陈情，念及或许当真有所冤屈，终究还是去了。

　　端嫔仍居咸福宫，由两名嬷嬷陪伴，形同软禁。御驾前呼后拥，自有人早早通传至咸福宫。端嫔只觉望眼欲穿，心中早就焦虑如焚。但见斜阳满院，其色如金，照在那影壁琉璃之上，刺眼夺目。至窗前望了一回，又望了一回，方听见敬事房太监"啪啪"的击掌声，外面宫女太监早跪了一地，她亦慌忙迎下台阶，那两名嬷嬷，自是亦步亦趋地紧紧跟着。只见皇帝款步徐徐而至，端嫔勉强行礼如仪："臣妾恭请圣安。"只说得"臣妾"二字，已经呜咽有声。待皇帝进殿内方坐下，她进来跪在炕前，只是嘤嘤而泣。皇帝本来预备她或是痛哭流涕，或是苦苦纠缠，倒不防她只是这样掩面饮泣，淡然道："朕来了，你有什么冤屈就说，不必如此惺惺作态。"

　　端嫔哭道："事到如今，臣妾百口莫辩，可臣妾实实冤枉，臣妾便是再糊涂，也不会去谋害皇上的子嗣。"皇帝心中厌烦，道："那些宫女太监都招认了，你也不必再说。朕念在素日的情分，不追究你的家人便是了。"端嫔吓得脸色雪白，跪在当地身子只是微微发抖："皇上，臣妾确是冤枉。那山药糕确实是臣妾一时鬼迷心窍，往里头掺了东西，又调包了给良贵人送去。不，不，臣妾并没有往里头掺红花，臣妾只往里头掺了一些巴豆。臣妾一时糊涂，只是想嫁祸给宁贵人。只盼皇上一生气不理她了。可是臣妾真的是被人冤枉，皇上，臣妾纵然粉身碎骨，也不会去谋害皇嗣。"

皇帝听她颠三倒四哭诉着，一时只觉真假难辨，沉吟不语。端嫔抽泣道："臣妾罪该万死……如今臣妾都已从实禀明，还求皇上明查。臣妾自知罪大恶极，可是臣妾确实冤枉，臣妾如今百口莫辩，但求皇上明察。"连连碰头，只将额上都磕出血来。

　　皇帝淡然道："朕当然要彻查，朕倒要好生瞧瞧，这栽赃陷害的人到底是谁。"

　　皇帝素来行事果决，旋即命人将传递药物进宫的宫女、太监，所有相干人等，在慎刑司严审。谁知就在当天半夜里，画珠忽然自缢死了。皇帝下朝后方才知晓，于是亲自到慈宁宫向太皇太后回奏。太皇太后震怒非常，正巧宫女递上茶来，手不由一举，眼瞧着便要向地上掼去，忽然又慢慢将那茶碗放了下来。苏茉尔只见她鼻翁微动，知道是怒极了，一声不响，只跪在那里轻轻替她捶着腿。

　　皇帝倒是一脸的心平气和："依孙儿看，只怕她是自个儿胆小，所以才寻了短见。她平日心性最是高，哪里受过这样的委屈，或是一时想不开，也是有的。"太皇太后倒是极快地亦镇定下来，伸手端了那茶慢慢吃着。

　　皇帝又道："依孙儿看，这事既然到了如此地步，不如先撂着，天长日久自然就显出来了。至于宁贵人，想想也怪可怜的，不再追究她家里人就是了。"妃嫔在宫中自戕乃是大逆不道，势必要连坐亲眷。太皇太后明白他的意思，笑了一声，道："难得你还知道可怜她，她还怀着你的骨肉——难为你——"终于咬一咬牙，只说道，"你既说不追究，那便饶过她家里人就是了。"

　　皇帝听了这句话，站起来恭声道："想是孙儿哪里行事不周全，请皇祖母教训。"太皇太后注视他良久，皇帝的样子仍旧十分从容。太皇太后长长吁了口气，说："我不教训你，你长大了，凡事都有自己的主见，是对是错，值不值得，你自己心里头明白就成了。"随手端过茶碗，慢慢地尝了一口，"你去吧，皇祖母乏了，想歇着了。"

皇帝于是行礼跪安，待得皇帝走后，太皇太后怔怔地出了一会儿神，说："苏茉尔，你即刻替我去办一件事。"苏茉尔"嗻"了一声，却并没有动弹，口里说："您何必要逼着万岁爷这一步。"太皇太后轻叹了口气，说："你也瞧见了，不是我逼他，而是他逼我。为了一个琳琅，他竟然下得了这种手……"凝望着手中那只明黄盖碗，慢慢地道，"事情既然已经到了如今的地步，咱们非得要弄明白这其中的深浅不可。"

却说这日纳兰方用了晌午饭，宫里忽来人传旨觐见。原本皇帝召见，并无定时定规，但晌午后皇帝总有进讲，此时召见殊为特例。他心中虽纳闷，但仍立时换了朝服入宫来，由太监领着去面圣。那太监引着他从夹道穿过，又穿过天街，一直走了许久，方停在了一处殿室前。那太监尖声细气道："请大人稍候，回头进讲散了，万岁爷的御驾就过来。"

纳兰久在宫中当差，见这里是敬思殿，离后宫已经极近，不敢随意走动，因皇帝每日的进讲并无定时，有时君臣有兴，讲一两个时辰亦是有的。刚等了一会儿，忽然见一名小太监从廊下过来，趋前向他请了个安，却低声道："请纳兰大人随奴才这边走。"纳兰以为是皇帝御前的小太监，忽又换了地方见驾，此事亦属寻常，没有多问便随他去了。

这一次却顺着夹道走了许久，一路俱是僻静之地，他心中方自起疑，那小太监忽然停住了脚，说："到了，请大人就在此间

稍候。"他举目四望,见四面柔柳生翠,啼鸟闲花,极是幽静,不远处即是赤色宫墙,四下里却寂无人声。此处他却从未来过,不由开口道:"敢问公公,这里却是何地?"那小太监却并不答话,微笑垂手打了个千儿便退走了。他心中越发疑惑,忽然听见不远处一个极清和的声音说道:"这里冷清清的,我倒觉得身上发冷,咱们还是回去吧。"

这一句话传入耳中,却不吝五雷轰顶,心中怦怦直跳,只是想:是她么?难道是她?真的是她么?竟然会是她么?本能就举目望去,可恨那树木枝叶葳蕤挡住了,看不真切。只见隐隐绰绰两个人影,他心下一片茫然失措。恰时风过,吹起那些柳条,惊鸿一瞥间,已经瞧见那玉色衣衫的女子,侧影姣好,眉目依稀却是再熟悉不过。只觉得轰一声,似乎脑中有什么东西炸开来,当下心中一窒,连呼吸都难以再续。

琳琅掠过鬓边碎发,觉得自己的手指触着脸上微凉。锦秋道:"才刚不听说这会子进讲还没散呢,只怕还有阵子工夫。"琳琅正欲答话,忽然一抬头瞧见那柳树下有人,正痴痴地望着自己。她转脸这一望,却也痴在了当地。园中极静,只闻枝头啼莺婉转,风吹着她那袖子离了手腕,又伏贴下去,旋即又吹得飘起来……上用薄江绸料子,绣了繁密的花纹,那针脚却轻巧若无,按例旗装袖口只是七寸,绣花虽繁,颜色仍是极素淡……碧色丝线绣在玉色底上,浅浅波漪样的纹路……衣袖飘飘地拂着腕骨,若有若无的一点麻,旋即又落下去。她才觉得自己一颗心如那衣袖一般,起了又落,落了又起。

锦秋也已经瞧见树下立有陌生男子,喝问:"什么人?"

事出仓促,纳兰一时未能多想,眼前情形已经是失礼,再不能失仪。心中转过一千一万个念头,半晌才回过神来,木然而本能地行下礼去，心中如万箭相攒，痛楚难当，口中终究一字一字道出："奴才……纳兰性德给卫主子请安。"

　　裕亲王福全正巧也进宫来给太皇太后请安，先陪着皇帝听了进讲。皇帝自去年开博学鸿儒科，取高才名士为侍读、侍讲、编修、检讨等官，每日在弘德殿作日课的进讲。皇帝素性好学，这日课却是从不中断。这一日新晋的翰林张英进讲《尚书》，足足讲了一个多时辰。皇帝倒是听得十分用心，福全也是耐着性子。待进讲已毕，梁九功趋前道："请万岁爷示下，是这就起驾往慈宁宫，还是先用点心。"

　　皇帝瞧了瞧案上的西洋自鸣钟，说："这会子皇祖母正歇午觉，咱们就先不过去吵扰她老人家。"梁九功便命人去传点心。皇帝见福全强打精神，说："小时候咱们背书，你就是这样子，如今也没见进益半分。"福全笑道："皇上从来是好学不倦，奴才却是望而却步。"皇帝道："那时朕也顽劣，每日就盼下了学，便好去布库房里玩耍。"福全见皇帝今日似颇为郁郁不乐，便有意笑道："福全当然记得，皇上年纪小，所以总是赢得少。"皇帝知道他有意撺掇起自己的兴致来，便笑道："明明是你输得多。"福全道："皇上还输给福全一只青头大蝈蝈呢，这会子又不认账了。"皇帝道："本来是你输了，朕见你懊恼，才将那蝈蝈让给你。"福全笑道："那次明明是我赢了，皇上记错了。"

　　一扯起幼时的旧账，皇帝却哑然失笑，道："咱们今儿再比，看看是谁输谁赢。"福全正巴不得引得他高兴，当下道："那与皇上今日再比过。"

　　皇帝本来心情不悦，到此时方才渐渐高兴起来，当下便换了

衣裳，与福全一同去布库房。忽又想起一事来，嘱咐梁九功："刚才说容若递牌子请安，你传他到布库房来见朕。"梁九功"嗻"了一声，回头命小太监去了，自己依旧率着近侍，不远不近地跟在皇帝后头。

皇帝兴致渐好，兼换了一身轻衣薄靴，与福全一路走来，忆起童年的趣事，自是谈笑风生。至布库房前，去传唤容若的小太监气吁吁地回来了，附耳悄声对梁九功说了几句话，偏偏皇帝一转脸看见了。皇帝对内侍素来严厉，呵斥道："什么事鬼鬼祟祟？"

那小太监吓得扑跪在地上，磕了一个头却不敢作声，只拿眼角偷瞥梁九功。梁九功见瞒不过，趋前一步，轻声道："万岁爷息怒……奴才回头就明白回奏主子。"福全最是机灵，见事有尴尬，急中生智，对皇帝道："万岁爷，奴才向皇上告个假，奴才乞假去方便，奴才实在是……忍无可忍。"

按例见驾，皇帝不示意臣子跪安，臣子不能自行退出。福全陪皇帝这大半晌工夫，皇帝想必他确实是忍无可忍，忍不住笑道："可别憋出毛病来，快去吧。"自有小太监引福全去了，皇帝唇角的笑意却渐渐淡了，问梁九功："什么事？"

梁九功见周围皆是近侍的宫女太监，此事却不敢马虎，亦是附耳悄声向皇帝说了几句话。他这样悄声回奏，距离皇帝极近，却清晰地听着皇帝的呼吸之声，渐渐夹杂一丝紊乱。皇帝却是极力自持，调均了呼吸，面上并无半分喜怒显现出来，过了良久，却道："此事不可让人知道。"

福全回来布库房中，那布库房本是极开阔的大敞厅，居中铺了厚毡，四五对布库斗得正热闹。皇帝居上而坐，梁九功侍立其侧，见他进来，却向他丢个眼色。他顺视线往下看去，梁九功的右手中指却轻轻搭在左手手腕上，这手势表明皇帝正生气。福全见皇帝脸色淡然，一动不动端然而坐，瞧不出什么端倪，只是那目光虽瞧着跳着"黄瓜架子"的布库，眼睛却是瞬也不瞬。他心中一咯噔，知道皇帝素来喜怒不愿形于色，唯纹丝不动若有所思时，已经是怒到了极处，只不知道为了什么事。

他又望了梁九功一眼，梁九功不易觉察地摇了摇头，示意与他无关。他虽然放下半颗心来，忽听小太监进来回话："启禀万岁爷，纳兰大人传到。"

皇帝的眉头不易觉察地微微一蹙，旋即道："叫他进来吧。"

纳兰恭敬行了见驾的大礼，皇帝淡然道："起来吧。"问他，"递牌子请见，可有什么事要回奏？"纳兰闻言一怔，磕了一个头，正不知该如何答话，皇帝忽然一笑，对他说："今儿倒凑巧，裕亲王也在这里，你正经应当去给裕亲王磕个头，他可是你的大媒人。"纳兰便去向福全行了礼，福全心中正是忐忑，忙亲手搀了起来。忽听皇帝道："朕也没什么好赏你的，咱们来摔一场，你赢了，朕赐你为巴图鲁，你输了，今儿便不许回家，罚你去英武殿校一夜书。"福全听他虽是谐笑口吻，唇角亦含着笑，那眼中却殊无笑意，心中越发一紧，望了纳兰一眼。纳兰略一怔忡，便恭声道："微臣遵旨。"

其时满洲入关未久，宗室王公以习练摔跤为乐。八旗子弟，无不自幼练习角力摔跤，满语称之为"布库"。朝廷便设有专门的善扑营，前身即是早年擒获权臣鳌拜的布库好手。皇帝少年时亦极喜此技，几乎每日必要练习布库，只是近几年平定三藩，军政渐繁，方才渐渐改为三五日一习，但依旧未曾撂下这功夫。纳兰素知皇帝善于布库，自己虽亦习之，却不曾与皇帝交过手，心

中自然不安，已经打定了主意。

皇帝双掌一击，场中那些布库皆停下来，恭敬垂手退开。福全欲语又止，终究还是道："皇上……"皇帝微笑道："等朕跟容若比过，咱们再来较量。"梁九功忙上前来替皇帝宽去外面大衣裳，露出里面一身玄色薄紧短衣。纳兰也只得去换了短衣，先道："奴才僭越。"方才下场来。

皇帝却是毫不留情，不等他跳起第二步，已经使出绊子，纳兰猝不及防，砰一声已经重重被皇帝摔在地上。四面的布库见皇帝这一摔干净利落，敏捷漂亮，不由轰然喝彩。纳兰起立道："奴才输了。"

皇帝道："这次是朕攻其不备，不算，咱们再来。"纳兰亦是幼习布库，功底不薄，与皇帝摔角，自然守得极严，两人周旋良久，皇帝终究瞧出破绽，一脚使出绊子，又将他重重摔在地上。纳兰只觉头晕目眩，只听四面喝彩之声如雷，他起身道："微臣又输了。"

"你欺君罔上！"皇帝面色如被严霜，一字一顿地道，"你今儿若不将真本事显露出来，朕就问你大不敬之罪。"

纳兰悚然一惊，见皇帝目光如电，冷冷便如要看穿自己的身体一样，忍不住打了个激灵。等再行交手，防守得更加严密，只听自己与皇帝落足厚毡之上，沉闷有声，一颗心却跳得又急又快，四月里天气已经颇为暖和，这么一会子工夫，汗珠子已经冒出来，汗水痒痒地顺着脸颊往下淌。就像适才在园子里，那些柳叶拂过脸畔，微痒灼热，风里却是幽幽的清香。他微一失神，脚下陡然一突，只觉天旋地转，砰一声又已重重摔在地上，这一摔却比适才两次更重，只觉脑后一阵发麻，旋即钻心般的剧痛袭来。皇帝一肘却压在他颈中，使力奇猛，他瞬时窒息，皇帝却并不松手，反而越压越重。他透不过气来，本能用力挣扎，视线模糊里只见皇帝一双眼睛狠狠盯着自己，竟似要喷出火来，心中迷迷糊糊惊觉——难道竟是要扼死自己？

他用力想要挣脱，可是皇帝的手肘便似有千钧重，任凭他如何挣扎仍是死死压在那里，不曾松动半分。他只觉得血全涌进了脑子里，眼前阵阵发黑，两耳里响起嗡嗡的鸣声，再也透不出一丝气来，手中乱抓，却只拧住那地毡。就在要陷入绝望黑寂的一刹那，忽听似是福全的声音大叫："皇上！"

皇帝骤然回过神来，猛地一松手。纳兰乍然透过气来，连声咳嗽，大口大口吸着气，只觉脑后剧痛，颈中火辣辣的便似刚刚吞下去一块火炭。本能用手按在自己颈中，触手皮肉焦痛，只怕已经扼得青紫，半晌才缓过来。起身行礼，勉强笑道："奴才已经尽了全力，却还是输了，请皇上责罚。"

皇帝额上全是细密的汗珠，接了梁九功递上的热手巾，匆匆拭了一把脸上的汗，唇际倒浮起一个微笑："朕下手重了些，没伤着你吧？"纳兰答："皇上对奴才已经是手下留情，奴才心里明白，还请皇上责罚。"

皇帝又微微一笑，道："你又没犯错，朕为什么要责罚你？"却望也不曾望向他一眼，只说，"朕乏了，你跪安吧。"

福全陪着皇帝往慈宁宫去，太皇太后才歇了午觉起来。祖孙三人用过点心，又说了好一阵子的话，福全方才跪安，皇帝也起身欲告退，太皇太后忽道："你慢些走，我有话问你。"皇帝微微一怔，应个"是"。太皇太后却略一示意，暖阁内的太监宫女皆垂手退了下去，连崔邦吉亦退出去，苏茉尔随手就关上了门，依旧回转来侍立太皇太后身后。

暖阁里本有着向南一溜大玻璃窗子，极是透亮豁畅，太皇太

274

后坐在炕上，那明亮的光线映着头上点翠半钿，珠珞都在那光里透着润泽的亮光。太皇太后凝视着他，那目光令皇帝转开脸去，不知为何心里不安起来。

太皇太后却问："今儿下午的进讲，讲了什么书？"皇帝答："今儿张英讲的《尚书》。"太皇太后道："你五岁进学，皇祖母这几个孙儿里头，你念书是最上心的。后来上书房的师傅教《大学》，你每日一字不落将生课默写出来，皇祖母欢喜极了，择其精要，让你每日必诵，你可还记得？"

皇帝见她目光炯炯，紧紧盯住自己，不得不答："孙儿还记得。"

太皇太后又是一笑，道："那就说给皇祖母听听。"

皇帝嘴角微微一沉，旋即抬起头来，缓缓道："有国者不可以不慎，辟则为天下僇矣。"太皇太后问："还有呢？"

"道得众则得国，失众则失国。"皇帝的声音平和，听不出任何涟漪，"此谓国不以利为利，以义为利也。"

太皇太后点一点头："难为你还记得——有国者不可以不慎，你今儿这般行事，传出去宗室会怎么想？群臣会怎么想？言官会怎么想？你为什么不干脆扼死了那纳兰性德，我待要看你怎么向天下人交待！"语气陡然凛然，"堂堂大清的天子，跟臣子争风吃醋，竟然到动手相搏。你八岁践祚，十九年来险风恶浪，皇祖母瞧着你——挺过来，到了今天，你竟然这样自暴自弃。"轻轻地摇一摇头，"玄烨，皇祖母这些年来苦口婆心，你都忘了么？"

皇帝屈膝跪下，低声道："孙儿不敢忘，孙儿以后必不会了。"

太皇太后沉声道："你根本忘不了！"抽出大迎枕下铺的三

尺黄绫子,随手往地上一掷。那绫子极轻薄,飘飘拂拂在半空里展开来,像是晴天碧空极遥处一缕柔云,无声无息落在地上。太皇太后吩咐苏茉尔道:"拿去给琳琅,就说是我赏她。"皇帝如五雷轰顶,见苏茉尔答应着去拾,情急之下一手将苏茉尔推个趔趄,已经将那黄绫紧紧攥住,叫了一声:"皇祖母。"忽然惊觉来龙去脉,犹未肯信,喃喃自语,"是您——原来是您。"

皇帝紧紧攥着那条黄绫,只是纹丝不动,过了良久,声音又冷又涩:"皇祖母为何要逼我?"太皇太后语气森冷:"为何?你竟反问我为何——昨儿夜里,慎刑司的关庆喜向你回奏了什么,皇祖母并不想知道。你半夜打发梁九功去了一趟延禧宫,他奉了你的口谕,去干了些什么,皇祖母也并不想知道。皇祖母就想知道一件事,你还记不记得自己的身份?你这样痴心地一力回护她,她可会领你的情?"

皇帝脸色苍白,叫了一声:"皇祖母。"

太皇太后话句里透着无尽的沉痛:"玄烨啊玄烨,你为了一个女人,一再失态,你叫皇祖母如何说你?你这样行事,与前朝昏君有何差?"皇帝背心里早生出一身冷汗,道:"昨夜之事是孙儿拿的主意,孙儿行事糊涂,与旁人并不相干,求皇祖母责罚孙儿。且画珠算不得无辜,还望皇祖母明察。"太皇太后目光如炬,直直地盯着他:"纵然她有一万个不是,纵然是她将计就计在糕里下了红花,可到底也没伤着琳琅,她罪不至死。况且她还怀着你的骨肉,你怎么能下这样的狠手——虎毒尚不食子,此事如果传扬出去,史书上该怎么写?难道为了维护一个女人,你连天性人伦都不要了?"皇帝身子微微一动,伏身又磕了一个头。

太皇太后柔声道:"好孩子,你还记不记得,小时候你臂上

生了疽疮，痛得厉害，每日发着高热不退，吃了那样多的药，总是不见好。是御医用刀将皮肉生生划开，你年纪那样小，却硬是一声都没有哭，眼瞧着那御医替你挤净脓血，后来疮口才能结痂痊愈。"轻轻执起皇帝的手，"皇祖母一切都是为你好，听皇祖母的话，这就打发她去吧。"

皇帝心中大恸，仰起脸来："皇祖母，她不是玄烨的疽疮，她是玄烨的命。皇祖母断不能要了孙儿的命去。"

太皇太后望着他，眼中无限怜惜："你好糊涂。起先皇祖母不知道——汉人有句话，强扭的瓜不甜。咱们满洲人也有句话，长白山上的天鹰与吉林乌拉（满语，松花江）里的鱼儿，那是不会一块儿飞的。"伸出手搀了皇帝起来，叫他在自己身边坐下，依旧执着他的手，缓缓地道，"她心里既然有别人，任你对她再好，她心里也难得有你，你怎么还是这样执迷不悟？后宫妃嫔这样多，人人都巴望着你的宠爱，你何必要这样自苦？"

皇帝道："后宫妃嫔虽多，只有她明白孙儿，只有她知道孙儿要什么。"

太皇太后忽然一笑，问："那她呢？你可明白她？你可知道她要什么？"对苏茉尔道，"叫碧落进来。"

碧落进来，因是日日见驾的人，只屈膝请了个双安。太皇太后问她："卫主子平日里都喜欢做些什么？"碧落想了想，说："主子平日里，不过是读书写字，做些针线活计。奴才将主子这几日读的书还有针黹篾子都取来了。"

言毕将些书册并针线篾都呈上。太皇太后见那些书册是几本诗词并一些佛经，只淡淡扫了一眼。皇帝却瞧见那篾内一只荷包绣工精巧，底下穿着明黄穗子，便知是给自己做的，想起昔日还是在乾清宫时，她曾经说起要给自己绣一只荷包。这是满洲旧俗，新婚的妻子，过门之后是要给夫君绣荷包，以证百年好合，必定如意。后来这荷包没有做完，却叫种种事端给耽搁了。皇帝此时见着，心中触动前情，只觉得凄楚难言。太皇太后伸手将那荷包拿起，对碧落道："这之前的事儿，你从头给你们万岁爷讲一遍。"碧落道："那天主子从贵主子那里回来，就像是很伤心的样子。奴才听见她说，想要个孩子。"皇帝本就心思杂乱，听到这句话，心中一震。只听碧落道："万岁爷的万寿节，奴才原说，请主子绣完了这荷包权作贺礼。主子再三地不肯，巴巴儿地写了一幅字，又巴巴儿地打发奴才送去。"太皇太后问："是幅什么字？"

碧落赔笑道："奴才不识字，再说是给万岁爷的寿礼，奴才更不敢打开看。奴才亲手交给梁谙达，就回去了。主子写了些什么，奴才不知道。"太皇太后就道："你下去吧。"

皇帝坐在那里，只是默不作声。太皇太后轻轻叹了一口气，说："她写了幅什么字，碧落不知道，我也不曾知道。可我敢说，你就是为她这幅字，心甘情愿自欺欺人！如今你难道还不明白，她何尝有过半分真心待你？她不过是在保全自己，是在替自己前途打算——她想要个孩子，也只不过为着这宫里的妃嫔，若没个孩子，就是终生没有依傍。她一丝一毫都没有指望你的心思，她从来未曾想过要倚仗你过一辈子，她从来不曾信过你。难为你为了她，竟做出这样的事来！"

太皇太后又道："若是旁的事情，一百件一千件皇祖母都依你，可是你看，你这样放不下，她终归是你梗在心上的一根刺，时时刻刻都会让你乱了心神。你让纳兰性德去管上驷院，打发得他远远儿的，可是今儿你还是差点扼死了他。他是谁？他是咱们朝中重臣明珠的长子。你心中存着私怨，岂不叫臣子寒心？你一

向对后宫一视同仁，可是如今一出了事情，你就乱了方寸，宁贵人固然犯下滔天大错，可你也不能这样处置。你为了她，一而再再而三地犯糊涂。旁人犯了糊涂不打紧，咱们大清的基业，可容不得你有半分糊涂心思。"

太皇太后轻轻吁了口气："刮骨疗伤，壮士断腕。长痛不如短痛，你是咱们满洲顶天立地的男儿，更是大清的皇帝，万民的天子，更要拿得起，放得下。就让皇祖母替你了结这桩心事。"

皇帝心下一片哀凉，手中的黄绫子攥得久了，被汗濡湿了潮潮地腻在掌心，怔怔瞧着窗外的斜阳，照在廊前如锦繁花上，那些芍药开得正盛，殷红如胭脂的花瓣让那金色的余晖映着，越发如火欲燃，灼痛人的视线。耳中只听到太皇太后轻柔如水的声音："好孩子，皇祖母知道你心里难过。赫舍里氏去的时候，你也是那样难过，可日子一久，不也是渐渐忘了。这六宫里，有的是花儿一样漂亮的人，再不然，三年一次的秀女大挑，满蒙汉军八旗里，什么样的美人，什么样的才女，咱们全都可以挑了来做妃子。"

皇帝终于开了口，声音却是飘忽的，像是极远的人隔着空谷说话，隐约似在天边："那样多的人，她不是最美，也不是最好，甚至她不曾以诚相待，甚至她算计我，可是皇祖母，孙儿没有法子，孙儿今日才明白皇阿玛当日对董鄂皇贵妃的心思，孙儿断不能眼睁睁瞧着她去死。"

太皇太后只觉太阳穴突突乱跳，额上青筋迸起老高，扬手便欲一掌掴上去。见他双眼望着，眼底痛楚、凄凉、无奈相织成一片绝望，心底最深处怦然一动，忽然忆起许久许久以前，久得像是在前世了，也曾有人这样眼睁睁瞧着自己，也曾有人这样对自己说："她不是最美，也不是最好，我知道她不曾以诚相待，我甚至明知她算计我，可是我没有法子。"那样狂热的眼神，那样灼热的痴缠，心里最最隐蔽的角落里，永远却是记得。谁也不曾知道她辜负过什么，谁也不曾知道那个人待她的种种好——可是她辜负了，这一世都辜负了。

她的手缓而无力地垂下去，慢慢地垂下去，缓缓地抚摸着皇帝的脸庞，轻声道："皇祖母不逼你，你自幼就知道分寸，小时候你抽烟，皇祖母只是提了一提，你就戒掉了。你得答应皇祖母，慢慢将她忘掉，忘得一干二净，忘得如同从来不曾遇上她。"

皇帝沉默良久，终于道："孙儿答应皇祖母——竭尽全力而为。"

尾声

谢家庭院残更立，燕宿雕梁。月度银墙，不辨花丛哪瓣香。此情已自成追忆，零落鸳鸯。雨歇微凉，十一年前梦一场。

——纳兰容若《采桑子》

琳琅自见到纳兰，虽然不过仓促之间，便及时避走。虽由锦秋扶着，可是一路走来，心中思绪纷杂，却没有一个念头能想得明白，只是神思恍惚。走过御花园，远远却瞧见三四个太监提携着些箱笼铺盖之属，及至近前才瞧见为首的正是延禧宫当差的小林。见了她忙垂手行礼，琳琅只点一点头罢了。正待走开，忽见他们所携之物中有一个翠钿妆奁匣子样式别致，十分眼熟，正是画珠素日常用的心爱之物。不由诧异道："这像是宁贵人的东西——你们这是拿到哪里去？"

　　小林磕了一个头，含含糊糊道："回主子话，宁贵人没了。"

　　琳琅吃了一惊，半晌说不出话来，过了许久方才喃喃反问："没了？"小林道："昨儿夜里突然生了急病，还没来得及传召

太医就没了。刚刚已经回了贵主子，贵主子听见说是绞肠痧，倒叹了好几声。依规矩这些个东西都不能留了，所以奴才们拿到西场子去焚掉。"

琳琅震骇莫名，脱口问："那皇上怎么说？"小林道："还没打发人去回万岁爷呢。"琳琅这才自察失言，勉强一笑，说："那你们去吧。"小林"嗻"了一声，领着人自去了。琳琅立在那里，远远瞧着他们在绿柳红花间越走越远，渐渐远得瞧不分明了。那下晌的太阳本是极暖，她背心里出了微汗，一丝丝的微风扑上来，犹带那花草的清淡香气，却叫人觉得寒意侵骨。

锦秋虽隐约觉得事有蹊跷，但未多想，侍候着琳琅回到储秀宫。因不见了碧落，琳琅问："碧落呢？"小宫女回道："慈宁宫打发人来叫去了，去了好一会子了，大约就快回来了吧。"琳琅立在那里，过了半晌方轻轻"哦"了一声，小宫女打起帘子，她慢慢转过身进屋子里去。锦秋见她至炕上坐下，倒仿佛想着什么心事一般，以为是适才撞见了外臣，后又听说宁贵人的事，受了些惊吓。正自心里七上八下，隔窗瞧见碧落回来了，忙悄悄地出去对她道："主子才刚还问你回来了没有呢。"因琳琅素来宽和，从来不肯颐指气使，所以碧落以为必是有要事嘱咐，连忙进屋里去，却见琳琅坐在炕上怔怔地出神，见她进来于是抬起头来，脸色平和如常，只问："太皇太后叫了你去，有什么吩咐？"

碧落赔笑道："太皇太后不过白问了几句家常话。"琳琅"哦"了一声，慢慢地转过脸去。看半天的晚霞映着那斜阳正落下去，让赤色的宫墙挡住了，再也瞧不见了，她便起身说："我有样东西给你。"

碧落跟了她进了里间，看她取钥匙开了箱子，取出两只檀香木的大匣子，一一打开来。殿中光线晦暗，碧落只觉眼前豁然一亮，满目珠光。那匣子里头有几对玻璃翠的镯子，水头十足，皆碧沉沉如一泓静水，好几块大如鸽卵的红宝石映着数粒猫眼，莹莹地流转出赤色光芒，夹杂着祖母绿，白玉、东珠更是不计其数——那东珠皆是上用之物，粒粒一般大小，颗颗浑圆匀称，淡淡的珠辉竟映得人眉宇间隐隐光华流动，还有些珠翠首饰，皆是精致至极。她在宫中多年，从来未见过如此多的珍宝，她知这位主子深受圣眷，皇帝隔几日必有所赠，却没想到手头竟然有这样价值连城的积蓄。琳琅轻轻叹了口气，说："这些个东西，都是素日里皇上赏的。我素来不爱这些，留着也无用，你和锦秋一人一匣拿去吧。锦秋人虽好，但是定力不够，耳根子又软，若此时叫她见着，欢喜之下难保不喜形于色。这些赏赐都不曾记档，若叫旁人知晓，难免会生祸端。你素来持重，替她收着，她再过两日就该放出宫去了，到时再给了她，也不枉你们两个跟我一场。"

碧落只叫得一声："主子。"琳琅指了一指底下箱子，又道："那里头都是些字画，也是皇上素日里赏的。虽有几部宋书，几幅薛稷、蔡邕、赵佶的字，还有几卷崔子西、王凝、阎次于的画——画院里的画如今少了，虽值几个银子，你们要来却也无用，替我留给家里人，也算是个念想。"

碧落骇得连话都说不出来了。琳琅从箱底里拿出一个青绫面子的包袱，缓缓打开来，这一次却似是绣活，打开来原是十二幅条屏，每幅皆是字画相配。碧落见那针脚细密灵动，硬着头皮赔笑道："主子这手针线功底真好。"琳琅缓缓地道："这个叫惠绣。皇上见我喜欢，特意打发人在江南寻着这个——倒是让曹大人费了些工夫。只说是个大家女子在闺阁中无事间绣来，只是这

世间无多了。"

碧落听她语意哀凉，不敢多想，连忙赔笑问："原是个女子绣出来的，凭她是什么样的大家小姐，再叫她绣一幅就是了，怎么说不多了？"琳琅伸手缓缓抚过那针脚，怅然低声道："那绣花的人已经不在了。"

碧落听了心中直是忽悠一沉，瞧这情形不好，正不知如何答话，锦秋却喜不自胜地来回禀："主子，皇上来了。"

琳琅神色只是寻常样子，并无意外之色。碧落只顾着慌慌张张收拾，倒是锦秋上前来替她抿一抿头发，只听遥遥的击掌声，前导的太监已经进了院门。她迎出去接驾，皇帝倒是亲手搀了她一把。梁九功使个眼色，那些太监宫女皆退出去，连锦秋与碧落都回避了。

皇帝倒还像平常一样，含笑问："你在做什么呢？"

她唇边似恍惚绽开一抹笑意，却是答非所问："琳琅有一件事想求皇上。"皇帝"唔"了一声，道："你先说来我听。"她微仰起脸来凝望皇帝。家常褚色倭缎团福的衣裳，唯衣领与翻袖用明黄，衣袖皆用赤色线绣龙纹。那样细的绣线，隐约的一脉，渐隐进明黄色缎子里去，如渗透了的血色一样。又如记忆里某日晨起，天欲明未明的时候，隔着帐子蒙眬瞧见一缕红烛的余光。

她忽然忆起极久远的以前，仿佛也是一个春夜里，自己独自坐在灯下织补。小小一盏油灯照得双眼发涩，夜静到了极处，隐约听见虫声唧唧。风凉而软，吹得帐幕微微掀起，那灯光便又忽忽闪闪。头垂得久了，颈中只是酸麻难耐，仍是全心全意地忙着手里的衣裳，一丝一缕，极细极细地分得开来，横的经，纵的纬……妆花龙纹……那衣袍夹杂有陌生的香气。

如今这样淡淡的香气已经是再熟悉不过，氤氲在皇帝的袍袖之间，她忽然觉得一阵虚弱的恐惧。皇帝见她眸光如水，在晦暗的殿室里也如能照人，忽然间就黯淡下去，如小小的、烛火的残烬。不由问："你这是怎么了？适才不是说有事要我答应你？"

她本是半跪半坐在脚踏上，将脸依偎在他的衣袍下摆，听得他发问，身子震动了一下，又过了良久，方才轻声开口说道："琳琅想求皇上，倘若有一日琳琅死了，皇上不可以伤心。"皇帝只觉得彻骨的寒意从心底翻涌出来，勉强笑道："好端端的，怎么说起这样的话，咱们的将来还长远着呢。"

琳琅"嗯"了一声，轻声道："我不过说着玩罢了。"皇帝道："这样的事怎么可以说着玩，满门获罪可不是玩的。"妃嫔如果自戕，比宫人自戕更是大不敬。皇帝怕她起了轻生之意，有意放重了口气。她沉默片刻，说道："琳琅知道分寸。"

皇帝转过脸去，只不敢瞧着她的眼睛，说道："只是太皇太后这几日身子不爽，想静静养着，你每日不必过去侍候了。"她忽然微微一笑，说道："皇上的发辫乱了，我替皇上梳头吧。"皇帝心里难过到了极处，却含笑答应了一声。她去取了梳子来，将皇帝辫梢上的明黄穗子、金八宝坠角一一解下来，慢慢打散了头发。皇帝盘膝坐在那里，觉得那犀角梳齿浅浅地划过发间，她的手似在微微发抖，终是不忍回过头去，只作不知。

因要视朝，皇帝卯时即起身，司衾尚衣的太监宫女侍候他起身，穿了衣裳，洗过了脸，又用青盐漱过口，方捧上莲子茶来。皇帝只吃了一口就撂下了，又转身去看，琳琅裹着一幅杏黄绫被子向里睡着，一动不动，显是沉睡未醒，那乌亮如瀑布似的长发铺在枕上，如流云迤逦。他伸出手去，终究是忍住了，转身出了暖阁，方跨出门槛，又回过头去，只见她仍是沉沉好睡。那杏黄原是极暖的颜色，烛火下看去，只是模糊而温暖的一团晕影。他

垂下视线去,身上是朝服,明黄袖和披领,衣身、袖子、披领都绣金龙,天子方才许用的服制,至尊无上。

他终于掉过脸去。梁九功瞧见他出来,连忙上前来侍候。

"万岁爷起驾啦……"

步辇稳稳地抬起,一溜宫灯簇拥着御辇,寂静无声的宫墙夹道,只听得见近侍太监们薄底靴轻快的步声。极远的殿宇之外,半天皆是绚烂的晨曦,那样变幻流离的颜色,橙红、橘黄、嫣红、醉紫、绯粉……泼彩飞翠浓得就像是顺着天空流下来。前呼后拥的步辇已经出了乾清门,广阔深远的天街已经出现在眼前,远远可以望见气势恢宏的保和、中和、太和三殿。那飞檐在晨曦中伸展出雄浑的弧线,如同最桀骜的海东青舒展开双翼。

梁九功不时偷瞥皇帝的脸色,见他慢慢闭上眼睛,红日初升,那明媚的朝霞照在他微蹙的眉心上,心中不禁隐隐担心。皇帝倒是极快地睁开双眼来,神色如常地说:"叫起吧。"

琳琅至辰末时分才起身。锦秋上来侍候穿衣,含笑道:"主子好睡,奴才侍候主子这么久,没见主子睡得这样沉。"

琳琅"嗯"了一声,问:"皇上走了?"

锦秋道:"万岁爷卯初就起身上朝去了,这会子只怕要散朝了,过会子必会来瞧主子。"

琳琅又"嗯"了一声,见炕上还铺着明黄褥子,因皇帝每日过来,所以预备着他起坐用的。便吩咐锦秋:"将这个收拾起来,回头交库里去。"锦秋微愕,道:"回头皇上来了——"

琳琅说:"皇上不会来了。"自顾自开了妆奁,底下原来有暗格。里头一张芙蓉色的薛涛笺,打开来瞧,再熟悉不过的字迹:"蓬莱院闭天台女,画堂昼寝人无语。抛枕翠云光,绣衣闻异香。潜来珠锁动,惊觉银屏梦。脸慢笑盈盈,相看无限情。"

皇帝的字迹本就清峻飘逸，那薛涛笺为数百年精心收藏之物，他又用唐墨写就，极是精致风流，底下并无落款，只钤有"体元主人"的小玺。她想起还是在乾清宫当差的时候，只她独个儿在御前，他忽然伸手递给她这个。她贸然打开来看，只窘得恨不得地遁。他却撂下了笔，在御案后头无声而笑。时方初冬，熏笼里焚着百合香，暖洋洋的融融如春。

他悄声道："今儿中午我再瞧你去。"

她极力地正色："奴才不敢，那是犯规矩的。"

他笑道："你瞧这词可就成了佳话。"

她窘到了极处，只得端然道："后主是昏君，皇上不是昏君。"

皇帝仍是笑着，停了一停，悄声道："那么我今儿算是昏君最后一次吧。"

她命锦秋点了蜡烛来，伸手将那笺在烛上点燃了，眼睁睁瞧着火苗渐渐舔蚀，芙蓉色的笺一寸一寸被火焰吞噬，终于尽数化为灰烬。她举头望向帘外，明晃晃的日头，晚春天气，渐渐地热起来。庭院里寂无人声，只有晴丝在阳光下偶然一闪，若断若续。幼时读过那样多的诗词，寂寞空庭春欲晚，梨花满地不开门。这一生还这样漫长，可是已经结束了。

【终】

番外·和妃

紫玉拨寒灰，心字全非。疏帘犹自隔年
垂，半卷夕阳红雨入，燕子来时。回首碧云
西，多少心期。短长亭外短长堤，百尺游丝
千里梦，无限凄迷。

——纳兰容若《浪淘沙》

还是初春天气，日头晴暖，和风熏人。隔着帘子望去，庭院里静而无声，只有廊下的鹦鹉，偶然懒懒地扇动翅膀，它足上的金铃便一阵乱响。

　　睡得久了，人只是乏乏的一点倦意，慵懒得不想起来，她于是唤贴身的宫女："香吟。"却不是香吟进来，熟悉的身影直唬了她一跳，连行礼都忘了："皇上——"发鬓微松，在御前是很失仪的，皇帝却只是微笑："朕瞧你好睡，没让人叫醒你。"这样的宠溺，眼里又露出那样的神色，仿佛她是他失而复得的珍宝。

　　人人皆道她宠冠六宫。因为七月里选秀，十二月即被册为和嫔，同时佟佳氏晋为贵妃，佟贵妃是孝懿皇后的妹子，自孝懿皇后崩逝便署理后宫。在那一天，还有位贵人晋为良嫔，她是皇八

子的生母，因为出身卑贱，皇帝从来不理会她。这次能晋为嫔位，宫中皆道是因着八阿哥争气。这位容貌心性最肖似皇帝的阿哥才十八岁，就已经封了贝勒。

晋了位分是喜事，佟贵妃扯头，她们三人做东，宴请了几位得脸的后宫主位，荣妃、宜妃、德妃、惠妃都赏光，一屋子人说说笑笑，极是热闹。那是她第一次见着良嫔，良嫔为人安静，连笑容也平和淡然，她总觉得这位良嫔瞧上去眼善，只不曾忆起是在哪里见过。席间只觉宜妃颇为看顾良嫔，她就没想明白，这样两个性子截然不同的人，怎么会相交。

后来听人说，那是因为八阿哥与九阿哥过从甚密，她并没有放在心上，因为皇帝从来不喜欢后妃议论前朝的事。她这样想着，脸上的神色不由有一丝恍惚，皇帝却最喜她这种怔忡的神色，握了她的手，突然道："朕教你写字。"

皇帝喜欢教她写字，每次都是一首御制诗，有一次甚至教她写他的名字，她学得甚慢，可是他总是肯手把手地教。教她写字时，他总是不说话，也不喜她说话，只是默默握了她的手，一笔一画，极为用心，仿佛那是世上最要紧的事。毛笔软软弯弯，写出来的字老是别别扭扭，横的像蚯蚓，竖的像树枝，有时她会忍不住要笑，可是他不厌其烦。偶然他会出神，眼里有一抹不可捉摸的恍惚。在她印象里，皇帝虽然温和，可是深不可测，没有人敢猜测他的心思，她也不敢。后宫嫔妃这样多，他却这样眷顾她，旁人皆道她是有福泽的。

其实她是很喜欢热闹的人，可是皇帝不喜欢，她也只好在他面前总是缄默。他喜欢她穿碧色的衣裳，江宁、苏州、杭州三处织造新贡的衣料，赐给她的总是碧色、湖水色、莲青色、烟青色……贡缎、倭缎、织锦、府缎、绫、纱、罗、缂丝、杭绸……

四季衣裳那样多，十七岁的年纪，谁不爱红香浓艳？可为着他不喜欢，只得总是穿得素淡如新荷。

入宫的第二年，她生了一位小格格，宗人府的玉牒上记载为皇十八女，可是出生方数月就夭折了。她自然痛哭难抑，皇帝散了朝之后即匆匆赶过来瞧她，见她悲恸欲绝，他的眼里是无尽的怜惜，夹着她所不懂的难以言喻的痛楚。他从来没有那样望着她，那样悲哀，那样绝望，就像失去的不是一位女儿，而是他所珍爱的一个世界，虽然他有那样多的格格、阿哥，可是这一刻他伤心，似乎更甚于她。她哭得声堵气噎，眼泪浸湿了他的衣裳，他只是默默揽着她，最后，他说："我欠了你这样多。"

那是他唯一一次，在她面前没有自称"朕"，她从来没有听过他那样低沉的口气，软弱而茫然，就像一个寻常人般无助。在她记忆里，他永远是至高无上的万乘之尊，虽然待她好，可是毕竟他是君，她是臣。而隔着三十年的鸿沟，他也许并不知道她要什么，虽然他从来肯给她，这世上一切最好的东西。

过了数日，内务府奉了旨意，良嫔晋了良妃。王氏随口道："到底是儿子争气，皇上虽然不待见她，看在八爷的分上，总是肯给她脸面。"她心里不知为何难过起来，王氏这才觉察说错了话，连忙笑道："妹妹还这样年轻，圣眷正浓，明年必然会再添位小阿哥。"

她却一直再没有生养。后宫的妃嫔，最盼的就是生个儿子，可是有了儿子就有一切么？那良妃虽有八阿哥，可是她还是那样的寂寞。除了阖宫朝觐，很少瞧见她在宫中走动。皇帝上了年纪，眷念旧情，闲下来喜往入宫早的妃嫔那里去说说话，德妃、宜妃、惠妃……可是从来没听说过往良妃那里去。

宫里的日子，静得仿佛波澜不兴。妃嫔们待她都很和气，因

为知道皇帝宠爱她。这宠爱，或许真的可以是天长日久，一生一世吧。她和王氏最谈得来，因为年纪相差不多。有次在佟贵妃处闲坐，大家正说得热闹，宜妃突然笑道："你们瞧，她们两个真像一对亲姊妹。"细细打量，其实她和王氏并不甚像，只是下颌侧影，有着同样柔和的弧度。德妃笑道："皇上喜欢瓜子脸，可怜我圆脸，早些年还说是娇俏，现在只好算大饼了。"笑得宜妃撑不住，一口茶差些喷出来。

其实德妃还是很美，团团的一张脸，当年定也曾是皎皎若明月。这后宫的女子，哪一个不美？或者说，哪一个曾经不美？

这样一想，心里总是有一丝慌乱，空落落的慌乱。虽然皇帝待她一如既往的好，那日还特意歇了晌午觉就过来瞧她，满面笑容地问她："今儿你生辰，朕叫御膳房预备了银丝面，回头朕陪你吃面。"她怔了一下，方才含笑道："皇上记错了，臣妾是十月里生的，这才过了端午节呢。"皇帝"哦"了一声，脸上还是笑着，只是眼神里又是她所不懂的那种恍惚。她嗔道："皇上是记着谁的生辰了，偏偏来诳臣妾。"

皇帝笑而不答，只说："朕事情多，记糊涂了。"

皇帝走后，她往宜妃宫中去。可巧遇见宜妃送良妃出来，因日常不常来往，她特意含笑叫了声："良姐姐。"良妃待人向来客气而疏远，点一点头算是回礼了。宜妃引了她进暖阁里，正巧宫女收拾了桌上的点心，因见有银丝面，她便笑道："原来今儿是宜妃姐姐的生辰。"便将皇帝记错了生辰的话当成趣事讲了一遍。宜妃却似颇为感触，过了许久，才长长叹了口气。宜妃为人最是爽朗明快，甚少有如此惆怅之态，倒叫她好生纳闷了一回。

皇帝嫌宫里规矩烦琐，一年里头，倒似有半年驻跸畅春园。园子那样大，花红柳绿，一年四季景色如画。秋天里枫叶如火，簇拥着亭台水榭，整个园子就像都照在烛炬明光之下一样。乘了船，在琉璃碧滑的海子里，两岸皆是枫槭，倒映在水中，波光潋滟。皇帝命人预备了笔墨，他素来雅擅丹青，就在舱中御案上精心描绘出四面水光天色，题了新诗，一句一句地吟给她听。她并不懂得，他也并不解释，只是笑吟吟，无限欢欣的样子。

心血来潮，他忽道："朕给你画像。"她知道皇帝素喜端庄，所以规规矩矩地坐好了，极力地使神色从容。他凝视她良久，目光那样专注，就像是岸上火红的枫槭，似要焚烧人的视线。仿佛许久之后，他才低头就着那素绢，方用淡墨勾勒了数笔，正运笔自若，忽然停腕不画了。她本来坐得离御案极近，瞧着那薄绢上已经勾出的脸庞，侧影那样熟悉，她问："皇上为何不画了？"皇帝将笔往砚台上一掷，"啪"一声响，数星墨点四溅开来，淡淡地说："不画了，没意思。"

她有些惋惜地拿起那幅素绢，星星点点的墨迹里，脸庞的轮廓柔和美丽，她含笑道："皇上倒是将臣妾画得美了……"绢上的如玉美人，眉目与她略异，神态似寥然的晨星，又像是帘卷西风起，那一剪脉脉菊花，虽只是轮廓，可是栩栩如生。正兀自出神，忽听皇帝吩咐："撂下。"她叫了声："皇上。"他还是那种淡淡的神色："朕叫你撂下。"

她知道皇帝在生气，这样没来由不问青红皂白，却是头一回。她赌气一样将素绢放回案上，请个双安道："臣妾告退。"从来对于她的小性，他皆愿迁就，甚至带了一丝纵容，总是含笑看她大发娇嗔。这次却回头就叫梁九功进来："送和主子下船。"

一瞬间只觉得失望之至，到底年轻气盛，觉得脸上下不来。离了御舟乘小艇回岸上去，气犹未平。踏上青石砌，猛然一抬

头，见着隐约有人分花拂柳而来，犹以为是侍候差事的太监，便欲命他去唤自己的宫女，于是道："哎，你过来。"

那人听着招呼，本能地抬起头来，她吃了一惊，那人却不是太监，年约三十许，一身黑缎团福长袍，外面罩着石青巴图鲁背心，头上亦只是一顶红绒结顶的黑缎便帽，可是腰际佩明黄带，明明是位皇子。

那皇子身后相随的太监已经请了个安："和主子。"

那皇子这才明白她的身份，倒是从容不迫，躬身行礼："胤禛给母妃请安。"他有双如深黑夜色的眼睛，诸皇子虽样貌各别，可是这胤禛的眼睛，倒是澄澈明净。她很客气道："四爷请起，总听德妃姐姐记挂四阿哥。"其实皇四子自幼由孝懿皇后抚育长大，与生母颇为疏远，但这样遇上，总得极力地找句话来掩饰窘迫。

皇四子依旧是很从容的样子："胤禛正是进园来给额娘请安。"黑沉沉的一双眼眸，看不出任何端倪。她早就听说皇四子性子阴郁，最难捉摸，原来果然如此。

依着规矩，后宫的妃嫔与成年皇子理应回避，这样仓促里遇上，到底不妥。况且她年轻，比面前这位皇四子还要年轻好几岁，被他称一声母妃，只觉得不太自在。他起身旋即道："胤禛告退。"她并没有记得旁的，只记得那天的晚霞，在半天空里舒展开来，姹紫嫣红，照在那些如火的枫叶上，更加的流光溢彩，就像是上元节时绽放半空的焰火，那样多姿多彩，有一样叫"万寿无疆"的，每年皆要燃放来博皇帝一笑。她忽然惆怅起来，万寿无疆，真的会万寿无疆么？她想起皇帝的脸庞，清俊瘦削，眼角的细纹，衬得眼神总是深不可测。可是适才的胤禛，脸庞光洁，眼神明净，就像是海子里的水，平静底下暗涌着一种生气。

她回过头去，只见暮鸦啊啊地叫着，向着远处的平林飞去。四下里暮色苍茫，这样巧夺天工的园林胜景，渐渐模糊，如梦如幻。

后来的日子，仿佛依旧是波澜不兴。前朝的纷争，一星半点偶然传到后宫里来。废黜太子时，皇帝似乎一夜之间老了十年。他数日不饮不食，大病了一场。阿哥们争斗纷纭，以拥立皇八子的呼声最高。后宫虽不预前朝政务，可是皇帝心中怏然不乐，她也常常看得出来。有一日半夜里他忽然醒来，他的手冰冷地抚在她的脸颊上，她在惺忪的睡意里惊醒，他却低低唤了她一声：

"琳琅。"

这是她第一次听见这个名字。皇帝的手略略粗糙，虎口有持弓时磨出的茧，沙沙地刮过柔滑的丝缎锦被。他翻了一个身，重新沉沉睡去。

再后来，她也忘了。

康熙五十七年时，她晋了和妃。荣宠二十年不衰，也算是异数吧。册妃那日极是热闹，后宫里几位交好的妃嫔预备了酒宴，她被灌了许多酒，最后，颇有醉意了。

卸了晚妆，对着妆奁上的镜子，双颊依旧滚烫绯艳如桃花。她怅然望着镜中的自己，总归是美的吧，三十六岁了，望之只如二十许年纪。色衰则爱弛，她可否一直这样美下去，直到地老天荒？

又过了四年，皇帝已经眼看着老去，但每隔数日还是过来与她叙话。她婉转奏请，意欲抚育一位皇子。皇帝想了一想，说道："朕知道你的意思，阿哥们都大了，朕从皇孙里头挑一个给你带，也是一样。"沉吟片刻道，"老四家的弘历就很好，明儿朕命人带进宫来，给你瞧瞧。"皇帝素来细心，又道，"宫里是非多，只说是交给你和贵妃共同抚育就是了。"佟贵妃位分尊

贵，这样可免了不少闲话，她的心里微微一热。

那个乳名叫"元寿"的皇孙，有一双黑黝黝的明亮眼睛，十分知礼，又懂事可爱。有了他，仿佛整个宫室里都有了笑声，每日下了书房回来，承欢膝下，常常令她忘记一切烦恼。有一回皇帝过来，元寿也正巧下学。皇帝问了生书，元寿年纪虽小，却极为好胜，稚子童音，朗朗背诵《爱莲说》："水陆草木之花，可爱者甚蕃。晋陶渊明独爱菊；自李唐来，世人甚爱牡丹；予独爱莲之出淤泥而不染，濯清涟而不妖，中通外直，不蔓不枝，香远益清，亭亭净植……"皇帝盘膝坐在炕上，笑吟吟侧首听着，她坐在小杌子上，满心里皆是温暖的欢喜。

元寿回家后复又回宫，先给她请了安，呈上些香薷丸，说道："给太太避暑。"满语中叫祖母为"太太"，孩子一直这样称呼她，她笑着将他揽进怀里去，问："是你额娘叫你呈进的么？"元寿一双黑亮明净的眼睛望着她，说："不是，是阿玛。"他说的阿玛，自然是皇四子胤禛，她不由微微一怔，元寿道："阿玛问了元寿在宫里的情形，很是感念太太。"她突然想起许多年前，在畅春园的漫天红枫下，长身玉立的皇四子幽暗深邃的双眼，伸手抚过元寿乌亮顺滑的发辫，轻轻叹了口气。

该来的终究来了，康熙六十一年十一月十三日，皇帝崩于畅春园。

妃嫔皆在宫中未随鸾，诸皇子奉了遗诏，是皇四子胤禛嗣位。她并不关心这一切，因为从乍闻噩耗的那一刹那已经知道，这一生已然泾渭分明。从今后她就是太妃，一个没有儿子可依傍的、四十岁的太妃。

名义上虽是佟贵妃署理六宫，后宫中的事实质上大半却是她在主持。大行皇帝灵前恸哭，哭得久了，伤心仿佛也麻木了。入宫二十余年，她享尽了他待她的种种好，可是还是有今天，离了他的今天。她不知自己是在恸哭过去，还是在恸哭将来，或许，她何尝还有将来？

每日除了哭灵，她还要打起精神来检点大行皇帝的遗物，乾清宫总管顾问行红肿着双眼，捧着只紫檀罗钿的匣子，说："这是万岁爷搁在枕畔的……"一语未了，凝噎难语。她见那匣子极精巧，封锢甚密，只怕是什么要紧的事物，于是对顾问行道："这个交给外头……"话一出口便觉得不妥，想了想说道，"还是请皇帝来。"

顾问行怔了一下，才明白她是指嗣皇帝，虽不合规矩，可是知道事关重大，或许是极要紧的事物，自己也怕担了干系，于是亲自去请了御驾。

嗣皇帝一身的重孝，衬出苍白无血色的脸庞，进殿后按皇帝见太妃的礼数请了个安。她也欠了欠身子，只见他抬起眼来，因守灵数日未眠，眼睛已经凹陷下去，眼底净是血丝。元寿那双亮晶晶的眸子，却原来那般神似他。殿中光线晦暗，放眼望去四处的帐幔皆是白汪汪一片，像蒙了一层细灰，暗淡无光的一切，斜阳照着，更生颓意。她顿了一顿，说道："这匣子是大行皇帝的遗物，因搁在御寝枕畔，想必是要紧的东西，所以特意请了皇上来面呈。"

皇帝哦了一声，身后的总管太监苏培盛便接了过去。皇帝只吩咐一声："打开。"他素来严峻，一言既出，苏培盛不敢驳问，立时取铜钎撬开了那紫铜小锁。那匣子里头黄绫垫底，却并无文书上谕，只搁着一只平金绣荷包。她极是意外，皇帝亦是微微一愕，伸手将那荷包拿起。只见那荷包正面金线绣龙纹，底下缀明黄穗子，明明是御用之物。皇帝不假思索便将荷包打开来，

里头却是一方白玉佩，触手生温，上以金丝铭着字，乃是"情深不寿，强极则辱；谦谦君子，温润如玉"。那玉佩底下却绕着一绺女子的秀发，细密温软，如有异香。

她见事情尴尬，轻轻咳嗽了一声，说道："原来并不是要紧的文书。"皇帝道："既是先帝随身之物，想必其中另有深意，就请母妃代为收藏。"于是将荷包奉上，她伸手接过，才想起这举止是极不合规矩的，默默望了皇帝一眼，谁知他正巧抬起眼来，目光在她脸上一绕，她心里不由打了个突。

到了第二日大殓，就在大行皇帝灵前生出事端来。嗣皇帝是德妃所出，德妃虽犹未上太后徽号，但名位已定，每日哭灵，皆应是她率诸嫔妃。谁知这日德妃方进了停灵的大殿，宜妃却斜刺里命人抬了自己的软榻，抢在了德妃前头，众嫔妃自是一阵轻微的骚乱。

她跪在人丛中，心里仍是那种麻木的疑惑，宜妃这样地藐视新帝，所为何苦。宫中虽对遗诏之说颇有微词，但是谁也不敢公然质问，宜妃这样不给新太后脸面，便如掴了嗣皇帝一记清脆响亮的耳光。

黄昏时分她去瞧宜妃。宜妃抱恙至今，仍沉疴不起，见着她只是凄然一笑："好妹妹，我若是能跟大行皇帝去了，也算是我的福分。"她的心里也生出一线凉意，先帝驾崩，她们这些太妃此后便要搬去西三所，尤其，她没有儿女，此后漫漫长日，将何以度日。口中却安慰宜妃道："姐姐就为着九阿哥，也要保重。"提到心爱的小儿子，宜妃不由喘了口气，说道："我正是担心老九。"过了片刻，忽然垂泪，"琳琅到底是有福，可以死在皇上前头。"

她起初并不觉得，可是如雷霆隐隐，后头挟着万钧风雨之声，这个名字在记忆中模糊而清晰，仿佛至关要紧，可是偏偏想不起来在哪里听过，于是脱口问："琳琅是谁？"宜妃缓了一口气，说："是八阿哥的额娘。她没了也有十一年了，也好，胜如今日眼睁睁瞧着人为刀俎，我为鱼肉。"

那样惊心动魄，并不为"人为刀俎，我为鱼肉"这一句，而是忽然忆起康熙五十年那个同样寒冷的冬月，漫天下着大雪，侍候皇帝起居的梁九功遣人来报，皇帝圣体违和。她冒雪前去请安探视，在暖阁外隐约听见梁九功与御医的对话，零零碎碎的一句半句，拼凑起来：

"万岁爷像是着了梦魇，后来好容易睡安静了，储秀宫报丧的信儿就到了……当时万岁爷一口鲜血就吐出来……吐得那衣襟上全是……您瞧，这会子都成紫色了……"

御医的声音更低微："是伤心急痛过甚，所以血不归心……"

皇帝并没有见她，因为太监通传说八阿哥来了，她只得先行回避。后来听人说八爷在御前痛哭了数个时辰，声嘶力竭，连嗓子都哭哑了。皇帝见儿子如此，不由也伤了心，连晚膳都没有用，一连数日都减了饮食，终于饶过了在废黜太子时大遭贬斥的皇八子。可是太子复立不久，旋即又被废黜，此后皇帝便一直断断续续圣体不豫，身子时好时坏，大不如从前了。

她分明记起来，在某个沉寂的深夜，午夜梦回，皇帝曾经唤过一声"琳琅"。这个名字里所系的竟是如海深情，前尘往事轰然倒塌。那个眉目平和的女子，突然在记忆里空前清晰，轮廓分明，熟悉到避无可避的惊痛。原来是她，原来是她。自己二十余载的盛宠，却原来是她。

便如最好笑的一个笑话，自己所执信的一切，竟然没有半分

半毫是属于自己的。她想起素绢上皇帝一笔一笔勾勒出的轮廓，眉目依稀灵动。他下笔畅若行云流水，便如早已在心里描绘那脸庞一千遍一万遍，所以一挥而就，并无半分迟疑。他瞒得这样好，瞒过了她，瞒过了所有的人，只怕连他自己，都恍惚是瞒过了。可是骗不了心，骗不了心底最深处的记忆，那里烙着最分明的印记，只要一提起笔来，就会不知不觉勾勒出的印记。

这半生，竟然只是一个天大的笑话。她被那个九五之尊的帝王宠爱了半生，这宠爱却竟没有半分是给她的。她还有什么，她竟是一无所有，在这寂寂深宫。

这日在大行皇帝梓宫前的恸哭，不是起先摧人心肝的号啕，亦不是其后痛不欲生的饮泣，而是无声无息地落泪，仿佛要将一生的眼泪，都在这一刻流尽。她不知道自己在灵前跪了多久，只觉得双眼肿痛得难以睁开，手足软麻无力，可是心里更是无望的麻木。大殓过后，来乾清宫哭灵的妃嫔渐渐少了，原来再深的伤心，都可以缓缓冷却。斜阳照进寂阔的深殿，将她孤零零的身影，拉成老长。

图书在版编目（ＣＩＰ）数据

寂寞空庭春欲晚 / 匪我思存著. -- 南京 ： 江苏凤
凰文艺出版社，2016
　　ISBN 978-7-5399-8837-5

　　Ⅰ．①寂… Ⅱ．①匪… Ⅲ．①长篇小说－中国－当代
Ⅳ．①I247.5

中国版本图书馆CIP数据核字(2015)第257528号

书　　　　名	寂寞空庭春欲晚
作　　　　者	匪我思存
出 版 统 筹	黄小初　沈浛颖
选 题 策 划	北京记忆坊文化
责 任 编 辑	姚　丽
特 约 编 辑	单诗杰
责 任 监 制	刘　巍　江伟明
版 式 设 计	段文婷
封 面 设 计	80零·小贾
出 版 发 行	凤凰出版传媒股份有限公司
	江苏凤凰文艺出版社
出版社地址	南京市中央路165号，邮编：210009
出版社网址	http://www.jswenyi.com
经　　　销	凤凰出版传媒股份有限公司
印　　　刷	三河市汇鑫印务有限公司
开　　　本	880×1230毫米　　1/32
字　　　数	230千字
印　　　张	9.5
版　　　次	2016年2月第1版，2016年2月第1次印刷
标 准 书 号	ISBN 978-7-5399-8837-5
定　　　价	36.00元

江苏凤凰文艺版图书凡印刷、装订错误可随时向承印厂调换